普通高等教育"十一五"国家级规划教材

丛书主编 谭浩强

高等院校计算机应用技术规划教材

实训教材系列

常用办公软件
综合实训教程
（第2版）

侯冬梅 刘乃瑞 张海丰 编著

清华大学出版社
北京

内容简介

本书是"高等院校计算机应用技术规划教材"之一,内容包含 Office 2003 软件的高级应用、Internet Explorer 使用技巧和网络工具软件使用等方面的内容,并以实训为主要学习方式。通过本书的学习,将提高常用办公软件高级应用的综合能力。

本书内容分为 8 章,包括使用 Windows XP、文字处理(Word)模块、电子表格(Excel)模块、演示文稿(PowerPoint)模块、数据库(Access)模块、上网浏览、使用电子邮件和指法练习。每章又分为若干实训,以实训的形式进行综合训练,不同层次、类型的人员可以根据相应的要求进行选择练习。每个模块的多个实验涵盖了该模块的所有内容,学生通过练习能够熟练运用 Office 2003 软件。

图书在版编目(CIP)数据

常用办公软件综合实训教程/侯冬梅等编著. —2 版. —北京:清华大学出版社,2009.3
(高等院校计算机应用技术规划教材)
ISBN 978-7-302-19327-2

Ⅰ. 常… Ⅱ. 侯… Ⅲ. 办公室－自动化－应用软件－高等学校－教材 Ⅳ. TP317.1

中国版本图书馆 CIP 数据核字(2009)第 008489 号

责任编辑:谢 琛 李 晔
责任校对:白 蕾
责任印制:李红英

出版发行:清华大学出版社　　　　　　　　　地　　址:北京清华大学学研大厦 A 座
　　　　　http://www.tup.com.cn　　　　　　邮　　编:100084
　　社　　总　　机:010-62770175　　　　　邮　　购:010-62786544
　　投稿与读者服务:010-62776969,c-service@tup.tsinghua.edu.cn
　　质　量　反　馈:010-62772015,zhiliang@tup.tsinghua.edu.cn
印　刷　者:北京密云胶印厂
装 订 者:三河市金元印装有限公司
经　　销:全国新华书店
开　　本:185×260　　印　张:20.25　　字　数:464 千字
版　　次:2009 年 3 月第 2 版　　印　次:2009 年 3 月第 1 次印刷
印　　数:1～4000
定　　价:29.00 元

前言

随着历史的前进，人类已经进入科学技术高速发展的信息时代。计算机作为信息处理的主要工具，已遍布各行各业，进入千家万户，计算机作为一种工具，是否具有计算机应用技能已成为衡量人才综合素质的重要标准。因此，学习计算机基础知识，掌握日常办公软件应用，已经成为各界人士的迫切需求，更是当代大学生知识结构中必不可少的组成部分。

学习计算机基础课程有很多种方法，大部分院校的教学方法是首先进行理论教学，然后上机练习，最后完成教师指定的作业；也有部分院校从实际应用入手，先给出实训目标和结果，然后再由学生思考并完成。我们认为后者比前者效果更好，学生在实践中学习，有利于提高自学能力，启发求知欲望。因此本教材的编写以应用为目的，注重培养应用能力，大力加强实践环节，激励学生的创新意识。这种方法对高职、高专和成人高校是很合适的。我们根据计算机基础课程要求的基本技能，精心设计了若干个实训，把需要掌握的内容通过这些实训的具体要求体现出来，书中的实训具有针对性、综合性，有较高水平，对提高学生综合应用能力有很大的帮助。

在本书中，每个实训先提出实训目标，再给出实训步骤，用于描述每一阶段的实训目标；学生在实践过程中发现问题由教师随时辅导，学生在实训过程中遇到难点可由老师集中讲授，也可以参考本书给出的实训提示。打破常规教学模式是编写本书的初衷。

本书共有8章，各章的主要内容及建议学时如下：

第1章介绍如何使用Windows XP，其中有8个不同内容的实训，每个实训平均要求1小时完成，共计8小时。

第2章是文字处理模块，其中有6个不同内容的实训，最后是一个综合的课后作业，每个实训平均要求2小时完成，共计12小时。

第3章是电子表格模块，其中有6个不同内容的实训，最后是一个综合的课后作业，每个实训平均要求2小时完成，共计12小时。

第4章是演示文稿模块，其中有4个不同内容的实训，最后一个实训是一个综合实例，每个实训平均要求2小时完成，共计8小时。

第5章是数据库模块，其中有5个不同内容的实训，这5部分的实训是一个综合的完整实例，每个实训平均要求2小时完成，共计10小时。

第6章介绍上网浏览操作，其中有6个不同内容的实训，每个实训平均要求 1 小时完成,共计 6 小时。

　　第 7 章介绍如何使用电子邮件,其中有 6 个不同内容的实训,每个实训平均要求 1 小时完成,共计 6 小时。

　　第 8 章的主要内容是指法练习,其中有 3 个不同内容的实训,每个实训平均要求 8 小时完成,共计 24 小时。

　　本书由侯冬梅教授组织编写并统稿,第 1 章由钱国梁副教授编写,第 2 章和第 3 章由刘乃瑞讲师编写,第 4 章和第 5 章由张海丰讲师编写,第 6 章由谷新胜高级工程师编写,第 7 章由侯冬梅老师编写,第 8 章由温绍洁副教授编写。在本书的编写过程中,得到了全国计算机教育研究会理事长谭浩强教授的指导和帮助,在此表示衷心的感谢。

　　由于时间仓促及作者水平有限,书中难免有错误和不妥之处,敬请广大读者提出宝贵意见和建议,我们会在适当时间进行修订和补充。

编　者

2008-9-11

目录

使用 Windows XP

随着信息技术的发展和广泛应用,使用计算机进行信息处理已经是人们最基本的工作方式了。目前 PC 是人们日常工作的主要工具,掌握 Windows 操作系统的基本操作方法是使用 PC 进行信息处理的基础。本章通过模拟工作场景面对的各种常用问题,学习 Windows 的基本使用方法。

1.1 Windows 操作系统简介

计算机是进行信息处理的电子设备,它可以帮助我们完成人脑的很多劳动,所以计算机也经常被称做电脑。如果一台计算机具备了所需要的各种硬件,当它还没有安装任何软件的时候,那么这台计算机就被称为裸机。裸机如同没有任何思想的植物人,必须给它安装各种软件后才可以工作。在所有计算机软件中,操作系统是支持所有其他软件正常工作的最基本的软件,目前在 PC 上应用最广泛的操作系统就是 Windows XP。要使一台裸机能够开始工作,必须首先安装操作系统,然后才可以继续安装其他软件。

鼠标是 Windows XP 不可缺少且常用的输入设备。在 Windows 环境中,使用鼠标可以快速选择操作对象并对它们进行各种操作与管理,仅仅使用鼠标就可以完成 Windows 中的绝大多数操作,它比常规的键盘操作有着更大的优势。使用鼠标有如下几种操作方法。

指向:移动鼠标使鼠标指针到达特定的位置。

单击:将鼠标指针指向要操作的对象上,然后按鼠标左按钮一次。单击常用来选中对象、执行菜单命令或使用工具栏上的按钮。

双击:将鼠标指针指向要操作的对象上,然后连续快速按鼠标左按钮两次。双击常用来启动程序或打开窗口。

拖动:将鼠标指针指向要操作的对象上,按住鼠标左按钮不放并移动到特定位置后松开鼠标按钮。拖动时鼠标指针上的对象一般会随着鼠标指针一起移动位置。

右击:将鼠标指针指向要操作的对象上,然后按鼠标右按钮一次。右击主要用来打开各种快捷菜单。

1.2 情景模拟

一位初次接触计算机的工作人员刚接手一台已安装了 Windows 系统的计算机系统，从了解接手的计算机开始，逐步设置计算机系统使其适合自己的工作习惯，并随着工作的开展逐步面临工作中的各种实际问题，需要在 Windows 中使用各种操作实现相应的解决方案，本章以此为主线介绍 Windows 的基本操作技术和必要的基础知识。

1.3 实训 1：查看基本硬件并初步设置 Windows 的界面

接手一台计算机，首先要了解机器的基本情况，诸如硬盘数量、容量、使用情况、内存大小、CPU 类型和主频速度等，同时要对计算机进行一些基本设置，使其更适合自己的使用习惯。本节的主要任务是学会自己独立通过计算机操作，了解所用计算机的基本情况，涉及的知识点包括：

- 显示属性设置。
- 查看硬盘情况。
- 查看系统中 CPU 类型和内存容量。
- 了解系统时间设置。

1.3.1 实训目标

- 启动计算机。
- 把若干常用的图标显示在桌面上，取消设置桌面显示的背景图案，并将文字设置得大一些。
- 查看本机的硬盘数量和空间使用情况。
- 查看本机的 CPU 类型和内存容量。
- 设置系统时间。

1.3.2 实训提示

（1）启动计算机。

直接按计算机主机机箱上的电源按钮即可启动计算机，启动后看到的是刚安装了 Windows 界面默认的如图 1-1 所示的屏幕图像。

（2）把若干常用的图标设置显示在桌面上，取消设置桌面显示的背景图案，增大屏幕文字，并设置屏幕保护程序为"无"。

① 首先在桌面空旷的位置右击，弹出快捷菜单如图 1-2 所示，单击"属性"命令。

② 系统弹出"显示属性"对话框，单击"桌面"选项卡，在"背景"列表框下单击"无"选项，使桌面背景图片消失，从而使桌面更清爽，更便于找到以后桌面积累越来越多的图标工具，如图 1-3 所示。

图 1-1　刚安装了 Windows 的桌面

图 1-2　快捷菜单

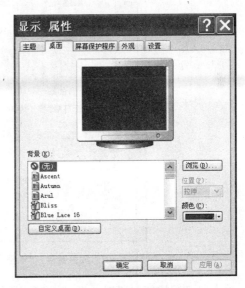

图 1-3　"显示属性"对话框

　　③ 继续单击下面的"自定义桌面"按钮,弹出"桌面项目"对话框,单击选中"我的电脑"和"网上邻居"复选框,如图 1-4 所示,然后单击"确定"按钮返回图 1-3 所示界面。

　　④ 单击"外观"选项卡,单击"字体大小"列表框右边的下拉按钮,选择"特大字体"选项,如图 1-5 所示。这样做可以使桌面上图标下面显示的文字更大、更清晰。

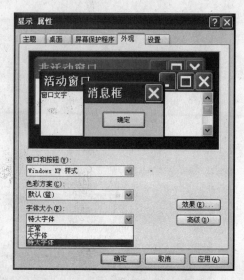

图 1-4　"桌面项目"对话框　　　　　图 1-5　"显示属性"中的"外观"选项卡

⑤ 单击"屏幕保护程序"选项卡，在"屏幕保护程序"下拉列表框中选择"变幻线"选项，把"等待"右边的时间设置为 40，如图 1-6 所示。

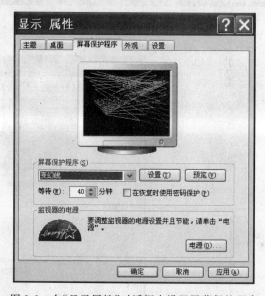

图 1-6　在"显示属性"对话框中设置屏幕保护程序

⑥ 单击"确定"按钮关闭对话框，返回桌面，如图 1-7 所示。

（3）查看硬盘数量和空间使用情况。

① 双击桌面的"我的电脑"图标，弹出如图 1-8 所示的"我的电脑"窗口，可看到窗口中有 C、D 两个硬盘，根据图标形状可看出 E 是一个 DVD 光盘驱动器。

② 在 C 硬盘上右击，在弹出的快捷菜单中单击"属性"命令，弹出如图 1-9 所示的"本地磁盘（C：）属性"对话框，可以看到磁盘的容量、已用空间和可用空间。

图 1-7 经过设置后的桌面

图 1-8 "我的电脑"窗口

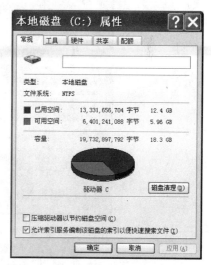

图 1-9 "本地磁盘(C:)属性"对话框

采用同样方法可以查看 D 盘的容量和使用情况,然后单击窗口右上角形状为""的按钮,关闭对话框。

(4) 查看本机的 CPU 类型和内存容量。

① 单击屏幕左下角的"开始"按钮,弹出"开始"菜单,如图 1-10 所示。然后单击"控

制面板"命令,弹出如图 1-11 所示的"控制面板"窗口。

图 1-10 "开始"菜单

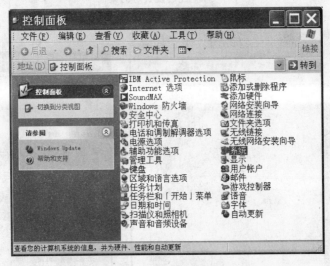

图 1-11 "控制面板"窗口

　　② 双击"系统"选项,弹出"系统"对话框,单击"常规"选项卡,如图 1-12 所示,可以看到本机的 CPU 类型、内存容量等。

　　③ 单击"确定"或"取消"按钮关闭对话框。

　　(5) 正确设置系统时间。

　　① 双击桌面右下角显示的时间,或者在"控制面板"窗口双击"时间和日期"图标,都可以打开"日期和时间属性"对话框。

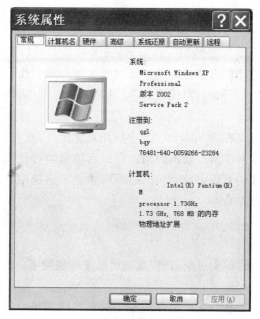

图 1-12 "常规"选项卡

② 在"日期"下拉列表框中选择"三月",如图 1-13 所示,再单击下面日历中的"1",完成日期修正。

③ 在右边显示时间的"时:分:秒"数值框中,用鼠标在"时"数值上拖动以选中"时"数值,然后输入正确的数值 16,再用同样方法选中"分"数值后输入 15。

④ 单击"确定"按钮。

如果要结束工作关闭计算机,则单击"开始"菜单,执行"关闭计算机"命令,可打开如图 1-14 所示的"关闭计算机"对话框,然后单击"关闭"按钮即可。

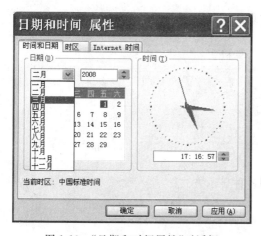

图 1-13 "日期和时间属性"对话框

图 1-14 "关闭计算机"对话框

1.3.3 操作技巧

Windows 操作具有非常灵活的工作方式,主要功能都可以利用菜单实现,但是人们更常用的是使用右击方法调出快捷菜单。要对哪个项目进行操作,就右击相应对象。快捷菜单仅仅是针对右击的特定对象提供的常用操作命令,利用快捷菜单通常可以实现大部分功能。

快捷菜单技术不仅仅在 Windows XP 中应用非常广泛,在目前几乎所有视窗操作系统平台的各类软件中都有非常广泛的应用。在以后摸索学习任何软件使用过程中,有必要建立一种条件反射式的意识,即想对什么操作,首先考虑选中它立即右击,通常能找到满足自己要求的快捷菜单命令。

1.3.4 课后作业

(1)练习对桌面上的各个对象右击,观察所出现的快捷菜单的不同,并尝试使用相应的命令。

(2)在显示属性中逐个尝试设置系统提供的其他屏幕保护程序,通过预览方法观察各屏幕保护程序的效果。

(3)利用如图 1-11 所示的"控制面板"窗口,尝试练习其中的"鼠标"、"键盘"、"电源选项"的设置方法,必要时可以进一步打开观察和思考这些设置究竟具有什么作用。

1.4 实训 2:窗口操作

Windows 的几乎所有工作都是以窗口形式提供给用户的。了解窗口的基本操作是灵活用好计算机的根本。本节的任务就是要熟悉窗口的一般操作方法,主要涉及的知识点包括:

- 认识窗口的组成元素。
- 学习使用菜单栏和快捷菜单操作计算机。
- 移动和调整窗口大小。

1.4.1 实训目标

- 了解窗口的基本组成。
- 移动和调整窗口大小。
- 了解"我的电脑"工具栏的使用和各种显示方式。

1.4.2 实训提示

(1)了解窗口的基本组成。

① 单击任务栏上的"显示桌面"按钮"▦",然后双击桌面上的"我的电脑"图标,打开"我的电脑"窗口,双击其中的 C 盘,可以看到 C 盘中的各个文件夹和文件,如图 1-15

所示。

图 1-15　"本地磁盘"窗口及各部分的名称

一般窗口组成包含如下元素：

- **标题栏**。标题是窗口的名称，标题栏是放在窗口的最上面的蓝条。若标题栏为深蓝色，则该窗口是活动的窗口，也称为当前窗口。
- **菜单栏**。菜单栏是摆放在标题栏下面的一组文字，其中列出了在窗口中工作的各类命令。单击菜单栏上的文字，会在下面拉出一组菜单，所以也称为下拉菜单。一般下拉菜单提供了大量的命令，利用它们可以实现大部分工作。
- **最大化按钮**。单击最大化按钮"▣"可以使窗口调整到最大，最大化的窗口通常会占满屏幕。
- **还原按钮**。在已经最大化的窗口中，窗口右上角会出现还原按钮"▣"，单击它可以使窗口恢复到原来的大小。
- **最小化按钮**。单击最小化按钮"▬"，窗口被缩小到任务栏上的一个标签（横条）。再单击任务栏上的标签，窗口又还原成原来大小。

  要使所有的窗口都最小化，单击任务栏上的"显示桌面"按钮"▨"，可以立即显示桌面。
- **关闭按钮**。单击窗口右上角的关闭按钮"✕"，可以关闭窗口，结束程序的运行。
- **水平或垂直滚动条**。如果窗口的高度、宽度不足以显示窗口中的全部信息，那么系统会自动在窗口右边或下边出现垂直滚动条和水平滚动条。拖动滚动条上的滚动块，可以向上、下、左、右任意浏览窗口中的信息。
- **边框**。每个窗口四周都有边框。将鼠标指针指向窗口的边或角上，当鼠标指针成为双向时开始拖动，可以调整窗口的大小。
- **工作区**。窗口工作区是窗口中最大的区域，用于处理和显示对象信息。
- **状态栏**。通常窗口的最底行还显示着目前在窗口中操作的对象个数、容量以及当前窗口所处的状态等信息。

②单击"最大化"按钮"▣",可以看到窗口重新占满屏幕,单击窗口右上角的"还原"按钮"▣",可以看到窗口缩小。

③单击"最小化"按钮"▬",窗口缩小到任务栏上,成为一个小标签,再单击任务栏上的对应标签,可以看到窗口又重新显示到屏幕的原来位置上。

(2)移动和调整窗口大小。

①将鼠标指向窗口的标题栏,然后略微拖动鼠标,可以看到窗口随着拖动调整位置。

②将鼠标指向窗口的任一边框位置,待鼠标指针成为双向的"↔"或"↕"形状时,沿指针方向拖动鼠标,可以看到随着拖动窗口的边框调整了窗口的高度或宽度;将鼠标指向窗口的任一角位置上,待鼠标指针成为双向的"↖"或"↗"形状时,沿指针方向拖动鼠标,可以看到随着拖动窗口的一个角调整了窗口的高度和宽度。

(3)了解"我的电脑"工具栏的使用和各种显示方式。

①练习使用菜单命令,先单击如图1-15所示的"我的电脑"窗口菜单栏上的"查看"菜单,移动鼠标到下级菜单中的"工具栏",再单击"地址栏"命令,如图1-16所示。可以看到窗口下面的地址栏消失了。再次如此操作可以重新打开地址栏。如法炮制可以打开或关闭其他工具栏。

图1-16 打开和关闭工具栏命令

②为了改变图标的显示顺序,依次执行"本地磁盘"窗口中的"查看"→"排列图标"→"名称"/"类型"/"修改时间"/"大小"命令,观察窗口中图标排列顺序的变化。

③为了改变图标的显示形式,单击"本地磁盘"窗口中的"查看"→"缩略图"/"平铺"/"图标"/"列表"/"详细资料"命令,观察窗口中图标显示方式的变化。

④单击"标准按钮"工具栏上的"文件夹"按钮,可以看到窗口左边出现了以桌面为最

高层的"文件夹"窗格,如图 1-17 所示。

图 1-17　显示有"文件夹"窗格的窗口

单击左边窗格中的任意一个磁盘或文件夹,可以看到右边窗格立即切换显示出这个文件夹中全部内容;单击左边窗格中的小加号"✚"可以在左边展开某个资源下一级的所有其他文件夹,单击"➖"则折叠收缩起该文件夹。

1.4.3　课后作业

(1) 练习打开多个窗口并调整它们的大小、叠压次序,观察操作和显示的关系。

(2) 练习窗口中文件的显示方式、排列顺序,思考各种排列顺序各自针对什么情况更适用。

1.5　实训 3:汉字录入

Windows 系统默认安装了多种汉字录入方法,操作者应至少掌握一种汉字录入方法,这是使用计算机进行信息处理最基本的要求。仅仅能够录入汉字还不够,快速灵活运用汉字录入技术,是提高使用计算机效率非常重要的基本技能。本节的主要任务是介绍一种汉字录入方法,同时掌握比较方便常用的快速录入的基本技巧,涉及的知识点包括:

- 汉字录入和英文录入的切换方法。
- 智能 ABC 输入法。
- 汉字输入法的安装和删除。
- 在中文和英文输入法之间快速切换。

1.5.1 实训目标

- 添加和删除汉字输入法。
- 为切换输入法定义热键。
- 将"智能 ABC"输入法属性设置为"光标跟随"和"词频调整"。

1.5.2 实训提示

（1）添加和删除汉字输入法。

① 在任务栏右侧的"⌨"按钮上右击，弹出快捷菜单，如图 1-18 所示。

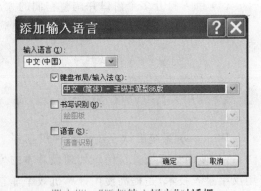

图 1-18 弹出快捷菜单

② 单击"设置"命令打开"文字服务和输入语言"对话框，如图 1-19 所示。

③ 在"设置"选项卡中单击"添加"按钮，弹出"添加输入语言"对话框。

④ 确认"输入语言"下拉列表框目前默认的选项是"中文（中国）"，然后单击选中"键盘布局/输入法"复选框，再在"键盘布局/输入法"下面的下拉列表框中选择要添加的任意一种自己喜欢的输入法，例如"中文（简体）-王码五笔型 86 版"，如图 1-20 所示。然后单击对话框中的"确定"按钮，返回"文字服务和输入语言"对话框。

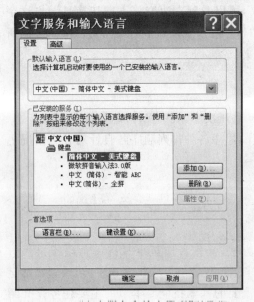

图 1-19 "文字服务和输入语言"对话框

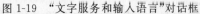

图 1-20 "添加输入语言"对话框

⑤ 单击"应用"按钮，系统会弹出"请插入磁盘"信息框，按照系统要求插入 Windows XP 安装光盘后，再单击"确定"按钮，系统开始复制相应的文件，完成后返回"文字服务和输入语言"对话框。

⑥ 为了删除"微软拼音输入法"，在"已经安装的服务"下面的列表框中单击选中该输入法。

⑦ 单击"删除"按钮，系统开始删除该输入法对应的程序。

（2）为切换输入法定义热键。

在英文录入状态下要切换到"智能 ABC 输入法"汉字输入状态，默认需要按多次 Ctrl＋Shift 组合键，直至屏幕上出现"智能 ABC 输入法"状态条，这很不方便。为了快速切换到"智能 ABC 输入法"汉字输入状态，为其定义切换热键为按左边的 Ctrl＋Shift 和键盘字符区的数字 0 键。

① 在"文字服务和输入语言"对话框"设置"选项卡内的"已安装的服务"栏下面的列表框中，单击"键设置"按钮，弹出"高级键设置"对话框。

② 选中其中的"按 CAPS LOCK 键"单选按钮，然后在"输入语言的热键"列表框中单击选中"切换至中文(中国)-中文(简体)-智能 ABC"选项，如图 1-21 所示。

③ 单击"更改按键顺序"按钮弹出"更改按键顺序"对话框，按如图 1-22 所示进行设置，首先选中"启用按键顺序"复选框，然后单击 CTRL 单选按钮，再在其右边的下拉列表框中选择数字 0。

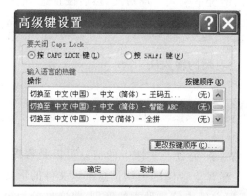

图 1-21 "高级键设置"对话框

图 1-22 "更改按键顺序"对话框

④ 单击"确定"按钮，返回到"区域选项"对话框，再单击"确定"按钮。

以后要切换到"智能 ABC 输入法"汉字输入状态，只要同时按住 Ctrl＋Shift 和字符区的 0 键即可。

注意：不能按数字小键盘区上的 0 键。

（3）将"智能 ABC"输入法属性设置为"光标跟随"和"词频调整"。

① 同时按住 Ctrl＋Shift 和字符区的 0 键，弹出"智能 ABC"输入法状态条。

② 右击输入法状态条上的"智能"图标，弹出如图 1-23 所示的快捷菜单，执行"属性设置"命令。

③ 弹出如图 1-24 所示的"智能 ABC 输入法设置"对话框，单击"光标跟随"单选按钮，再单击选中"词频调整"复选框。

④ 单击"确定"按钮。

请在没有选中"光标跟随"单选按钮和"词频调整"复选框的情况下输入一篇短文，然后设置选中"光标跟随"和"词频调整"选项，再次输入同一篇短文，比较它们的操作区别，即可理解"光标跟随"和"词频调整"选项的作用了。

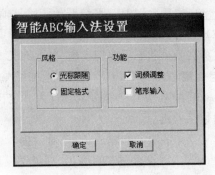

图 1-23 输入法设置快捷菜单　　　　图 1-24 "智能 ABC 输入法设置"对话框

1.5.3 课后作业

（1）执行"开始"→"所有程序"→"附件"→"记事本"命令，打开"记事本"窗口，在没有选中"光标跟随"单选按钮和"词频调整"复选框的情况下输入一篇短文，然后设置选中"光标跟随"单选按钮和"词频调整"复选框，再次输入同一篇短文，比较它们的操作区别，理解"光标跟随"单选按钮和"词频调整"复选框的作用。

（2）把不需要的输入法删除，只保留适合自己习惯的输入法。

1.6 实训4：管理文件和文件夹操作

文件是存储在外存上具有名字的一组相关信息的集合。文件中的信息可以是程序、数据或其他信息，比如图形、图像、视频、声音等。磁盘上存储的一切信息都以文件的形式保存着。在计算机中使用的文件种类有很多，根据文件中信息种类的区别，将文件分为很多类型，有系统文件、数据文件、程序文件、文本文件等。

每个文件都必须具有一个名字，文件名一般由两部分组成：主名和扩展名，它们之间用一个点（.）分隔。主名是用户根据使用文件时的用途自己命名的，扩展名通常是由系统根据文件中信息的种类自动添加的，操作系统会根据文件的扩展名来区分文件类型。

在 PC 中，为了便于用户将大量文件根据使用方式和目的等进行分类管理，采用文件夹来实现对所有文件的组织和管理。整个计算机中的所有文件、文件夹和磁盘等组成一个"层次结构"。层次中的最顶层只有一个结点，称为"桌面"。每一个结点可以继续延伸出下级文件夹。用户可以根据存放文件的分类需要在文件夹下再创建多个子文件夹，每个文件夹里可以存放文件。由于磁盘的这种存储文件的结构就像一棵树一样，所以磁盘的存储结构为树型结构。

管理好自己的文件，是高效使用 Windows 最基本的要求。通常需要把文件分门别类保存在多个文件夹中，不再需要的文件应删除；名称不便于记忆的文件则需要改为便于理解记忆的名称；磁盘也需要定期整理；重要的文件还需要设置为不可更改的特性。整理文件的时候误删的文件需要恢复，这些都是通过文件和磁盘操作来实现的。

在复制和移动文件或文件夹等任意信息时，一般主要借助剪贴板进行操作。剪贴板

(Clipboard)是 Windows 中非常重要且极其常用的工具,可以方便地用它在程序、文档和各个窗口之间互相传送信息。由于有了剪贴板,使得本来互不相干的多个任务能够轻而易举地进行信息交流,彼此不再孤立。

使用剪贴板非常简单,只用到"复制"、"剪切"和"粘贴"3 个基本操作。

复制:是向剪贴板传送信息的操作,决定要把哪些信息传送到剪贴板上,首先应选中要传送的信息,然后执行菜单或快捷菜单中的"复制"命令。

在 Windows 中再次向剪贴板传送信息时,将替换剪贴板中原来已有的信息。

剪切:是把选中的移到剪贴板的操作。此操作把选中的信息向剪贴板传送的同时,还把它们从所在的窗口中删除。剪切前也需要先选中信息,然后执行"剪切"命令。

粘贴:是把剪贴板上的全部信息传送到当前窗口的操作。粘贴要求剪贴板中事先已经存储了信息。要在一个窗口中粘贴信息,首先使这个窗口成为当前窗口,再确定要粘贴的信息放在本窗口中的位置,然后执行"粘贴"命令。

本节的主要任务是熟悉文件和磁盘的一般操作方法,涉及的知识点包括:

- 创建文件夹。
- 复制和移动文件。
- 修改文件名。
- 删除文件或文件夹。
- 创建快捷方式。
- 设置文件属性。

1.6.1 实训目标

- 创建文件夹。
- 复制文件和文件夹。
- 移动文件和文件夹。
- 修改文件名。
- 删除文件或文件夹。
- 设置文件属性。
- 创建快捷方式。

1.6.2 实训提示

(1) 根据工作需要在 D 盘创建名字分别为"财务表格"、"工作计划"、"工作日志"的 3 个文件夹。

① 打开"我的电脑"窗口,然后双击 D 盘,窗口切换至 D 盘。

② 在 D 盘窗口的空白区域右击,执行弹出快捷菜单中的"新建"→"文件夹"命令,如图 1-25 所示。

③ 在 D 盘上出现"新建文件夹"图标,并且光标出现在文件名上,按退格键删除原来的名字,输入"财务表格"后按回车键;然后采用同样方法再创建"工作计划"、"工作日志"两个文件夹,如图 1-26 所示。

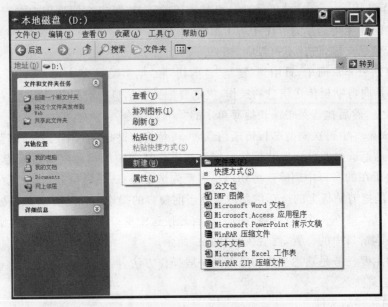

图 1-25　新建文件夹快捷菜单

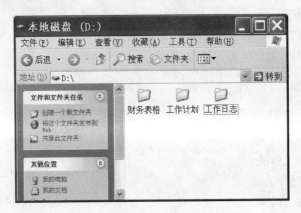

图 1-26　创建了 3 个文件夹的 D 盘窗口

（2）复制文件和文件夹。

① 插入移动磁盘，再次双击桌面的"我的电脑"窗口，稍后看到窗口中出现"移动磁盘 F："。

② 双击打开"移动磁盘 F："窗口，同时打开了两个窗口，如图 1-27 所示。

③ 单击"2007 年工作文件汇总"文件夹使其图标成为蓝色，表示已选中了该文件，在按住 Shift 键的同时，继续单击后面的"2008 年上级指示汇总"文件夹，可以选中两次单击之间的所有文件夹。

④ 右击任一选中的文件夹，执行快捷菜单中的"复制"命令，如图 1-28 所示，将选中的文件夹复制到剪贴板上。

⑤ 右击 D 盘窗口的空白位置，执行快捷菜单中的"粘贴"命令可以看到里面出现了刚

图 1-27 打开两个窗口

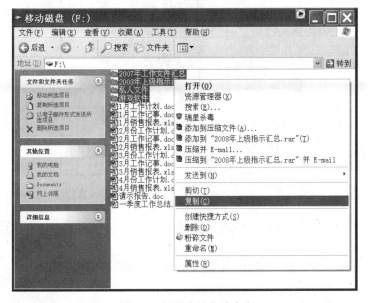

图 1-28 执行快捷菜单命令

刚从移动磁盘复制过来的 4 个文件夹,如图 1-29 所示。

(3) 移动文件或文件夹。

① 为了把移动磁盘上的 4 个工作计划文件一次移动到 D 盘,首先要选中它们,先单击第 1 个文件,然后按住 Ctrl 键的同时再依次单击每个要移动的文件,使它们都成为蓝

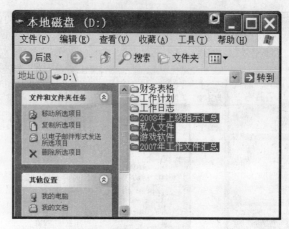

图 1-29　D 盘出现复制来的 4 个文件夹

色，即被选中状态，这时同时选中了不连续的多个文件夹，如图 1-30 所示。

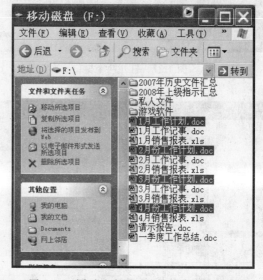

图 1-30　同时选中了不连续的多个文件夹

　　② 右击任意一个选中的文件，执行快捷菜单中的"剪切"命令，可将它们移动到剪贴板。

　　③ 右击 D 盘窗口中的"工作计划"文件夹，执行快捷菜单中的"粘贴"命令，即实现了义件的移动。

　　可以双击"工作计划"文件夹，可以看到里面出现了刚刚从移动磁盘复制来的几个工作计划文件，如图 1-31 所示。

　　(4) 修改文件名。

　　修改 D 盘上的"2007 年工作文件汇总"文件夹名为"07 年历史汇总"。

　　① 右击 D 盘上的"2007 年工作文件汇总"文件夹，执行快捷菜单中的"重命名"命令，光标出现在其文件名上。

图 1-31　移动文件后结果

② 删除原来的名字，输入"07年历史汇总"，如图1-32所示，最后按回车键。

（5）删除文件或文件夹。

打开D盘，首先选中要删除的文件夹"游戏软件"，然后按Delete键，弹出如图1-33所示的"确认文件夹删除"对话框，再单击"是"按钮。

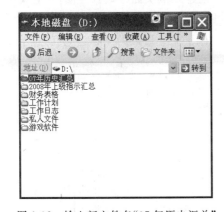

图 1-32　输入新文件名"07年历史汇总"　　　图 1-33　"确认文件夹删除"对话框

（6）设置文件属性。

设置文件或文件夹为只读属性，是为了保护文件夹中的文件不被更改，现在要将"2008年上级指示汇总"以及其中的文件设置为"只读"属性。

① 右击该文件夹，执行快捷菜单中的"属性"命令，弹出"2008年上级指示汇总属性"对话框，单击"常规"选项卡中的"只读"复选框，如图1-34所示。

② 单击"确定"按钮，又弹出如图1-35所示的"确认属性更改"对话框。

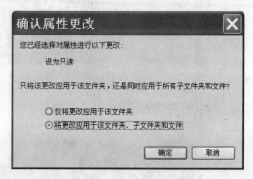

图 1-34 设置文件夹为"只读"属性　　　　图 1-35 "确认属性更改"对话框

③ 单击选中"将更改应用于该文件夹、子文件夹和文件"单选按钮,然后单击"确定"按钮。

(7) 创建快捷方式。

为了更便于打开"工作日志"文件夹中的文件,可以把这个文件夹移动到桌面上,但是这样相当于把用户文档放到了系统盘上,与用户文件和系统文件分盘保存的理念冲突。通过把这个文件夹依然保存在 D 盘,同时在桌面上创建一个快捷方式以方便使用。

右击 D 盘"工作日志"文件夹,执行快捷菜单中的"发送到"→"桌面快捷方式"命令,如图 1-36 所示,这样桌面即出现了一个与该文件夹样子非常近似的图标,称为快捷方式。

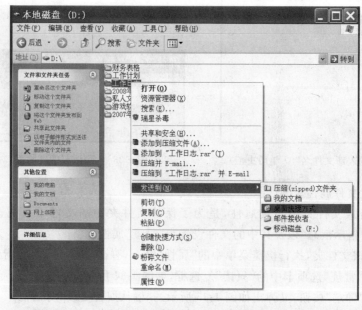

图 1-36 执行快捷菜单中的"发送到"→"桌面快捷方式"命令

1.6.3 操作技巧

复制或移动文件夹时，也可以采用拖动文件到另一文件夹或文件夹窗口的方法。

例如，图 1-37 打开了两个窗口，把左边窗口中 3 个选中的文件拖动到右边窗口空白位置，拖动时鼠标指针旁边出现一个 ⊞ 符号，这是复制操作。

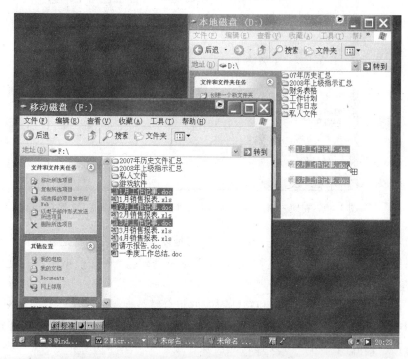

图 1-37　直接拖动左边窗口的 3 个文件复制到 D 盘

又例如，图 1-38 是在按住 Shift 键的同时，拖动左边窗口的 3 个文件移动到 D 盘的"工作日志"文件夹，鼠标指针旁边没有出现 ⊞ 符号，表示这是移动操作。

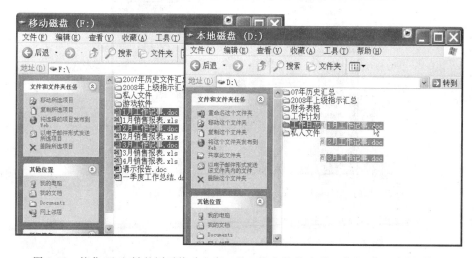

图 1-38　按住 Shift 键的同时拖动左窗口的 3 个文件移动到 D 盘"工作日志"文件夹

再例如，图1-39是在同一窗口内拖动下面3个选中的文件到"工作日志"文件夹，是移动操作。

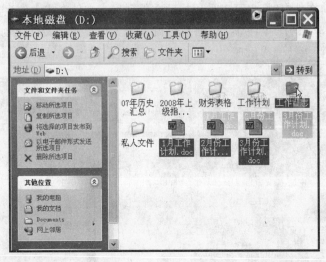

图1-39　在同一窗口内拖动下面3个文件到"工作日志"文件夹

　　拖动时如果鼠标指针盘多了一个田形状就是复制操作，否则就是移动操作。

　　如果把文件从另一个磁盘复制或移动到另一个磁盘，则要根据情况考虑是否按住Shift键进行操作。

　　使用键盘操作时，复制、剪切和粘贴对应的组合键依次是Ctrl＋C、Ctrl＋X、Ctrl＋V。

　　采用本实训中的方法删除文件，观察图1-33中提到的回收站。双击桌面上的"回收站"图标打开"回收站"窗口，可以找到前面操作删除的"07年历史汇总"文件夹。右击该文件夹，弹出快捷菜单如图1-40所示，如果执行"删除"命令将把它彻底从磁盘删除，执行"还原"命令，则可以把它重新送回到删除前所在的文件夹。

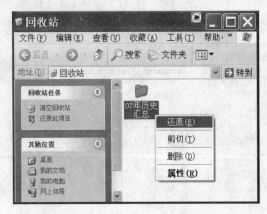

图1-40　在"回收站"处理文件夹快捷菜单

1.6.4 课后作业

(1) 在 D 盘上新建一个名字为"考试"的文件夹。

(2) 在"考试"文件夹中创建一个名为 YYY 的文件夹,其中 YYY 是你的姓名。

(3) 在"考试"文件夹中再创建一个名为 LX1 的文件夹,并在 LX1 文件夹中创建一个文本文件 123.txt。

(4) 将 123.txt 文件改名为 F1.txt。

(5) 将 F1.txt 文件复制到上一级文件夹中。

(6) 在桌面为 F1.txt 文件创建一个快捷方式。

(7) 删除上述创建的所有文件、文件夹和快捷方式。

1.7 实训 5:磁盘管理

新磁盘在第一次使用前必须先进行格式化。对存有信息的磁盘格式化将会删除其中的全部信息。磁盘随着长期经常添加和删除文件,磁盘上的存储空间会变得很凌乱,造成磁盘工作速度明显下降;如果不能保证每次都正常关闭计算机,还可能造成磁盘出现错误。为此有必要经过较长时间后对磁盘进行整理和检查。本节的主要任务是掌握管理磁盘的方法,涉及的知识点包括:

- 磁盘格式化。
- 检查和整理硬盘。

1.7.1 实训目标

- 磁盘格式化。
- 检查和整理硬盘。

1.7.2 实训提示

(1) 磁盘格式化。

① 右击"可移动磁盘"弹出如图 1-41 所示的快捷菜单,再单击"格式化"命令,弹出如图 1-42 所示的"格式化可移动磁盘"对话框。

② 为了全面格式化优盘,不要选中"快速格式化"复选框,直接单击"开始"按钮。

③ 系统弹出如图 1-43 所示的"格式化可移动磁盘"警示框,单击"确定"按钮。

④ 系统开始格式化,出现一个进度条,并且显示着工作进展的进度百分比,待格式化完成后弹出如图 1-44 所示的"格式化完毕"信息框,单击"确定"按钮。

(2) 清理并检查 C 盘。

① 打开"我的电脑"窗口,右击要清理的磁盘 C,执行快捷菜单中的"属性"命令,打开"本地磁盘(C:)属性"对话框,单击"工具"选项卡,如图 1-45 所示。

② 单击"开始检查"按钮,弹出"检查磁盘"对话框。

③ 为了修复磁盘上的错误,选中"自动修复文件系统错误"复选框,如图 1-46 所示。然后单击"开始"按钮,即可看到显示检查进度条不断推进。

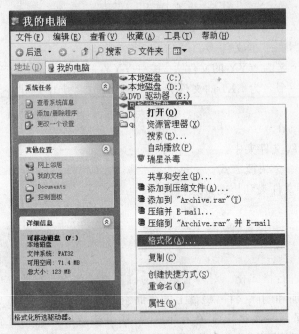

图 1-41　快捷菜单

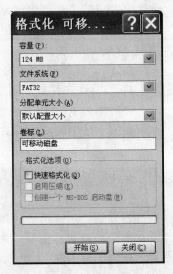

图 1-42　"格式化可移动磁盘"对话框

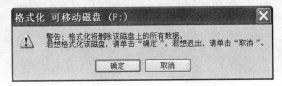

图 1-43　"格式化可移动磁盘"警示框

图 1-44　"正在格式化 可移动磁盘"对话框

图 1-45　"工具"选项卡

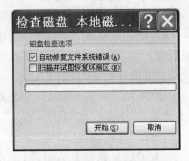

图 1-46　"检查磁盘"对话框

④ 检查硬盘通常要用较长时间,如果着急进行其他工作,可以在检查中随时单击"取消"按钮结束检查,以后空闲时间可继续进行;耐心等待结束后会弹出如图1-47所示的完成检查信息框,单击"确定"按钮,返回如图1-45所示的对话框。

⑤ 单击图1-45对话框的"开始整理"按钮,弹出如图1-48所示的"磁盘碎片整理程序"窗口。

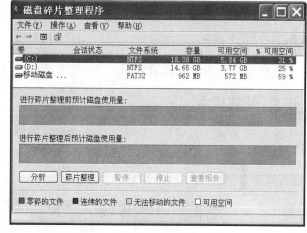

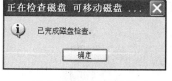

图1-47　结束信息框　　　　　　　　图1-48　"磁盘碎片整理程序"窗口

⑥ 选中要整理的硬盘"C:",单击"碎片整理"按钮。

⑦ 磁盘整理通常要花更多的时间,此时也可以随时单击"暂停"或"停止"按钮结束整理;如果耐心等待结束后会弹出完成信息框,单击"取消"按钮完成检查,返回如图1-45所示的"工具"选项卡。

⑧ 完成或停止整理后,单击"确定"按钮结束。

1.7.3　课后作业

备份好移动磁盘上的信息,然后练习对移动磁盘进行磁盘整理和格式化操作。

1.8　实训6:搜索文件

随着使用计算机时间的积累,通常可能保存数千上万个各类文件,保存的目的当然是考虑以后可能要用到。但是仅仅凭着依稀的记忆,用人工方法在海量的硬盘空间中找到很久以前存储的某个文件是相当麻烦的事,这时利用搜索功能就变得十分必要了。在利用记忆中不完整的文件名搜索文件时,可以用到两个通配符代替文件名中忘记的部分符号。

- ?:表示文件名中任意一个字符。
- *:表示任意多个符号。

例如,搜索名字为"???.doc"的文件,表示找文件主名为任意 3 个字符,扩展名为"doc"的文件;搜索名字为"计划 * .xls"的文件,表示找文件主名前两个符号为"计划",后面可以是任意多个任意字符且扩展名为 xls 的文件。本节的主要任务是掌握搜索文件的各种方法,涉及的知识点包括:

- 通配符的使用。
- 搜索文件的常用方法。

1.8.1 实训目标

要在 D 盘搜索个人保险方面的 Word 文档资料。

1.8.2 实训提示

在 D 盘搜索个人保险方面的 Word 文档资料操作如下:

① 打开 D 盘,然后单击"标准按钮工具栏"上的搜索按钮" 搜索 ",窗口左边出现了"搜索助理"窗格,如图 1-49 所示。

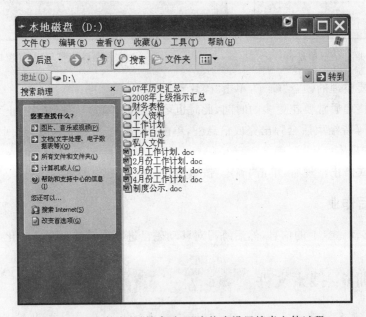

图 1-49　文件夹的"搜索助理"窗格中设置搜索文件过程

② 单击如图 1-49 所示的"搜索助理"窗格中的"所有文件或文件夹"选项,然后在"全部或部分文件名"文本框中输入" * 保险 * .doc",如图 1-50 所示。

③ 单击"搜索"按钮,系统开始搜索,最后搜索到的文件出现在如图 1-51 所示的窗口中。

④ 直接双击搜索到的文件即可打开该文件,如果还想知道该文件所在的文件夹,可

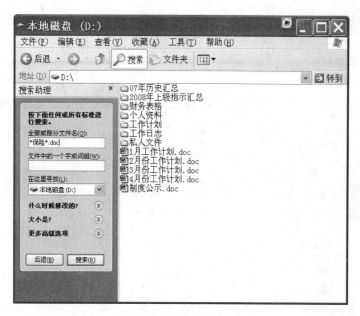

图 1-50 输入要搜索的文件名"＊保险＊.doc"

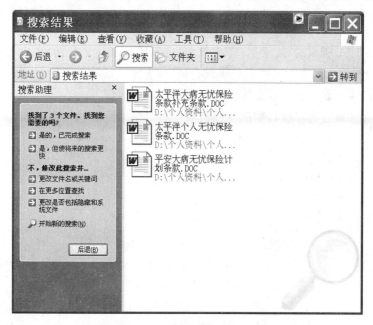

图 1-51 搜索到的文件窗口

以右击该文件,弹出快捷菜单,如图 1-52 所示,单击"打开所在的文件夹"命令,立即就可打开该文件所在的文件夹窗口。

1.8.3 操作技巧

本实训只考虑了依据文件名搜索文件,实际上 Windows 还提供了非常强大的搜索功

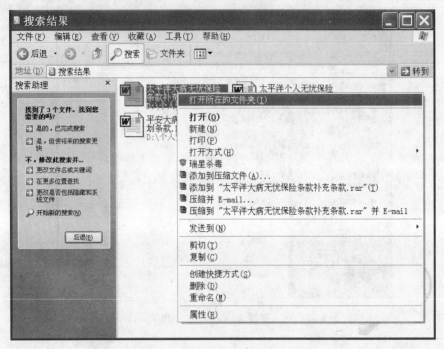

图 1-52　"打开所在的文件夹"命令

能。观察如图 1-51 所示的"搜索助理"面板，单击其中任意一个按钮，可以设置按其他线索进行搜索的方法。具体设置搜索的线索有：

- 指定具体在哪个磁盘或文件夹范围内搜索。
- 按照文件最后的修改日期进行搜索。
- 按照文件大小搜索。
- 按文件属性搜索。
- 设置是否在隐藏的文件夹中搜索等。

1.8.4　课后作业

（1）搜索 C 盘上超过 10MB 的可执行文件（扩展名为 exe）。

（2）搜索计算机中保存了多少 Word 文档（扩展名为 doc）、多少电子表格文档（扩展名为 xls）。

1.9　实训 7：安装和删除软件

　　Windows XP 提供了很多功能组件。在安装 Windows 系统的过程中，考虑到用户的需求和其他限制条件以及避免浪费系统资源，系统默认不会把用户可能不用的组件自动安装到计算机硬盘上，以后用户在使用过程中可根据需要再补充安装需要的组件。同理，当用户不再需要某些已经安装的组件时，可以删除这些组件以释放磁盘空间。涉及的知识点包括：

- 控制面板的使用。
- 添加和删除 Windows 组件的方法。

1.9.1 实训目标

添加部分 Windows 组件，并删除某些不再需要的组件。

1.9.2 实训提示

添加和删除 Windows 组件操作方法如下：

① 打开"控制面板"窗口，双击"添加或删除程序"图标，打开"添加或删除程序"窗口，如图 1-53 所示。

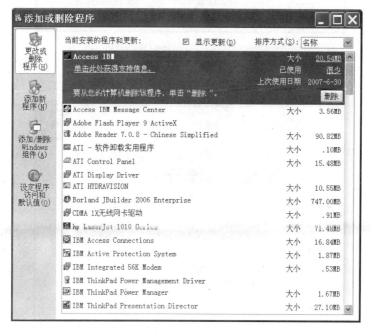

图 1-53　"添加或删除程序"窗口

② 单击窗口左边的"添加/删除 Windows 组件"按钮，系统弹出"Windows 组件向导"对话框，如图 1-54 所示。

③ 在"组件"列表框中，选定原来没有选中的组件 MSN Explorer，使其左边的复选框处于选中状态，即表示要补充安装该组件（反之取消选中原来处于选中状态的复选框，即表示删除该已经安装的组件），如图 1-55 所示。

④ 单击"下一步"按钮，系统弹出如图 1-56 所示的提示"插入磁盘"信息框，插入 Windows 系统安装盘后单击"确定"按钮即可开始补充安装所选择的 Windows 组件，同时自动删除要取消的组件。

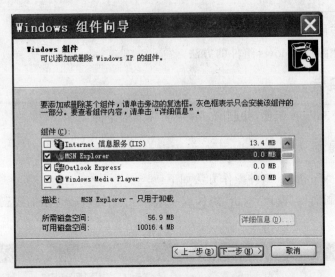

图 1-54 "Windows 组件向导"对话框

图 1-55 "Windows 组件向导"对话框

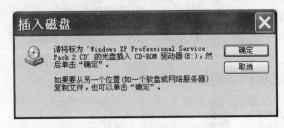

图 1-56 提示"插入磁盘"信息框

1.9.3 操作技巧

如果组件左边的方框中有"√"且呈灰色,如图 1-55 中所示的"Internet 信息服务 (IIS)",则表示该组件是由多个程序组成的一套组件,且其中只安装了部分组件。如果要添加或删除一个组件的部分程序,则需先选中该组件,再单击"详细信息"即可展开该套组件中的全部内容,然后选择或清除要添加或删除的部分,最后单击"确定"按钮返回"添加/删除 Windows 组件"对话框。

如果要删除非 Windows XP 本身自带的软件,可以直接选中"添加或删除程序"窗口中相应的软件,其右边自动会出现"更改或删除"按钮,单击它即可在弹出的向导中完成相应的功能。

1.9.4 课后作业

练习安装或删除 Windows 系统自带的游戏。

1.10 实训 8:使用计算机杀毒软件

计算机病毒严重威胁计算机的安全性,所以现在所有的计算机系统都必须安装杀毒软件,并需要定期进行杀毒处理。作为非计算机专业人员,计算机病毒不会对这些所谓弱者施加特别的怜悯,实际上这一用户群体总是计算机病毒最大的受害者,这些用户对病毒认识模糊、防毒和杀毒意识薄弱是最主要的原因。

计算机病毒是一个程序、一段可执行码。就像生物病毒一样,计算机病毒有独特的复制能力。计算机病毒可以借助存储介质的转移和计算机网络很快蔓延。它们通过把病毒自身附着在各种类型的文件上,当文件从一台计算机传送到另一台计算机时,病毒就完成了传播和蔓延。

计算机病毒依据病毒编制者的意图和能力,通常删除或更改计算机数据信息破坏计算机信息的安全,或通过占用系统资源使计算机系统工作效率降低以至瘫痪,更严重的可以使计算机系统彻底崩溃,给用户造成难以预测的损失。本节的主要任务是了解计算机病毒的危害和传播途径,培养用户建立强烈的预防计算机病毒的意识,涉及的操作技能包括:

- 安装杀病毒软件。
- 杀毒软件的升级。
- 查杀计算机病毒。

1.10.1 实训目标

- 安装杀病毒软件。
- 杀毒软件的升级。
- 杀病毒。

1.10.2 实训提示

(1)安装瑞星杀病毒软件。

① 将瑞星杀病毒软件安装光盘插入驱动器，一般系统会自动执行光盘上的安装程序，弹出如图 1-57 所示的画面。

图 1-57 瑞星杀病毒安装程序启动画面

② 单击"安装瑞星杀毒软件"按钮开始安装，以后随着安装向导继续选择相应的操作即可顺利完成安装的全过程。安装完成后在任务栏时钟左边会出现一个 图标。

安装向导主要包括：选择软件所使用的字体、版权说明、默认或定制安装、安装所在的程序文件夹、安装时复制文件进度等。

一般正版杀毒软件都需要进行正版验证（或称注册），刚安装了杀病毒软件后，一般会自动弹出注册向导，按照向导提示直接操作即可。

（2）杀毒软件升级。

① 安装并注册瑞星杀病毒软件后，任务栏上出现 图标，双击它弹出如图 1-58 所示的"瑞星杀毒软件"窗口。

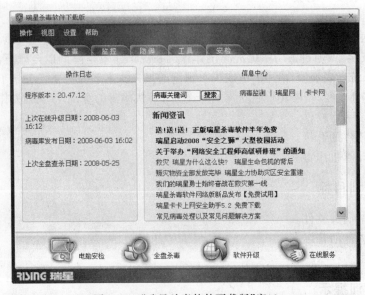

图 1-58 "瑞星杀毒软件下载版"窗口

② 确认计算机已经连接到互联网,然后单击"软件升级"按钮,系统弹出"瑞星软件智能升级程序"窗口,窗口中显示着升级进度条,如图 1-59 所示。

图 1-59　"瑞星软件智能升级程序"窗口显示着升级进度

稍后升级下载完毕,系统弹出安装升级过程窗口并自动开始安装,安装完毕后窗口如图 1-60 所示。

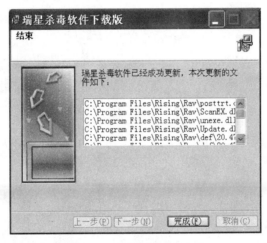

图 1-60　安装完毕后的窗口

③ 单击"完成"按钮。

（3）杀病毒。

① 为了杀计算机中的病毒,重新打开如图 1-61 所示的"瑞星杀毒软件"窗口。

② 单击"全盘杀毒"按钮,即可看见杀毒软件开始对所有磁盘进行检查和杀病毒的全过程。在杀毒过程中如果发现有计算机病毒,通常会列在窗口中。

③ 查杀病毒完成后,弹出信息提示查、杀病毒完成情况。

④ 最后单击窗口右上角的"取消"按钮结束。

1.10.3　操作技巧

由于现在的磁盘越来越大,通常对所有磁盘进行一次扫描杀毒处理要花费很长时间,使得很多人对全盘杀一次病毒非常畏惧,担心耽误时间影响工作。目前大多数杀计算机病毒软件都提供了一项非常有用的设置,即杀毒结束后自动关闭计算机。以瑞星杀计算

机病毒软件为例,进行设置的方法如下:

① 打开瑞星杀计算机病毒软件窗口,单击"设置"→"详细设置"命令,如图 1-61 所示。

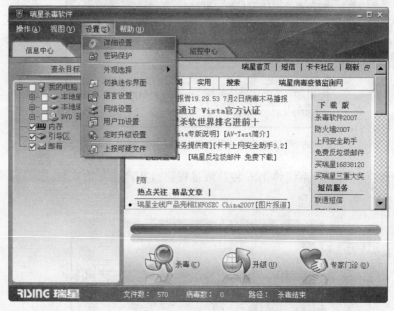

图 1-61　执行"设置"→"详细设置"命令

② 系统弹出"瑞星设置"对话框,如图 1-62 所示,在"杀毒结束后"下拉列表框中选择"关机"选项,然后单击"确定"按钮。

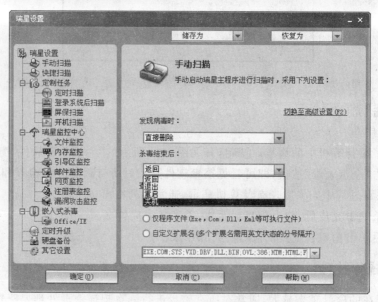

图 1-62　设置"杀毒结束后"自动关机

以后在单位可选择在下班前或在家中可选择睡觉前杀计算机病毒,完成后会自动关闭计算机,也就丝毫不会占用工作或休息时间等候杀毒结束了。

1.10.4 课后练习

选择任意一品牌的杀毒软件,练习从安装、注册、升级到杀病毒的全过程。

第2章

文字处理模块

随着社会的不断发展,计算机的使用逐渐普及到每个家庭,在生活、工作和学习中发挥着越来越大的作用,其中使用计算机进行文字处理几乎是使用计算机功能最频繁的一项。那么对于许多普通的文档,我们不仅仅是文字录入,同时也希望排版美观、赏心悦目。本章通过几个实训练习,帮助学生掌握文字处理中的基本排版方法、表格以及图表的使用、分节后不同节设置不同页面格式的方法、邮件合并快速分发邮件、图文混排及绘图工具的综合应用、论文综合排版等。实训的内容由浅入深,学习者不但能够掌握基本的排版技能,还可以对 Word 2003 中的高级排版技能进行训练。

2.1 实训1：制作精美的卷首语

下面的实训是制作一份精美的杂志卷首语,在实训中将运用 Word 2003 中最基本的排版方法。

2.1.1 实训目标

将图 2-1 中的文字排成如图 2-2 所示的形式。

2.1.2 实训步骤

(1) 启动 Word 2003,建立空文档,录入如图 2-1 所示的文档。

(2) 按以下要求设置格式,设置后的效果如图 2-2 给出的实训样文。

- 在文档上方使用艺术字插入主标题"卷首语"。
- 在主标题下添加文章的标题"阿尔及利亚人的鲜花",设置其格式字体为隶书,字号为三号,加粗,居中显示。
- 在标题下添加文章作者"[法]玛格丽特·杜拉斯",设置其格式字体为华文仿宋,字号为小四。
- 将正文文字设置字体为隶书,字号为小四。
- 将正文文字分为两栏。

大概是十几天前吧，一个星期天的早晨，十点钟，雅各布路与波拿巴路的交叉口，圣日耳曼-德-普雷区，一个小伙子正从布西市场往路口走去。他十几岁，衣衫褴褛，推着满满一手推车的鲜花，这是一个年轻的阿尔及利亚人偷偷摸摸的卖花儿，偷偷摸摸的讨生活。他走到雅各布路与波拿巴路的交叉口，停了下来，因为这儿没有市场上管的紧，当然，他多少还是有点惶惶不安。

他的不安是有道理的。在那儿还不到十分钟——连一束花也还没来得及卖出去，两位身着"便衣"的先生便朝他走来。这两个家伙是从波拿巴路上蹦出来的。他们在捕捉猎物。猎犬一般朝天的鼻子四处嗅着异类，在这个阳光灿烂的星期天里，似乎暗示着有什么不平常的事情要发生了。果然，一只小鹌鹑！他们径直向猎物走去。

证件？

他没有获准卖花儿的证件。

于是，其中的一位先生走近了手推车，紧握的拳头向车下伸去——啊！他可真够有劲的！只消一拳便掀翻了车里的所有东西。街口顿时被初春刚刚盛开的(阿尔及利亚)鲜花遮盖了。可惜爱森斯坦不在，也没有其他人能够再现这一幅满地落花的街景，只有这个十来岁的阿尔及利亚小伙子呆望着，被两位法兰西秩序的代言人夹在中间。驶在前面的车子开了过去，本能的绕开——那可是没人阻止得了的，免得压碎了那些花朵。

街上没有人做声，只有一位夫人，是的，只她一个。

"太好了！先生们，"她嚷道，"瞧啊，如果每次都这么干，用不了多久我们就能把这些渣滓给清除了！干得好！"

然而从市场那头又走来一位夫人，她静静的看着，看着那些花儿，看着卖花儿的小犯人，还有那位欣喜若狂的夫人和两位先生。接着，她未置一词，弯下腰去，捡起鲜花，付了钱。然后，又有四位夫人过来，弯下腰，拾起花，付了钱。15位。一共15位夫人。谁也没说一句话。两位先生狂怒了。可是他们又能怎么样呢？这些花儿就是卖的，他们总不能制止人们买花儿的欲望。

一切不过十分钟不到。地上再也没有一朵花儿。

——(张书摘自漓江出版社《外面的世界》　节)

图 2-1　卷首语原文

- 将正文行距设置为固定值 20 磅。
- 设置"首字下沉"，下沉 2 行。
- 为文档插入素材中的 background.bmp 图片，使图片衬于正文文字下方。
- 设置整篇文档上、下页边距为默认值，左、右页边距都改为 3cm。
- 为整篇文档添加"艺术型"页面边框。
- 在页面右下角插入页码。
- 在页脚居中加入如图 2-2 所示的自选图形，并添加文字。

(3) 将文档进行保存。

2.1.3　实训提示

(1) 启动 Word 2003，建立空文档，录入如图 2-1 所示的文档。

① 启动 Word 2003。选择任务栏中的"开始"→"所有程序"→Microsoft Office→Microsoft Office Word 2003 命令。

② 启动 Word 时，自动建立一个文件名为"文档 1.doc"的空文档。

③ 在"文档 1.doc"中录入实训原文的内容。

(2) 按以下要求设置格式：

- 使用艺术字插入主标题"卷首语"。

① 在文档最开头按回车键，光标定位于空出的第一行。

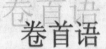

卷首语

阿尔及利亚人的鲜花

[法]玛格丽特·杜拉斯

大概是十几天前吧，一个星期天的早晨，十点钟，雅各布路与波拿巴路的交叉口，圣日耳曼-德-普雷区，一个小伙子正从布西市场往路口走去。他十几岁，衣衫褴褛，推着满满一手推车的鲜花，这是一个年轻的阿尔及利亚人偷偷摸摸的卖花儿，偷偷摸摸的讨生活。他走到雅各布路与波拿巴路的交叉口，停了下来，因为这儿没有市场上管的紧，当然，他多少还是有点惶惶不安。

他的不安是有道理的。在那儿还不到十分钟——连一束花也还没来得及卖出去，两位身着"便衣"的先生便朝他走来。这两个家伙是从波拿巴路上蹦出来的。他们在捕捉猎物。猎犬一般朝天的鼻子四处嗅着异类，在这个阳光灿烂的星期天里，似乎暗示着有什么不平常的事情要发生了。果然，一只小鹌鹑！他们径直向猎物走去。

证件？

他没有获准卖花儿的证件。

于是，其中的一位先生走近了手推车，紧握的拳头向车下伸去——啊！他可真够有劲的！只消一拳便掀翻了车里的所有东西。街口顿时被初春刚刚盛开的（阿尔及利亚）鲜花遮盖了。可惜爱森斯坦不在，也没有其他人能够再现这一幅满地落花的街景，只有这个十来岁的阿尔及利亚小伙子呆望着，被两位法兰西秩序的代言人夹在中间。驶在前面的车子开了过去，本能的绕开——那可是没人阻止得了的，免得压碎了那些花朵。

街上没有人做声，只有一位夫人，是的，只她一个。

"太好了！先生们，"她嚷道，"瞧啊，如果每次都这么干，用不了多久我们就能把这些渣滓给清除了！干得好！"

然而从市场那头又走来一位夫人，她静静的看着，看着那些花儿，看着卖花儿的小犯人，还有那位欣喜若狂的夫人和两位先生。接着，她未置一词，弯下腰去，捡起鲜花，付了钱。然后，又有四位夫人过来，弯下腰，拾起花，付了钱。15 位。一共15 位夫人。谁也没说一句话。两位先生狂怒了。可是他们又能怎么样呢？这些花儿就是卖的，他们总不能制止人们买花儿的欲望。

一切不过十分钟不到。地上再也没有一朵花儿。

——（张书摘自漓江出版社《外面的世界》一书）

图 2-2　卷首语样文

　② 选择"插入"→"图片"→"艺术字"命令，弹出"艺术字库"对话框，如图 2-3 所示，选择第 3 行第 3 列的艺术字样式，单击"确定"按钮。

　③ 在弹出的"编辑'艺术字'文字"对话框中，如图 2-4 所示，输入"卷首语"，单击"确定"按钮。

　④ 选定"卷首语"，右击，在弹出的快捷菜单中选择"设置艺术字格式"命令，弹出"设置艺术字格式"对话框，如图 2-5 所示。在"版式"选项卡中，设置"水平对齐方式"为"居中"，单击"高级"按钮，弹出"高级版式"对话框，如图 2-6 所示，在"文字环绕"选项卡中，设

置"环绕方式"为"上下型",单击"确定"按钮。

图 2-3 "艺术字库"对话框

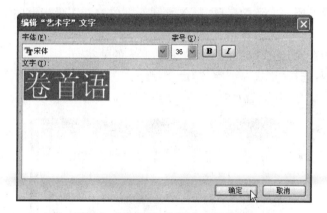

图 2-4 "编辑'艺术字'文字"对话框

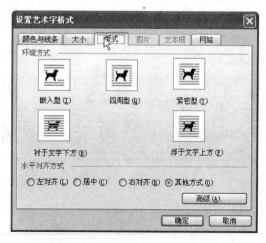

图 2-5 "设置艺术字格式"对话框

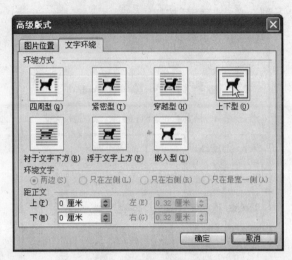

图 2-6 "高级版式"对话框

- 在主标题下添加文章的标题"阿尔及利亚人的鲜花",设置其格式字体为隶书,字号为三号,加粗,居中显示。

① 在主标题下输入文章的标题"阿尔及利亚人的鲜花"。

② 选定标题,选择"格式"→"字体"命令,弹出"字体"对话框,如图 2-7 所示,"中文字体"设置为"隶书","字号"设置为"三号","字形"为"加粗",单击"确定"按钮。

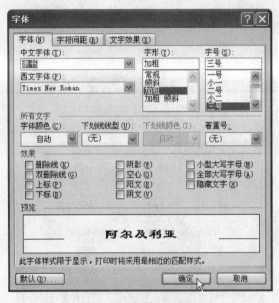

图 2-7 "字体"对话框

③ 选定标题,选择"格式"→"段落"命令,弹出"段落"对话框,如图 2-8 所示,"对齐方式"设置为"居中"。

- 在标题下添加文章作者"［法］玛格丽特·杜拉斯",设置其格式字体为华文仿宋,

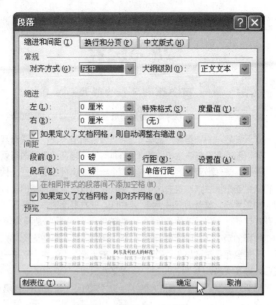

图 2-8 "段落"对话框

字号为小四(操作步骤同上)。

· 将正文文字分为两栏。

① 将正文全部选定。

② 选择"格式"→"分栏"命令,弹出"分栏"对话框,如图 2-9 所示,调整"栏数"右边的微调按钮,设置为 2,单击"确定"按钮,则文档被分为两栏。

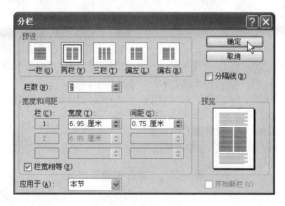

图 2-9 "分栏"对话框

③ 调节分栏高度。分栏后的文档可能各栏不在一个水平线上,差距很大,版面不协调。将光标移至需要平衡栏的结尾处,选择"插入"→"分隔符"命令,在"分节符类型"选项组中选中"连续"单选按钮。单击"确定"按钮,就可以得到等高的分栏效果,如图 2-10 所示。

· 将正文行距设置为固定值 20 磅。

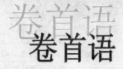

卷首语

阿尔及利亚人的鲜花

[法]玛格丽特·杜拉斯 ┈┈┈┈┈┈分节符(连续)┈┈┈┈┈┈

大概是十几天前吧，一个星期天的早晨，十点钟，雅各布路与波拿巴路的交叉口，圣日耳曼-德-普雷区，一个小伙子正从布西市场往路口走去。他十几岁，衣衫褴褛，推着满满一手推车的鲜花；这是一个年轻的阿尔及利亚人偷偷摸摸的卖花儿，偷偷摸摸的讨生活。他走到雅各布路与波拿巴路的交叉口，停了下来，因为这儿没有市场上管的紧，当然，他多少还是有点惶惶不安。

他的不安是有道理的。在那儿还不到十分钟——连一束花儿也还没来得及卖出去，两位身着"便衣"的先生便朝他走来。这两个家伙是从波拿巴路上蹦出来的。他们在捕捉猎物。猎犬一般朝天的鼻子四处嗅着异类，在这个阳光灿烂的星期天里，似乎暗示着有什么不平常的事情要发生了。果然，一只小鹌鹑！他们径直向猎物走去。

证件？

他没有获准卖花儿的证件。

于是，其中的一位先生走近了手推车，紧握的拳头向车下伸去——啊！他可真够有劲的！只消一拳便掀翻了车里的所有东西。街口顿时被初春刚刚盛开的（阿尔及利亚）鲜花遮盖了。

可惜爱森斯坦不在，也没有其他人能够再现这一幅满地落花的街景，只有这个十来岁的阿尔及利亚小伙子呆望着，被两位法兰西秩序的代言人夹在中间。驶在前面的车子开了过去，本能的绕开——那可是没人阻止得了的，免得压碎了那些花朵。

街上没人做声，只有一位夫人，是的，只她一个。

"太好了！先生们，"她嚷道，"瞧啊，如果每次都这么干，用不了多久我们就能把这些渣滓给清除了！干得好！"

然而从市场那头又走来一位夫人，她静静的看着，看着那些花儿，看着卖花儿的小犯人，还有那位欣喜若狂的夫人和两位先生。接着，她未置一词，弯下腰去，捡起鲜花，付了钱。然后，又有四位夫人过来，弯下腰，拾起花，付了钱。15位。一共15位夫人。谁也没说一句话。两位先生狂怒了。可是他们又能怎么样呢？这些花儿就是卖的，他们总不能制止人们买花儿的欲望。

一切不过十分钟不到。地上再也没有一朵花儿。

——（张书摘自漓江出版社《外面的世界》一书）

图 2-10　文档分栏效果图

① 将正文全部选定。

② 选择"格式"→"段落"命令，弹出"段落"对话框，如图 2-11 所示，在"缩进和间距"选项卡中，在"行距"下拉列表框中选择"固定值"选项，将"设置值"设置为"20 磅"，单击"确定"按钮。

· 设置"首字下沉"，下沉 2 行。

① 选定首字，选择"格式"→"首字下沉"命令，弹出"首字下沉"对话框，如图 2-12 所示。

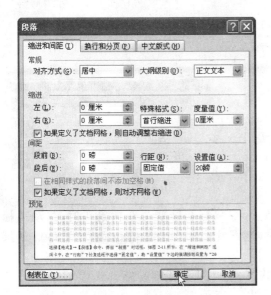

图 2-11 "段落"对话框

图 2-12 "首字下沉"对话框

② 在"首字下沉"对话框中选择"位置"为"下沉","下沉行数"为 2，单击"确定"按钮，最终效果如图 2-13 所示。

• 为文档插入素材中的 background.bmp 图片，使图片衬于正文文字下方。

① 将光标定位于文档任意位置，选择"插入"→"图片"→"来自文件"命令，弹出"插入图片"对话框，如图 2-14 所示。

大概是十几天前吧，一个星期天的早晨，十点钟，雅各布路与波拿巴路的交叉口，圣日耳曼-德-普雷区，一个小伙子正从布西市场往路口走去。他十几岁，衣衫褴褛，推着满满一手推车的鲜花；这是一个年轻的阿尔及利亚人偷偷摸摸的卖花儿，偷偷摸摸的讨生活。他走到雅各布路与波拿巴路的交叉口，停了下来，因为这儿没有市场上管的紧，当然，他多少还是有点惶惶不安。

图 2-13　首字下沉效果

图 2-14　"插入图片"对话框

② 在"插入图片"对话框中，在"查找范围"下拉列表框中，找到实训 1 的素材 background.bmp 图片，单击"插入"按钮。

③ 选定插入的图片，在出现的"图片"工具栏中，选择"文字环绕"方式为"衬于文字下方"，如图 2-15 所示。选择"颜色"为"冲蚀"，如图 2-16 所示。

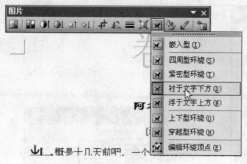

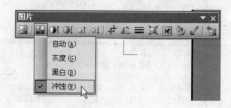

图 2-15　设置图片文字环绕方式　　　　　　图 2-16　设置"冲蚀"颜色

④ 选中图片,把鼠标移动到控制点上,当鼠标指针变为双向箭头时,拖动鼠标调整图片的大小;当鼠标变为十字箭头时,把图片拖动到合适的位置,设置后的效果如图 2-17 所示。

- 设置整篇文档上、下页边距为默认值,左、右页边距都改为 3cm。

① 选择"文件"→"页面设置"命令,弹出"页面设置"对话框,如图 2-18 所示。

图 2-17　插入图片后的效果　　　　　　图 2-18　"页面设置"对话框

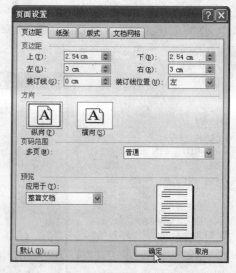

② 在"页面设置"对话框中,选择"页边距"选项卡 "左"、"右"设置为"3cm","应用于"选择"整篇文档",单击"确定"按钮。

- 为整篇文档添加"艺术型"页面边框。

① 选择"格式"→"边框和底纹"命令,弹出"边框和底纹"对话框,如图 2-19 所示。

② 在"边框和底纹"对话框中,选择"页面边框"选项卡,在"艺术型"下拉列表框中选择一种艺术边框,设置"宽度"为"12 磅","应用于"选择"整篇文档",单击"确定"按钮。

- 在页面右下角插入页码。

① 选择"插入"→"页码"命令,弹出"页码"对话框,如图 2-20 所示。

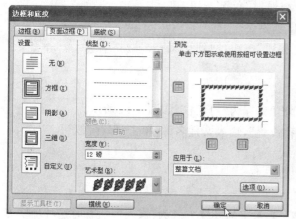 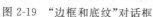

图 2-19 "边框和底纹"对话框　　　　　　图 2-20 "页码"对话框

② 在"页码"对话框中,"位置"下拉列表框中选择"页面底端(页脚)","对齐方式"下拉列表框中选择"右侧",单击"确定"按钮。

• 在页脚居中加入自选图形,并添加文字。

① 选择"视图"→"页眉和页脚"命令,进入"页眉和页脚"编辑状态。

② 将光标定位到页脚位置。

③ 单击"绘图"工具栏中的"自选图形"→"星与旗帜"按钮,选择"横卷形"样式,拖动鼠标画出该图形。

④ 选定该图形,右击,在弹出的快捷菜单中,选择"添加文字"命令,在自选图形中输入"读者·2001·22"。

⑤ 双击自选图形边缘,弹出"设置自选图形格式"对话框,如图 2-21 所示。在"颜色与线条"选项卡中的"填充"下拉列表框选择"填充效果",打开"填充效果"对话框,如图 2-22 所示。

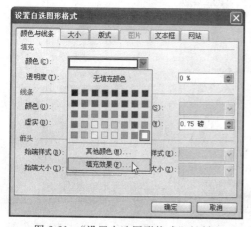

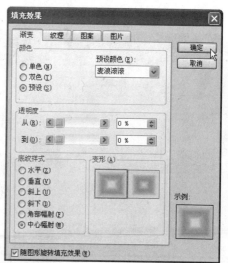

图 2-21 "设置自选图形格式"对话框　　　图 2-22 "填充效果"对话框

⑥ 在"填充效果"对话框中,选择"渐变"选项卡,将"颜色"设置为预设颜色中的"麦浪滚滚",在"底纹样式"列表框中选中"中心辐射"单选按钮,单击"确定"按钮。自选图形效果如图 2-23 所示。

读者·2001·22

图 2-23 自选图形设置效果

⑦ 单击"页眉和页脚"工具栏中的"关闭"按钮,回到正文的编辑状态。

(3) 将文档进行保存。

① 选择"文件"→"另存为"命令,弹出"另存为"对话框,如图 2-24 所示。

② 在"另存为"对话框中,选择"保存位置",输入文件名称,单击"保存"按钮。

2.1.4 操作技巧

(1) 艺术字的使用。

在文档中插入艺术字后,默认情况下艺术字的环绕方式为"嵌入型",有时这种环绕方式并不适合所需要的图文混排方式。因此需要修改,请参见 2.1.3 节中的相关实训步骤。

例如将艺术字的环绕方式修改为"上下型",此时可以通过拖曳鼠标的方式移动艺术字,调整艺术字的位置。然而,拖曳时每次拖曳距离较大,总不能调整到想要的位置,此时可借助 Alt 键同时拖曳鼠标,可以实现艺术字位置的微调。这种微调的方法同样适合于图片以及自选图形。

(2) 快速添加"工具栏"。

在实训中用到了"常用"、"格式"、"绘图"等工具栏,这些工具栏可以从"视图"→"工具栏"进行添加,也可快速添加。在"工具栏"或"菜单"位置右击,就会弹出快捷菜单,如图 2-25 所示,从中即可选择想要的工具栏。

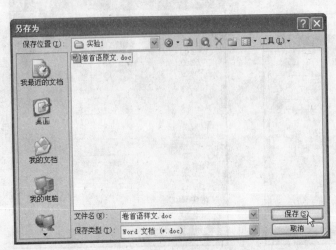

图 2-24 "另存为"对话框

图 2-25 "工具栏"快捷菜单

2.2 实训 2：制作营业额统计表

为了使文档中的数据表示得简洁、明了、形象，表格处理技术是最好的选择，在下面的实训中，将进行基本的排版，着重运用表格及图表来突出文章的内容。

2.2.1 实训目标

将图 2-26 中的文字和表 2-1 中的数据排成如图 2-27 所示的形式。

北太平庄国美电器商城一周销售报表

国美电器商城是全市一家大、中型企业。该企业的经营规模越来越大，经营项目每年正在不断增加，企业职工人数大约有 500 人左右，企业主要经营电视机、电冰箱、洗衣机、微波炉、音响、手机、热水器、加湿器等。诚信则是该电器城打出的又一品牌，在要生存和发展的今天如果没有良好的信誉，就不可能有市场和生存的空间，他们把各主管部门的负责人进行定期的培训、考核，以便适应现代化发展的需要，这是在商业领域竞争的先决条件。

实现消费品零售额的增长、严把质量关则是另一个重要环节。随着近几年来的改革开放，该企业也已拓展了几家分部，销售额都在大幅度提高，国民生产总值的不断增长，人们生活水平得到了改善，这样就伸强消费者的购买力大大增强，该企业对所经营的产品也在不断翻新，继续扩展经营项目，以便消费者能在该电器城买到放心称心的产品。同时，他们还采用售后服务及定期优惠、打折等公关活动和促销手段，有利于人们享受到优厚待遇，在售后服务网络上也逐步完善了新的优化网络结构。今年国美电器城在有效解决促进流通领域快速发展的前提下，改变了各流通主管部门的职能转变，调整了连锁经营、物流配送等现代化流通方式，以便全面促进国美电器城流通领域的快速发展。

此外，他们还经常搞一些市场调查问卷，以便更进一步了解消费者的动态与需求心理，结合市场与消费者的实际情况进行综合分析研究对企业内部进行不断改进、调整，吸引更多的消费者前来购买。

图 2-26 营业额统计表原文

表 2-1 统计表

	星期一	星期二	星期三	星期四	星期五	星期六	星期日
电冰箱	10 626	8936	7689	10 676	9868	27 890	35 672
微波炉	2680	1350	2270	3280	4270	8980	9780
音响	3450	9860	2380	4680	7290	19 640	28 860
电视机	20 122	27 355	47 620	35 460	74 300	89 466	105 980
加湿器	1320	2280	3080	1560	2760	4320	6720
空调	7890	5670	7600	14 620	8930	36 720	76 800
洗衣机	6890	5480	4320	7890	9780	10 766	20 890

2.2.2 实训步骤

（1）启动 Word 2003，建立空文档，录入如图 2-26 所示的文档。

（2）按以下要求设置格式，设置后的效果如图 2-27 所示的实训样文。

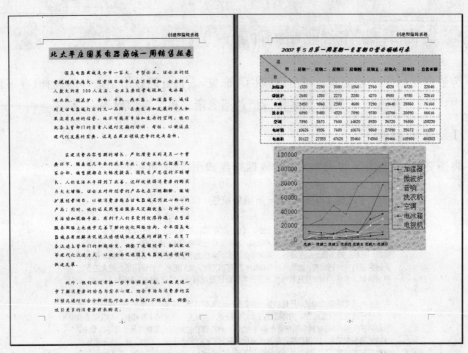

图 2-27　营业额统计表样文

- 文档标题字体为方正舒体,字号为小一,加粗,居中对齐,加字符底纹。
- 正文各段字体为楷体,字号为小四,阴影效果。
- 正文各段字符间距加宽为 1.2 磅。
- 正文各段首行缩进 2 字符,左右缩进 0.9cm,行距为 1.5 倍行距。
- 在正文下方输入表格名称"2007 年 5 月第一周星期一至星期日营业额统计表"。
- 设置表格名称"2007 年 5 月第一周星期一至星期日营业额统计表"字体为方正舒体,字号为三号,加粗,倾斜,阴影并居中。
- 在表格名称下方建立 8 行 8 列的空表格。
- 在表格中输入如表 2-1 所示的数据。
- 在表格右侧添加一列,标题为"总营业额"。
- 表格行和列标题字体为宋体,字号为五号,加粗;所有数据字体为宋体,字号为五号。
- 表格内容对齐方式为水平方向居中,垂直方向也居中。
- 调整表格的宽度和高度。
- 表格左上角单元格内加入斜线表头,行标题为"星期",列标题为"项目"。
- 以"星期一"列为依据,进行递增排序。
- 利用公式对每种产品"总营业额"求和。
- 对表格进行简单的修饰:设置表格的边框线,设置单元格的底纹。
- 设置整篇文档页边距(上、下为 2.6cm,左、右为 3.2cm)。
- 页眉居右位置输入"创建和编辑表格",页脚居中输入页码。

（3）依据表格数据生成数据点折线图图表,如图 2-27 所示。

（4）将文档进行保存。

2.2.3 实训提示

（1）启动 Word 2003，建立空文档，录入实训原文所给出的文档（步骤参考 2.1.3 节）。

（2）按以下要求设置格式。

- 文档标题字体为方正舒体，字号为小一，加粗，居中对齐（步骤参考 2.1.3 节），加字符底纹。

① 选定文档标题。

② 单击"格式"工具栏中的"字符底纹"按钮（**A**），设置后的标题效果如图 2-28 所示。

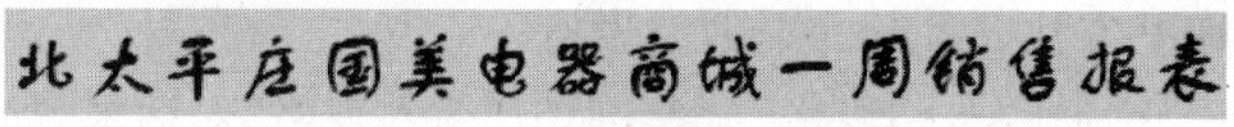

北太平庄国美电器商城一周销售报表

图 2-28　设置后的标题效果

- 正文各段字体为楷体，字号为小四（步骤参考 2.1.3 节），阴影效果。

① 选定正文。

② 选择"格式"→"字体"命令，弹出"字体"对话框。

③ 在"字体"对话框中，选择"字体"选项卡，在"效果"中选中"阴影"复选框，单击"确定"按钮，如图 2-29 所示。

- 正文各段字符间距加宽为 1.2 磅。

① 选定正文。

② 选择"格式"→"字体"命令，弹出"字体"对话框。

③ 在"字体"对话框中，选择"字符间距"选项卡，在"间距"下拉列表框中选择"加宽"，"磅值"设置为"1.2 磅"，单击"确定"按钮，如图 2-30 所示。

图 2-29　设置阴影效果

图 2-30　设置字符间距

- 正文各段首行缩进 2 字符，左右缩进 0.9cm；行距为 1.5 倍行距。

① 选定正文。

② 选择"格式"→"段落"命令，弹出"段落"对话框。

③ 在"段落"对话框中，选择"缩进和间距"选项卡，在"缩进"中，"左"、"右"设置为 0.9cm；在"特殊格式"下拉列表框选择"首行缩进"选项，设置"度量值"为"2 字符"；在"行距"下拉列表框选择"1.5 倍行距"；单击"确定"按钮，如图 2-31 所示。

- 在正文下方输入表格名称"2007 年 5 月第一周星期一至星期日营业额统计表"。
- 设置表格名称"2007 年 5 月第一周星期一至星期日营业额统计表"字体为方正舒体，字号为三号，加粗，倾斜，阴影并居中（步骤参考 2.1.3 节）。
- 在表格名称下方建立 8 行 8 列的空表格。

① 选择"表格"→"插入"→"表格"命令，弹出"插入表格"对话框，如图 2-32 所示。

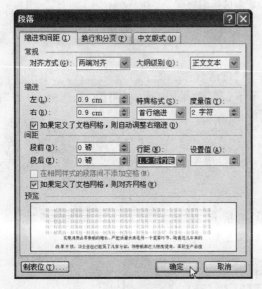

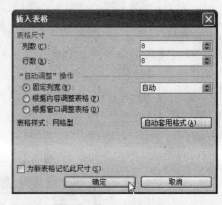

图 2-31　设置段落效果　　　　　　　图 2-32　"插入表格"对话框

② 在"插入表格"对话框中，"表格尺寸"中"列数"、"行数"均设置为 8，单击"确定"按钮，生成 8 行 8 列的空表格。

- 在表格中输入数据。
- 在表格右侧添加一列，标题为"总营业额"。

① 选定表格的最后一列。

② 选择"表格"→"插入"→"列（在右侧）"命令，添加一列。

③ 在添加列的最上方单元格输入"总营业额"。

- 表格行和列标题字体为宋体，字号为五号，加粗；所有数据字体为宋体，字号为五号（步骤参考 2.1.3 节）。
- 表格内容对齐方式为水平方向居中，垂直方向也居中。

① 选定整个表格。

② 右击，在弹出的快捷菜单中选择"单元格对齐方式"中的 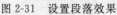 按钮。

- 调整表格的宽度和高度。

① 选定整个表格。

② 把鼠标移动到表格右下角的控制点上，当鼠标指针变为双向箭头时，拖动鼠标调整整个表格的大小。

③ 把鼠标移动到第一个单元格右侧的边框线上，拖动鼠标调整该单元格的宽度；把鼠标移动到第一个单元格底端的边框线上，拖动鼠标调整该单元格的高度。调整后的表格如图 2-33 所示。

	星期一	星期二	星期三	星期四	星期五	星期六	星期日	总营业额
电冰箱	10626	8936	7689	10676	9868	27890	35672	
微波炉	2680	1350	2270	3280	4270	8980	9780	
音响	3450	9860	2380	4680	7290	19640	28860	
电视机	20122	27355	47620	35460	74300	89466	105980	
加湿器	1320	2280	3080	1560	2760	4320	6720	
空调	7890	5670	7600	14620	8930	36720	76800	
洗衣机	6890	5480	4320	7890	9780	10766	20890	

图 2-33　调整后的表格

- 表格左上角单元格内加入斜线表头，行标题为"星期"，列标题为"项目"。

① 将光标定位于表格的第一个单元格。

② 选择"表格"→"绘制斜线表头"命令，弹出"插入斜线表头"对话框，如图 2-34 所示。

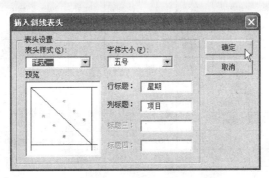

图 2-34　"插入斜线表头"对话框

③ 在"插入斜线表头"对话框的"表头样式"下拉列表框中选择"样式一"；在"字体大小"下拉列表框中选择"五号"；"行标题"输入"星期"，"列标题"输入"项目"，单击"确定"按钮。

- 以"星期一"列为依据，进行递增排序。

① 将光标定位于表格的任意单元格。

② 选择"表格"→"排序"命令，弹出"排序"对话框，如图 2-35 所示。

③ 在"排序"对话框中，"主要关键字"下拉列表框中选择"星期一"，再选择"升序"单选按钮，单击"确定"按钮。

· 利用公式对每种产品"总营业额"求和。

① 将光标定位于放置第一种产品"总营业额"结果的单元格。

② 选择"表格"→"公式"命令，弹出"公式"对话框，如图 2-36 所示。

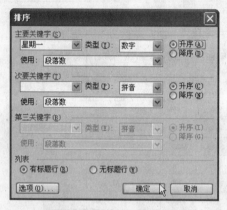

图 2-35 "排序"对话框

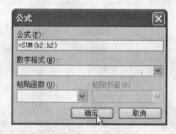

图 2-36 "公式"对话框

③ 在"公式"对话框中，输入公式"＝SUM(b2:h2)"，单击"确定"按钮。

④ 计算出每种产品的"总营业额"，方法同以上 3 步，只是每次输入的公式不同。计算后的表格如图 2-37 所示。

星期\项目	星期一	星期二	星期三	星期四	星期五	星期六	星期日	总营业额
加湿器	1320	2280	3080	1560	2760	4320	6720	22040
微波炉	2680	1350	2270	3280	4270	8980	9780	32610
音响	3450	9860	2380	4680	7290	19640	28860	76160
洗衣机	6890	5480	4320	7890	9780	10766	20890	66016
空调	7890	5670	7600	14620	8930	36720	76800	158230
电冰箱	10626	8936	7689	10676	9868	27890	35672	111357
电视机	20122	27355	47620	35460	74300	89466	105980	400303

图 2-37 计算后的表格

· 对表格进行简单的修饰：设置表格的边框线，设置单元格的底纹。

① 选定整个表格。

② 选择"格式"→"边框和底纹"命令，弹出"边框和底纹"对话框，如图 2-38 所示。

③ 在"边框和底纹"对话框中，选择"边框"选项卡，"设置"为"自定义"，选择"线型"、"颜色"设置"外边框"；再选择"线型"、"颜色"设置"内边框"，单击"确定"按钮。

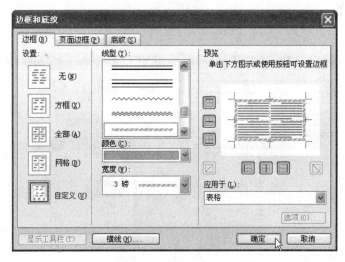

图 2-38 "边框和底纹"对话框

④ 选定表格的第一行,选择"格式"→"边框和底纹"命令,在弹出的"边框和底纹"对话框中,选择"底纹"选项卡,"填充"一种颜色,单击"确定"按钮。修饰后的表格如图 2-39 所示。

星期 项目	星期一	星期二	星期三	星期四	星期五	星期六	星期日	总营业额
加湿器	1320	2280	3080	1560	2760	4320	6720	22040
微波炉	2680	1350	2270	3280	4270	8980	9780	32610
音响	3450	9860	2380	4680	7290	19640	28860	76160
洗衣机	6890	5480	4320	7890	9780	10766	20890	66016
空调	7890	5670	7600	14620	8930	36720	76800	158230
电冰箱	10626	8936	7689	10676	9868	27890	35672	111357
电视机	20122	27355	47620	35460	74300	89466	105980	400303

图 2-39 修饰后的表格

* 设置整篇文档页边距,上、下为 2.6cm,左、右为 3.2cm(步骤参考 2.1.3 节)。
* 页眉居右位置输入"创建和编辑表格",页脚居中输入页码。

① 选择"视图"→"页眉和页脚"命令,进入"页眉和页脚"编辑状态。

② 将光标定位到页眉位置,输入"创建和编辑表格",单击"格式"工具栏中的"右对齐"按钮(▤)。

③ 单击"页眉和页脚"工具栏中的"在页眉和页脚间切换"按钮(▤),切换到页脚,单击"格式"工具栏中的"居中"按钮(▤),单击"页眉和页脚"工具栏中的"插入'自动图文集'"→"页码"命令,在页脚位置输入页码。

(3) 依据表格数据生成数据点折线图图表。

① 选定表格的前 8 列。

② 选择"插入"→"图片"→"图表"命令,生成图表,如图 2-40 所示。

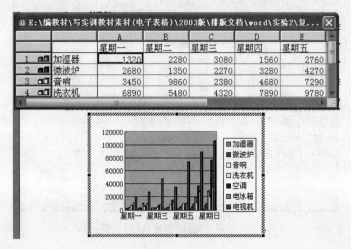

图 2-40　插入图表

③ 单击图表外的空白处,退出图表编辑状态,选定图表,拖动图表控制点,调整图表的大小。

④ 双击图表,进入图表编辑状态,选择"图表"→"图表类型"命令,打开"图表类型"对话框,如图 2-41 所示,"图表类型"选择"折线图","子图表类型"选择"数据点折线图",单击"确定"按钮,改变了图表的类型。

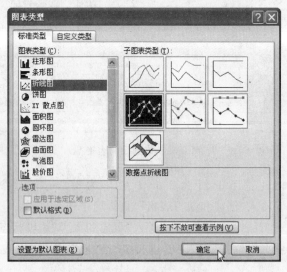

图 2-41　"图表类型"对话框

⑤ 双击图表的"坐标轴"区域,弹出"坐标轴格式"对话框,如图 2-42 所示。选择"字体"选项卡,"大小"设置为 10,单击"确定"按钮。

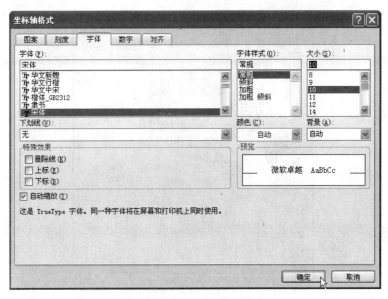

图 2-42 "坐标轴格式"对话框

⑥ 双击图表的"图表区"区域,弹出"图表区格式"对话框,如图 2-43 所示。选择"区域"中的"填充效果"按钮,弹出"填充效果"对话框,如图 2-44 所示。选择"纹理"选项卡中的"水滴"纹理,单击"确定"按钮。图表的设置效果如图 2-45 所示。

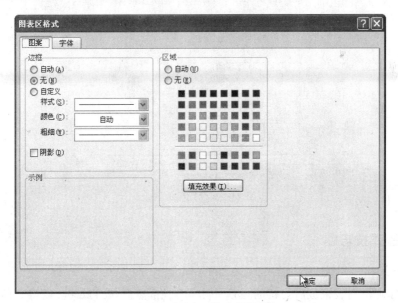

图 2-43 "图表区格式"对话框

(4) 将文档进行保存(步骤参考 2.1.3 节)。

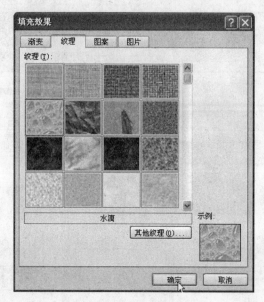

图 2-44 "填充效果"对话框

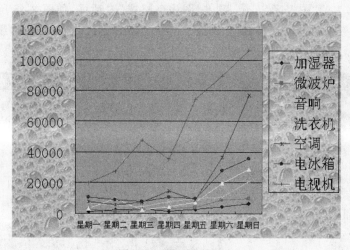

图 2-45 设置后的图表

2.2.4 操作技巧

(1) 在表格末尾快速添加一行。

将光标定位到表格最后一行的最后一个单元格,然后按 Tab 键;或将光标定位到表格最后一行外的段落标记处,然后按回车键。

(2) 表格中光标顺序移动的快捷键。

将光标移动到下一个单元格的快捷键:Tab。

将光标移动到上一个单元格的快捷键:Shift+Tab。

（3）表格中公式的使用。

如果单元格中显示的是大括号和代码（例如，{＝SUM(LEFT)}）而不是实际的求和结果，则表明 Word 正在显示域代码。要显示域代码的计算结果，请按 Shift＋F9 键。相反，如果想查看域代码，也可按 Shift＋F9 键。

如果在域代码中对公式进行了修改，则按 F9 键可对计算结果进行更新。

2.3 实训3：制作个人简历

通过本案例，不仅使学习者掌握在 Word 中使用分节来设置同一篇文档中的不同设置的高级技巧，还提供了一个书写个人简历的模板。

2.3.1 实训目标

制作个人简历：包括封面、自荐书和个人简历表格。

2.3.2 实训步骤

（1）启动 Word 2003，建立空文档，以下所有内容均在同一篇文档中编辑。

（2）设计个人简历的封面。利用绘图工具制作封面，样式可参考图 2-47。

（3）参考如图 2-46 所示的原文，书写"自荐书"，并对"自荐书"进行修饰排版。样式参考图 2-48。

自荐书

学生工作委员会：

　　大家好！

　　我是来自法律的刘舒。性格活泼开朗，处事沉着、果断，能够顾全大局。今天我很荣幸地表达自己由来已久的愿望，"我要竞选学生会主席。"我在这里郑重承诺："我将尽全力完成学校领导和同学们交给我的任务，使学生会成为一个现代化的积极团体，成为学校的得力助手和同学们信赖的组织。"

　　假如我当上了学生会主席，我要进一步完善自己，提高自己各方面的素质，要进一步提高自己的工作热情，以饱满的热情和积极的心态去对待每一件事情；要进一步提高责任心，在工作中大胆创新，锐意进取，虚心地向别人学习；要进一步的广纳贤言，做到有错就改，有好的意见就接受，同时坚持自己的原则

　　假如我当上了学生会主席，我将以"奉献校园、服务同学"为宗旨，真正做到为同学们服务，代表同学们行使合法权益，为校园的建设尽心尽力。在学生会利益前，我们坚持以学校、大多数同学的利益为重，决不以公谋私。努力把学生会打造成一个学生自己管理自己，高度自治，体现学生主人翁精神的团体。

　　我知道，再多灿烂的话语也只不过是一瞬间的智慧与激情，朴实的行动才是开在成功之路上的鲜花。我想，如果我当选的话，一定言必行，行必果。

　　请各位评委给我一张信任的投票，给我一个施展才能的机会。

　　此致

敬礼！

自荐人：刘舒
2007 年 11 月 15 日

图 2-46　自荐书原文

图 2-47　简历封面

- 将"自荐书"的内容输入到第 2 页。设置标题及正文的字体字号。
- "自荐书"的末尾插入可自动更新的日期。
- 为"自荐书"这一页添加页面边框。

（4）设计个人简历表格。样式参考图 2-49。

- 在"自荐书"后另起一页，建立表格，录入内容。
- 设置表格的边框线，设置单元格的底纹。
- 为个人简历表格所在的页添加页眉和页脚，页眉内容为"＊＊个人简历"，靠右对齐；页脚内容为当前日期，居中对齐。

（5）将文档进行保存。

2.3.3　实训提示

（1）启动 Word 2003，建立空文档，以下所有内容均在同一篇文档中编辑（步骤参考 2.1.3 节）。

（2）设计个人简历的封面。利用绘图工具制作封面。

① 选择"视图"→"工具栏"→"绘图"命令，将"绘图"工具栏添加进来。

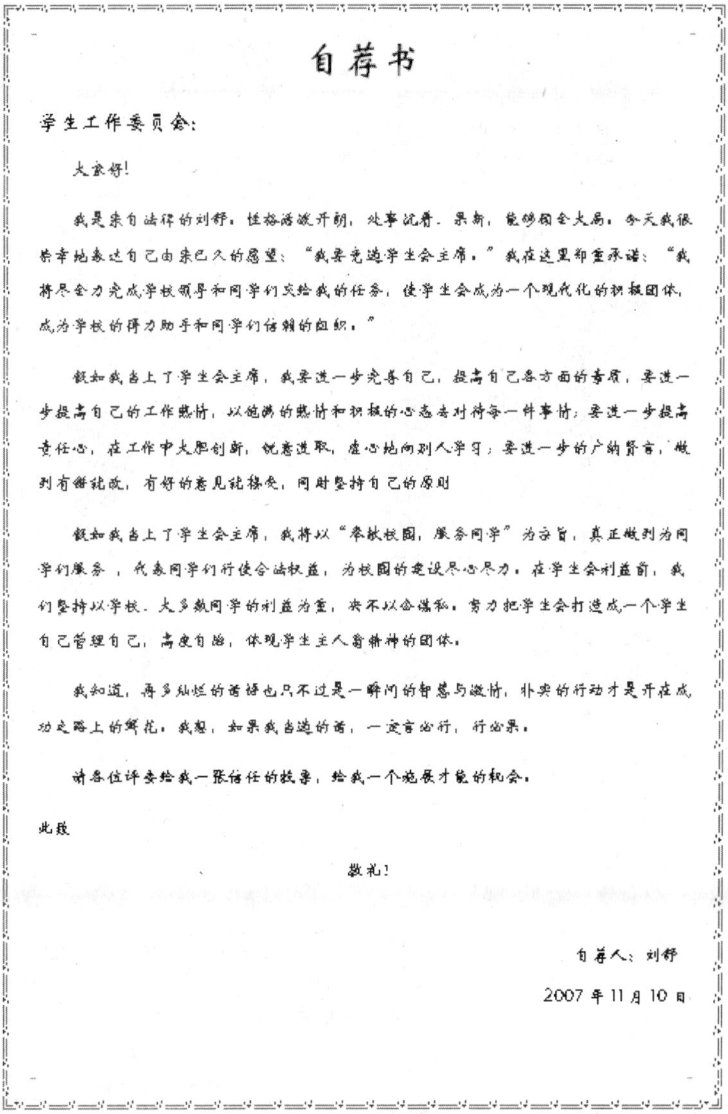

自荐书

学生工作委员会：

大家好！

我是来自法律的刘舒，性格活泼开朗，处事沉着、果断，能够顾全大局。今天我很荣幸地表达自己由来已久的愿望："我要竞选学生会主席。"我在这里郑重承诺："我将尽全力完成学校领导和同学们交给我的任务，使学生会成为一个现代化的积极团体，成为学校的得力助手和同学们信赖的组织。"

假如我当上了学生会主席，我要进一步完善自己，提高自己各方面的素质，要进一步提高自己的工作热情，以饱满的热情和积极的心态去对待每一件事情；要进一步提高责任心，在工作中大胆创新，锐意进取，虚心地向别人学习；要进一步的广纳贤言，做到有错就改，有好的意见就接受，同时坚持自己的原则。

假如我当上了学生会主席，我将以"奉献校园，服务同学"为宗旨，真正做到为同学们服务，代表同学们行使合法权益，为校园的建设尽心尽力，在学生会利益前，我们坚持以学校、大多数同学的利益为重，决不以含端私，努力把学生会打造成一个学生自己管理自己，高度自觉，体现学生主人翁精神的团体。

我知道，再多灿烂的言辞也只不过是一瞬间的智慧与激情，朴实的行动才是开在成功之路上的鲜花。我想，如果我当选的话，一定言必行，行必果。

请各位评委给我一跟信任的技票，给我一个施展才能的机会。

此致

敬礼！

自荐人：刘舒

2007 年 11 月 10 日

图 2-48　自荐书

② 绘制矩形，添加文字"北京青年政治学院"（步骤参考 2.1.3 节）。效果如图 2-50 所示。

③ 双击"绘图"工具栏中的"直线"按钮，拖动鼠标画出 3 条直线。调整 3 条直线的长度。选定第一条直线双击，弹出"设置自选图形格式"对话框，如图 2-51 所示，在"颜色与线条"选项卡下的"线条"，"颜色"下拉列表框中选择"其他颜色"，打开"颜色"对话框，如图 2-52 所示，选择一种颜色，单击"确定"按钮；在"虚实"下拉列表框中选择"实线"，设置"粗细"为"10 磅"。按照相同的方法，设置第二条直线"虚实"为"长划线-点-点"，"粗细"为"2.25 磅"。按照相同的方法，设置第三条直线"虚实"为"划线-点"，"粗细"为"1.5 磅"。

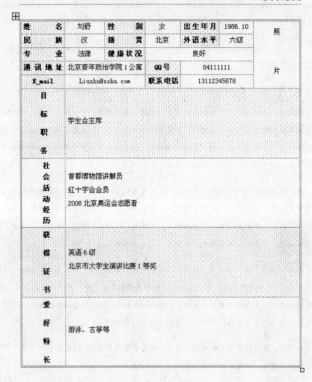

姓　　名	刘舒	性　　别	女	出生年月	1986.10	照
民　　族	汉	籍　　贯	北京	外语水平	六级	
专　　业	法律	健康状况	良好			
通 讯 地 址	北京青年政治学院 1 公寓	QQ号	84111111	片		
E_mail	Liushu@sohu.com	联系电话	13112345678			
目标职务	学生会主席					
社会活动经历	首都博物馆讲解员 红十字会会员 2008 北京奥运会志愿者					
获得证书	英语 6 级 北京市大学生演讲比赛 1 等奖					
爱好特长	游泳、古筝等					

2007-11-10

图 2-49　个人简历表格

北 京 青 年 政 治 学 院

图 2-50　矩形效果

图 2-51　"设置自选图形格式"对话框

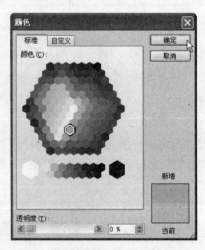

图 2-52　"颜色"对话框

④ 双击"绘图"工具栏中的"自选图形"→"基本形状"→"菱形"按钮，拖动鼠标画出两个菱形。调整图形的大小，设置自选图形颜色，添加文字，设置字体字号。选定图形，单击"绘图"工具栏中的"三维效果样式"→"三维样式1"按钮，设置三维效果，如图2-53所示。

⑤ 单击"绘图"工具栏中的"文本框"按钮，拖动鼠标画出文本框，添加文字，设置字体字号。选定文本框，右击，在弹出的快捷菜单中选择"设置文本框格式"命令，弹出"设置文本框格式"对话框，如图2-54所示。将"颜色与线条"选项卡中"线条"选项区域中的"颜色"选择为"无线条颜色"，单击"确定"按钮，效果如图2-55所示。

图 2-53　菱形效果　　　　　　　　　　图 2-54　"设置文本框格式"对话框

（3）书写"自荐书"，并对"自荐书"进行修饰排版。

• 将"自荐书"的内容输入到第2页。设置标题及正文的字体字号。

① 将光标定位到第1页的最后，选择"插入"→"分隔符"命令，弹出"分隔符"对话框，如图2-56所示。将"分节符类型"设置为"下一页"，单击"确定"按钮。

姓名：刘舒

专业：法律专业

图 2-55　文本框效果　　　　　　　　　　图 2-56　"分隔符"对话框

② 在第2页中，输入"自荐书"的内容，并且对标题及正文的字体字号进行设置。

• "自荐书"的末尾插入可自动更新的日期。

① 将光标定位到"自荐书"的末尾,选择"插入"→"日期和时间"命令,弹出"日期和时间"对话框,如图 2-57 所示。

② 在"日期和时间"对话框中,"语言(国家/地区)"下拉列表框中选择"中文(中国)",在"可用格式"列表中选择形如"2008 年 9 月 7 日"的格式,选中"自动更新"复选框,单击"确定"按钮。

• 为"自荐书"这一页添加页面边框。

① 选择"格式"→"边框和底纹"命令,弹出"边框和底纹"对话框。

② 在"边框和底纹"对话框中,选择"页面边框"选项卡,在"艺术型"下拉列表框中选择一种艺术边框,设置"宽度"为"20 磅","应用于"选择"本节"。

③ 单击"选项"按钮,弹出"边框和底纹选项"对话框,如图 2-58 所示,在"度量依据"下拉列表框中选择"文字",单击"确定"按钮。

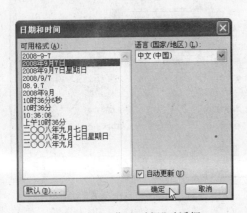

图 2-57 "日期和时间"对话框

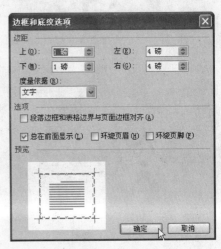

图 2-58 "边框和底纹选项"对话框

(4) 设计个人简历表格。

• 在"自荐书"后另起一页,建立表格,录入内容。

① 插入 9 行 7 列的表格(步骤参考 2.2.3 节)。

② 合并单元格。例如存放"照片"的单元格是将最后一列的 5 个单元格合并成一个单元格。选定这 5 个单元格,右击,在弹出的快捷菜单中选择"合并单元格"命令。

③ 调整表格的行高和列宽。

④ 录入内容。

⑤ 改变文字方向。例如"目标职务"所在的单元格,选定该单元格,右击,在弹出的快捷菜单中选择"文字方向"命令,弹出"文字方向-表格单元格"对话框,如图 2-59 所示,"方向"选择竖排版,单击"确定"按钮。

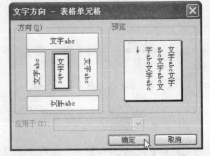

图 2-59 "文字方向-表格单元格"对话框

- 设置表格的边框线,设置单元格的底纹(步骤参考 2.2.3 节)。
- 为个人简历表格所在的页添加页眉和页脚,页眉内容为"＊＊个人简历",靠右对齐;页脚内容为当前日期,居中对齐(步骤参考 2.1.3 节)。

(5) 将文档进行保存(步骤参考 2.1.3 节)。

2.3.4 操作技巧

节格式的复制。

要复制节格式,首先切换至普通视图。然后,选定节尾包含所需格式的分节符。下一步,将分节符复制到一个新位置,新分节符上面的文本就会具有原来节的格式。

如果需要在其他文档中使用特定节的格式,可以将所需分节符保存为自动图文集词条,这样在需要复制该节的格式时,就可以快速将其插入文档。方法是:选定分节符,选择"插入"→"自动图文集"→"新建"命令。

2.4 实训 4:快速打印学生成绩单

你是否因为要发一份通知给不同的单位而要不断地复制粘贴同一篇文档呢?你是否正在发愁如何给每个同学发一个学期的成绩单呢? Word 2003 中的邮件合并功能可以让这些操作变得简捷和轻松。下面的实训就以发成绩单为例介绍使用邮件合并的功能。

2.4.1 实训目标

将如图 2-60 所示的原文配合表 2-2 的数据,利用邮件合并生成如图 2-61 所示的每名学生的成绩单。

2006-2007 学年第一学期成绩单

同学你好:

以下是你 2006-2007 学年第一学期的成绩:

高数	英语	革命史	总分	平均分

教务处

2007-1-25

图 2-60　成绩单原文

表 2-2　成绩表

系别	姓名	性别	高数	英语	革命史	总分	平均分	评价
计算机	李林	男	98	87	85	270	90.0	优秀
机械	汪嘉	女	68	77	80	225	75.0	中
机械	陈雁	女	83	79	82	244	81.3	良好
管理	周于	男	75	80	76	231	77.0	中
数学	潘风	男	85	90	88	263	87.7	良好
计算机	李静瑶	女	82	81	76	239	79.7	中
计算机	张小京	女	77	86	81	244	81.3	良好
管理	赵波	男	84	92	90	266	88.7	良好
数学	宁宁	男	88	56	88	232	77.3	中
环境	孙善	男	73	72	80	225	75.0	中
计算机	肖灵	女	78	80	80	238	79.3	中
管理	向红	女	67	75	77	219	73.0	中
数学	庄纹	女	86	70	70	226	75.3	中
环境	刘夹	男	87	77	64	228	76.0	中
桥梁	何刚	男	79	80	79	238	79.3	中
管理	赵刚	男	71	90	87	248	82.7	良好
数学	张宏	男	90	88	92	270	90.0	优秀
机械	李伟	男	58	65	60	183	61.0	及格
环境	范斌斌	女	87	90	89	266	88.7	良好
数学	范例	男	60	50	57	167	55.7	不及格
管理	曹霞	女	69	76	73	218	72.7	中
计算机	刘彤	女	75	89	86	250	83.3	良好
机械	何和	男	85	70	70	225	75.0	中
机械	薛斌	男	97	89	93	279	93.0	优秀
计算机	小月	女	98	92	95	285	95.0	优秀
桥梁	周培	男	68	80	70	218	72.7	中
桥梁	范文成	男	85	70	80	235	78.3	中
环境	常宇	女	80	80	84	244	81.3	良好
数学	范静	女	86	76	79	241	80.3	良好

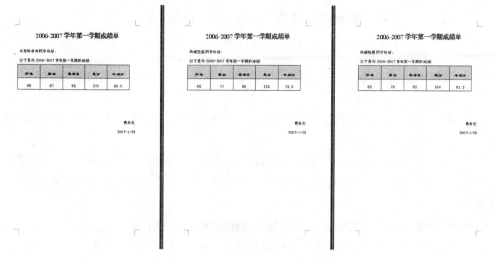

图 2-61　合并后的成绩单样文

2.4.2　实训步骤

（1）启动 Word 2003，建立空文档，录入并保存如图 2-60 所示原文所给出的文档作为主文档。

（2）建立空文档，录入并保存表 2-2 所示的表格，作为数据源。

（3）按以下要求对主文档进行编辑和排版，录入和排版后的效果如图 2-61 所示。

• 将"2006-2007 学年第一学期成绩单"设置为标题 1 样式并且居中。

• 正文字体设置为宋体，字号为四号。

• 表格中的文字靠下居中对齐；设置表标题字体为隶书并且加粗，底纹为灰色 —15％。

• 使用邮件合并功能对主文档和数据源建立关联。

• 在主文档中插入合并域。

• 生成每个同学的成绩单，并作为新文件保存。

2.4.3　实训提示

（1）启动 Word 2003，建立空文档，录入并保存原文所给出的文档作为主文档（步骤参考 2.1.3 节）。

（2）建立空文档，录入并保存表格，作为数据源（步骤参考 2.2.3 节）。

（3）按以下要求对主文档进行编辑和排版。

• 将"2006-2007 学年第一学期成绩单"设置为标题 1 样式并且居中。

① 选定标题。

② 在"格式"工具栏的"样式"下拉列表中选择"标题 1"，单击"格式"工具栏中的"居中"按钮（![按钮]），效果如图 2-62 所示。

• 正文字体设置为宋体，字号为四号（步骤参考 2.1.3 节）。

2006-2007 学年第一学期成绩单

图 2-62　标题设置效果

- 表格中的文字靠下居中对齐；设置表标题字体为隶书并且加粗，底纹为灰色 －15%。

① 设置单元格对齐方式。选定整个表格，右击，在弹出的快捷菜单中，选择"单元格对齐方式"命令中的　按钮。

② 设置表标题底纹格式。选定表格第 1 行，选择"边框和底纹"命令，弹出"边框和底纹"对话框，在"底纹"选项卡中选择"填充"为"灰色－15%"，单击"确定"按钮，如图 2-63 所示。

- 使用邮件合并功能对主文档和数据源建立关联。

① 选择"工具"→"信函与邮件"→"邮件合并"命令，打开"邮件合并"任务窗格，使用向导完成邮件合并，如图 2-64 所示。

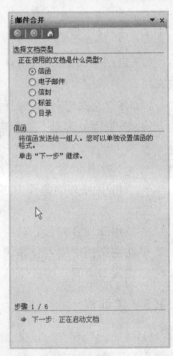

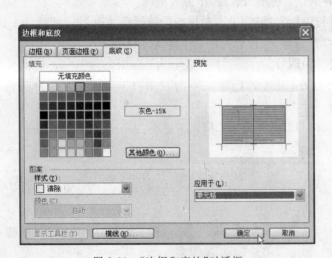

图 2-63　"边框和底纹"对话框　　　　图 2-64　"邮件合并"任务窗格

② 首先选中"选择文档类型"为"信函"，单击"下一步：正在启动文档"。

③ 选中"选择开始文档"为"使用当前文档"，单击"下一步：选取收件人"。

④ 选中"选择收件人"为"使用现有列表"，单击"浏览"，弹出"选取数据源"对话框，如图 2-65 所示。在"查找范围"中找到"成绩单数据源.doc"所在的位置，选定该文档，单击"打开"命令。单击"下一步：撰写信函"。

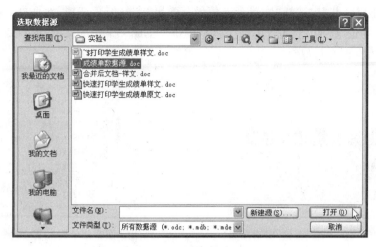

图 2-65 "选取数据源"对话框

• 在主文档中插入合并域。

① 以上把数据源引入到主文档中,将光标定位在"同学你好:"前,在"邮件合并"任务窗格的"撰写信函"中选择"其他项目",弹出"插入合并域"对话框,如图 2-66 所示。在"插入:"选项区域选中"数据库域"单选按钮,在"域"选项区域选中"姓名"选项,单击"插入"命令。

② 参照前一步的方法,分别将"数据库域"中的"高数"、"英语"、"革命史"、"总分"、"平均分"插入到表格相应的位置。插入合并域后的主文档如图 2-67 所示。

2006-2007 学年第一学期成绩单

《系别》《姓名》同学你好:

以下是你 2006-2007 学年第一学期的成绩:

高数	英语	革命史	总分	平均分
《高数》	《英语》	《革命史》	《总分》	《平均分》

教务处

2007-1-25

图 2-66 "插入合并域"对话框　　　　　图 2-67 插入合并域后的主文档

• 生成每个同学的成绩单,并作为新文件保存。

① 以上在主文档中插入了合并域,在"邮件合并"任务窗格中,单击"下一步:预览信函"。

② 在"预览信函"中可单击　⟩⟩　或　⟨⟨　按钮浏览信函,再单击"下一步:完成合并"。

③ 在"完成合并"中选择"编辑个人信函",弹出"合并到新文档"对话框,如图 2-68 所示。选择"合并记录"为"全部",单击"确定"按钮。生成一个新的文档,内容是每个学生的成绩单。将该文档进行保存。

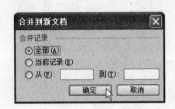

图 2-68 "合并到新文档"对话框

图 2-69 插入 Word 域

2.4.4 操作技巧

邮件合并中的省纸办法。

在一页 A4 纸上显示两名学生的成绩单。将插入域后的成绩单在同一页复制一份,调整两份成绩单的间隔,将光标定位到第二张成绩单的开始处,单击"邮件合并"→"插入Word 域"→"下一记录"命令,如图 2-69 所示。

2.5 实训 5:简报制作

在已实现办公自动化的今天,使用计算机排版的简报、海报越来越广泛。下面的实训将制作一份图文并茂、内容丰富的简报。

2.5.1 实训目标

将如图 2-70 所示的文本排成如图 2-71 所示的形式。

2.5.2 实训步骤

(1) 启动 Word 2003,建立空文档,调整页面方向为横向,页边距上、下、左、右均为2cm,使用文本框对整个版面进行整体规划,将版面划分为 7 个模块,如图 2-72 所示。

(2) 按照如下要求对每个模块进行编辑排版,设置后的效果如图 2-71 所示。

- 模块 1:插入艺术字"古镇旅游导报";录入"上里川西版的小桥流水",设置字体为华文仿宋,字号为小一,字的颜色为粉红,加粗,阴影,空心;设置模块 1 的文本框无线条颜色。

- 模块 2:参照样文录入"'井水制火'古场镇"部分的文字;设置题目"'井水制火'古场镇"字体为华文彩云,字号为四号,字的颜色为鲜绿,加粗;正文部分字体为华文仿宋,字号为五号,字的颜色为粉红;设置模块 2 文本框的填充效果为"川西古镇"

上里古场镇街边的老店铺和房舍都是以木结构为主建造的，古镇中的街道纵横排成一个"井"字形。寓意"井中有水、水火不容"，由此来寄托心愿：小镇建筑免受火灾，小镇居民平安度日。

上里相对来说地处偏远，与其他江南繁华的古镇不同，这里多少透出些乡间的感觉。沿着镇中小街向北走，出了小街，就看到镇边的溪水了。一两队农户放养的鸭子，正悠闲地划着水……

古场镇依山傍水。镇边人家的房舍与四周环抱的溪水、绿草披拂的古桥、桥边的古塔古树相映成趣。游荡其间，很有超然室外的恍惚之感。

古桥古塔石牌坊

这三样是上里古镇的三大特色景致。

从古镇沿河上溯，隔着几十米就跨着一座桥，短短一公里的距离内，竟然有十余座古桥，而且无一造型相同。有拱桥、有石板桥、有石墩子、有单孔的、有7孔的、有11孔的……古时修桥是一个大工程，能如此密集地修建桥梁，可见历代上里的商路繁华。

镇政府的人热情地告诉我，古镇的古塔分为四类：文峰塔、建桥塔、药王塔还有舍利塔。每一座古塔就是一页古镇的历史，细细翻开，就能体味很多历史的悠远。

石牌坊在上里古镇地域之内共有三座：双节孝牌坊、九世同居坊和陈氏贞节坊。这九世同居牌坊的历史可不简单。这一家人口从湖北一带迁来，一大家子，人口足有千人。有人猜测说，这九世同居的陈氏家族大概也算是封建社会中汉族地区最大的一个家庭了。

我的问题是，他们家的厨房该有多少个灶才够？

小桥流水大宅门

跨过桥去，走到河那边的田野，两只羊被系在那里，很自得地吃着田里的青草……

田野的另一边，占镇里那些老宅子依旧年复一年的伫立在那里。其中最大的一座深宅大院，应该算是韩家大院了，是一处清朝官吏的私邸。大院里家宅的建筑代表了一种典型的川西宅院建筑特色。穿梁斗木，其间如何，那是非专业人士能细说分明的了。

古镇边的一弯清溪不是人工整修整齐划一的河道，水底能看到青青的水草，裸露出的石头上还长满着青苔，枯水季节，你可以踏着这些河中的石头过河。踏在河中央，分看两头，上游的溪水不紧不慢地漾向下游，河畔的垂柳也静静的，河岸的一边是熙攘的古镇，另一边是安静的田野，城镇和乡村比邻而处。坐在镇里溪边的茶铺内，眼里心里轻松感受的，就是这川西版本的小桥流水人家了。

（海草　文并摄）

贴士

去上里要先从北京去成都，在成都新南门汽车站买票到雅安（碧峰峡）的车票（32.5元/人），经雅成高速约1.5个小时到雅安北站下车，再转乘到上里的黄色小面包车（5元/人，满5人就出发），40分钟左右就到了。

图 2-70　简报原文

图片，线条为黄色4.5磅圆点线。

- 模块3：参照图2-72所示样文录入"古桥古塔石牌坊"部分的文字；设置题目"古桥古塔石牌坊"为艺术字；正文部分字体为隶书，字号为五号，字的颜色为蓝色；在模块3文本框中绘制椭圆，将椭圆的填充效果设置为"石牌坊"图片，椭圆的线条为浅橙色3磅圆点线；设置模块3文本框的填充效果为预设效果中的"麦浪滚滚"，线条为无线条颜色。

- 模块4：参照图2-72所示样文录入"小桥流水大宅门"部分的正文；将模块4文本框与模块6创建链接，模块4中溢出的文字会显示到模块6中；设置正文文字字体为华文隶书，字号为五号；设置模块4文本框的填充效果为预设效果中的"雨后初晴"，线条为淡紫色2.25磅点划线。

- 模块5：录入"小桥流水大宅门"，设置字体为华文行楷，字号为二号，加粗；设置模块5文本框的填充效果为双色，颜色1为浅绿，颜色2为白色，线条为无线条颜色。

图 2-71　简报样文

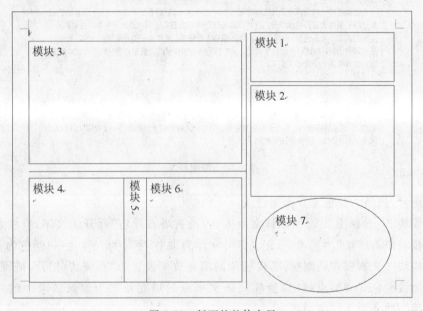

图 2-72　版面的整体布局

- 模块 6：使用格式刷将模块 4 的格式复制到模块 6。
- 模块 7：参照图 2-72 所示样文录入"贴示"部分的文字，设置题目"贴示"字体为华文行楷，字号为小三，加圈；设置正文文字字体为幼圆，字号为五号；设置模块 7 椭圆形的填充效果为双色，颜色 1 为白色，颜色 2 为黄色，线条为鲜绿色 3 磅圆点线。

（3）设置划分模块的 2 条直线格式为鲜绿色 1.5 磅，线条为长划线-点-点划线。

（4）参照如图 2-72 所示的实训样文，为 3 个模块添加圆形编号。

（5）页眉部分添加"小桥流水人家　　　排版：姓名　　　日期：当前日期"，字体为隶书，字号为小三，字的颜色为粉红。

（6）为整篇文档添加页面边框，页面边框的格式为阴影 1.5 磅浅蓝色点划线。

2.5.3　实训提示

（1）启动 Word 2003，建立空文档，调整页面方向为横向，页边距上、下、左、右均为 2cm，使用文本框对整个版面进行整体规划，将版面划分为 7 个模块。

① 新建 Word 文档。

② 调整页面设置。选择"文件"→"页面设置"命令，弹出"页面设置"对话框，如图 2-73 所示。在"页边距"选项卡中，设置上、下、左、右页边距均为 2cm，"方向"设置为"横向"，单击"确定"按钮。

③ 规划版面。双击"绘图"工具栏"文本框"按钮，拖动鼠标画出"模块 1"、"模块 2"、"模块 3"、"模块 4"、"模块 6"所占的区域。单击"绘图"工具栏"竖排文本框"按钮，拖动鼠标画出"模块 5"所占的区域。单击"绘图"工具栏"椭圆"按钮，拖动鼠标画出"模块 7"所占的区域。双击"绘图"工具栏"直线"按钮，拖动鼠标画出两条分隔模块的直线。版面效果如图 2-71 所示。

（2）按照如下要求对每个模块进行编辑排版。

- 模块 1：插入艺术字"古镇旅游导报"；录入"上里川西版的小桥流水"，设置字体为华文仿宋，字号为小一，字的颜色为粉红，加粗，阴影，空心；设置模块 1 的文本框无线条颜色。

① 插入艺术字。

② 录入"上里川西版的小桥流水"，设置字体格式，在"字体"对话框中设置。

③ 选定"模块 1"所在的文本框，双击文本框边缘，弹出"设置文本框格式"对话框，在"颜色与线条"选项卡，"线条"颜色设置为"无线条颜色"，单击"确定"按钮，如图 2-74 所示。

图 2-73　"页面设置"对话框

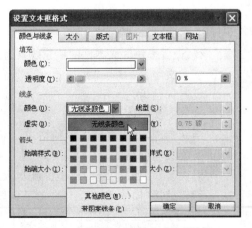

图 2-74　"设置文本框格式"对话框

- 模块 2：参照样文录入"'井水制火'古场镇"部分的文字；设置题目"'井水制火'古场镇"字体为华文彩云，字号为四号，字的颜色为鲜绿，加粗；正文部分字体为华文仿宋，字号为五号，字的颜色为粉红；设置模块 2 文本框的填充效果为"川西古镇"图片，线条为黄色 4.5 磅圆点线。
  ① 录入文字。
  ② 设置标题字体格式。
  ③ 设置正文字体格式。
  ④ 设置文本框格式。双击文本框边缘，弹出"设置文本框格式"对话框，在"颜色与线条"选项卡的"填充"下拉列表框选择"填充效果"，打开"填充效果"对话框，选择"图片"选项卡，单击"选择图片"按钮，打开"选择图片"对话框，在素材中选择"川西古镇.jpg"图片，如图 2-75 所示。单击"插入"按钮，返回"填充效果"对话框，单击"确定"按钮，返回"设置文本框格式"对话框，在"颜色与线条"选项卡下的"线条""颜色"选择"黄色"，"线条""虚实"选择"圆点"，"粗细"为"4.5 磅"，单击"确定"按钮。

图 2-75 "选择图片"对话框

- 模块 3：参照样文录入"古桥古塔石牌坊"部分的文字；设置题目"古桥古塔石牌坊"为艺术字；正文部分字体为隶书，字号为五号，字的颜色为蓝色；在模块 3 文本框中绘制椭圆，将椭圆的填充效果设置为"石牌坊"图片，椭圆的线条为浅橙色 3 磅圆点线；设置模块 3 文本框的填充效果为预设效果中的"麦浪滚滚"，线条为无线条颜色。
  ① 录入文字。
  ② 设置标题为艺术字。
  ③ 设置正文字体格式。
  ④ 绘制椭圆，并设置该图形的格式。
  ⑤ 设置文本框格式。
- 模块 4：参照样文录入"小桥流水大宅门"部分的正文；将模块 4 文本框与模块 6 创建链接，模块 4 中溢出的文字会显示到模块 6 中；设置正文文字字体为华文隶书，字号为五号；设置模块 4 文本框的填充效果为预设效果中的"雨后初晴"，线条为淡紫色 2.25 磅点划线。

① 录入文字。

② 创建文本框链接。选定模块 4 所在的文本框,右击,在弹出的快捷菜单中选择"创建文本框链接"命令,单击模块 6 所在的文本框,将两个文本框建立链接。

③ 设置正文字体格式。

④ 设置文本框格式。

- 模块 5:录入"小桥流水大宅门",设置字体为华文行楷,字号为二号,加粗;设置模块 5 文本框的填充效果为双色,颜色 1 为浅绿,颜色 2 为白色,线条为无线条颜色。

① 录入文字。

② 设置标题字体格式。

③ 设置文本框格式。双击文本框边缘,弹出"设置文本框格式"对话框,在"颜色与线条"选项卡的"填充"下拉列表框选择"填充效果",打开"填充效果"对话框,选择"渐变"选项卡,"颜色"设置为"双色","颜色 1"选择"浅绿","颜色 2"选择"白色","底纹样式"选择"斜下",如图 2-76 所示,单击"确定"按钮,返回"设置文本框格式"对话框,在"颜色与线条"选项卡的"线条""颜色"选择"无线条颜色",单击"确定"按钮。

- 模块 6:使用格式刷将模块 4 的格式复制到模块 6。

选定模块 4 文本框的边缘,单击"常用"工具栏上的"格式刷"按钮 ,再单击模块 6 文本框的边缘。格式即被复制。

- 模块 7:参照样文录入"贴示"部分的文字,设置题目"贴示"字体为华文行楷,字号为小三,加圈;设置正文文字字体为幼圆,字号为五号;设置模块 7 椭圆形的填充效果为双色,颜色 1 为白色,颜色 2 为黄色,线条为鲜绿色 3 磅圆点线。

① 录入文字。

② 设置标题字体格式。

③ 设置标题字加圈。选定"贴"字,在"工具栏"处单击右键,添加"其他格式"工具栏,单击"带圈字符"按钮 ,打开"带圈字符"对话框,如图 2-77 所示,"样式"选择"增大圈号",单击"确定"按钮。再选定"示"字,设置加圈,方法同上。

图 2-76 "填充效果"对话框

图 2-77 "带圈字符"对话框

④ 设置正文字体格式。

⑤ 设置文本框格式。

（3）设置划分模块的 2 条直线格式为鲜绿色 1.5 磅，线条为长划线-点-点划线。

① 选定 2 条直线。先选定 1 条直线，按下 Shift 键选定第 2 条直线。

② 在选定的直线上右击，在弹出的快捷菜单中选择"设置自选图形格式"命令，弹出"设置自选图形格式"对话框。

③ 在"颜色与线条"选项卡的"线条""颜色"选择"鲜绿色"，"线条""虚实"选择"长划线-点-点"，"粗细"为"1.5 磅"，单击"确定"按钮。

（4）参照样文，为 3 个模块添加圆形编号。

① 单击"绘图"工具栏"椭圆"按钮，按下 Shift 键同时拖动鼠标画出圆形。

② 在圆形中添加文字。

③ 设置圆形线条颜色。

（5）页眉部分添加"小桥流水人家　　　排版：姓名　　　日期：当前日期"，字体为隶书，字号为小三，字的颜色为粉红。

① 添加页眉文字。

② 设置页眉文字格式。

（6）为整篇文档添加页面边框，页面边框的格式为阴影 1.5 磅浅蓝色点划线。

① 选择"格式"→"边框和底纹"命令，弹出"边框和底纹"对话框。

② 在"边框和底纹"对话框中，选择"页面边框"选项卡，在"设置"中选择"阴影"，"线型"中选择点划线，"颜色"设置为"蓝色"，"宽度"设置为"1.5 磅"，"应用于"选择"整篇文档"，如图 2-78 所示，单击"确定"按钮。

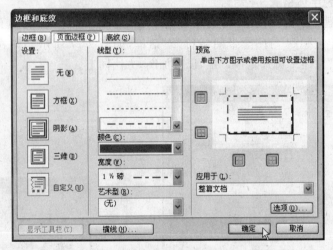

图 2-78　"边框和底纹"对话框

2.5.4　操作技巧

添加多个重复的自选图形。

双击要多次插入的自选图形，再单击文档中要插入自选图形的相应的多个位置。

2.6 实训6：综合应用——论文排版

对于即将毕业的同学，面临着写毕业论文，当内容都准备好后，对于论文的排版会有一定的要求。在工作中，当我们有所心得，要记录并发表一篇论文时，如何为论文生成目录，如何添加不同的页眉页脚，如何使论文中的图片按章节编号并且能够自动引用呢？下面的实训将以一篇论文为例对其进行编辑排版，在排版过程中解决以上问题。

2.6.1 实训目标

将如图 2-79 至图 2-81 所示的论文原文排版成如图 2-82 至图 2-88 所示的形式。

高职实践课程——Java 语言程序设计教学初探
摘要
本文结合高职 Java 语言程序设计课程的教学实践，对该课程的教学内容、教学方法进行深入探讨，最后给出了课程应用的实例。
关键词：高职，实践，Java
一、引言
Java 是如今流行的网络编程语言，它为全世界的编程人员带来了一种新的思想，Java 程序设计已在很多院校中被列为计算机专业教学体系中的一门重要的主干课。……
二、教学内容的探讨
通过 Java 语言程序设计课程的学习，使得高职学生能培养一门技能，使学生能够理解并掌握程序设计的基础知识、基本原理和基本方法，培养和提高学生设计算法、编写程序和调试程序的能力，使学生能够理解并掌握面向对象的程序设计思想。……
1.教学内容的合理化
对于高职学生的教学内容尤其需要循序渐进，并且以培养学生一种技能为目标。……
……
2.开发环境的选择
Java 的开发平台一般有两种，其一是最基础的开发平台，即 J2SDK，J2SDK 是基于命令行（DOS 界面）的开发环境，另外，还有许多集成开发环境（IDE），例如：JCreator、JBuilder 等，在 Java 教学中可以使用两种方法进行教学是非常重要的。……
3.精心安排实验
Java 程序设计是一门实践性很强的课程，上机实践是学好程序设计的重要环节，在教学过程中，要注重实验内容与教学内容的配套，建议选取有配套练习的教材，根据练习以及课堂内容安排上机实践，通过上机使学生能够掌握教学中的重点和难点。……
三、课程教学方法的探讨
程序设计教学有一定难度，好的教学方法可以让学生学习事半功倍，少走弯路。因此在课堂教学中应采取相应的方法，使学生掌握这门语言并能够灵活运用。……
1. 好的开端
Java 程序设计的教学，需要在开始培养学生对程序设计的兴趣。……
……
2. 多媒体的网络教学手段
除了传统的教学手段外，Java 程序设计课程更需要结合多媒体网络技术，通过多媒体教学软件，上课中可进行教师广播、作业展示、作业提交，学生讨论和举手发言等多种方式教学，这样可以提高教学的效率以及学生的积极性，使学生和教师、学生和学生之间能进行交互，从而使学生更好地吸收知识。……
四、课程应用——电子商务网站框架
经过上述探讨的教学内容后，学生应着手开发综合性的一个项目，这里我们举一个电子商务网站的框架，学生利用所学习的知识结合功能环境的要求将这个网站部署起来。
1. 编程的环境：
①·操作系统：Win2000。
2. 主要功能需求
通过 JSP 的 Web 维护界面，实现对商品类别的"添加"、"修改"、"删除"、"浏览"，并对商品类别下的各种商品实现"添加"、"修改"、"删除"、"浏览"等功能。

图 2-79 论文原文第 1 页

3. 网站所需设计的类及 JSP 页面的调用结构

Java 类：

1) Category 商品类别包装类：描述商品类别的基本属性

2) Merchandise 商品包装类：描述商品的基本属性

......

JSP 页面的调用结构如图 1 所示。

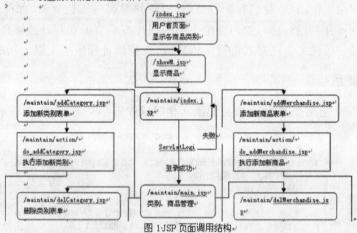

图 1 JSP 页面调用结构

4. 系统实现所需的知识

随着知识讲解的逐渐深入，系统设计过程是由浅入深，逐步完成，逐步完善，最后完成一个完整的系统。知识点的讲解与系统完善过程的关系如表 1 所示：

包含知识点	与实际项目的关联
了解编辑环境	熟悉开发工具
Java 语言基础	程序设计的语法基础
数据类型、语句及控制结构	
Java 面向对象程序设计	电子商务网站所需类的设计和编写
类和对象、包、继承和多态	
异常处理	电子商务网站所需类中的异常处理
JDBC 数据库应用	电子商务网站类与数据库的连接、类中的数据库实现增、删、改、读取的操作
JSP 网站编程	电子商务网站各页面的编写

表 1 知识点与项目的关联

五、结语

Java 程序设计对培养学生的计算机应用能力起着非常重要的作用,探索该类课程教学方法，提高教学质量是从事计算机教育的工作者都必须重视的问题，更为重要的是教育工作者要不断地更新观念和知识，适合教学改革的需要，这样才能推动我国实施的科教兴国战略不断前进。

图 2-80　论文原文第 2 页

参考文献

1. 邵丽萍，Java 语言实用教程，北京，清华大学出版社，2005.9

2. 朱喜福，Java 网络应用编程入门，北京，人民邮电出版社，2005.9

图 2-81　论文原文第 3 页

论文

论文题目：**高职实践课程——Java 语言程序设计教学初探**

作　者：　　　　　　刘乃瑞

2008 年 2 月 2 日

图 2-82　论文封面

高职实践课程——Java 语言程序设计教学初探

摘要

　　本文结合高职 Java 语言程序设计课程的教学实践，对该课程的教学内容、教学方法进行深入探讨，最后给出了课程应用的实例。

关键词：高职，实践，Java

图 2-83　论文摘要

目录

图 2-84　论文目录

·1 引言

Java 是如今流行的网络编程语言，它为全世界的编程人员带来了一种新的思想，Java 程序设计已在很多院校中被列为计算机专业教学体系中的一门重要的主干课。……

·2 教学内容的探讨

通过 Java 语言程序设计课程的学习，使得高职学生能培养一门技能，使学生能够理解并掌握程序设计的基础知识、基本原理和基本方法，培养和提高学生设计算法、编写程序和调试程序的能力，使学生能够理解并掌握面向对象的程序设计思想。……

2.1 教学内容的合理化

对于高职学生的教学内容尤其需要循序渐进，并且以培养学生一种技能为目标。……
……

2.2 开发环境的选择

Java 的开发平台一般有两种，其一是最基础的开发平台，即 J2SDK，J2SDK 是基于命令行(DOS 界面)的开发环境；另外，还有许多集成开发环境（IDE[1]），例如：JCreator、JBuilder等，在 Java 教学中可以使用两种方法进行教学是非常重要的。
……

2.3 精心安排实验

Java 程序设计是一门实践性很强的课程，上机实践是学好程序设计的重要环节，在教学过程中，要注重实验内容与教学内容的配套，建议选取有配套练习的教材，根据练习以及课堂内容安排上机实践，通过上机使学生能够掌握教学中的重点和难点。……

·3 课程教学方法的探讨

程序设计教学有一定难度，好的教学方法可以让学生学习事半功倍，少走弯路。因此在课堂教学中应采取相应的方法，使学生掌握这门语言并能够灵活运用。

3.1 好的开端

Java 程序设计的教学，需要在开始培养学生对程序设计的兴趣。……
……

3.2 多媒体的网络教学手段

除了传统的教学手段外，Java 程序设计课程更需要结合多媒体网络技术，通过多媒体教学软件，上课中可进行教师广播、作业展示、作业提交、学生讨论和举手发言等多种方式教学，这样可以提高教学的效率以及学生的积极性，使学生和教师、学生和学生之间能进行交互，从而使学生更好地吸收知识。……

---

[1] Integrated Development Environment.

1

图 2-85 排版后论文正文第 1 页

4 课程应用——电子商务网站框架

经过上述探讨的教学内容后，学生应着手开发综合性的一个项目，这里我们举一个电子商务网站的框架，学生利用所学习的知识结合功能环境的要求将这个网站部署起来。

4.1 编程的环境：

① 操作系统：Win2000。

……

4.2 主要功能需求

通过 JSP 的 Web 维护界面，实现对商品类别的"添加"、"修改"、"删除"、"浏览"，并对商品类别下的各种商品实现"添加"、"修改"、"删除"、"浏览"等功能。

4.3 网站所需设计的类及 JSP 页面的调用结构

Java 类：

1) Category 商品类别包装类：描述商品类别的基本属性

2) Merchandise 商品包装类：描述商品的基本属性

……

JSP 页面的调用结构如图 4-1 所示。

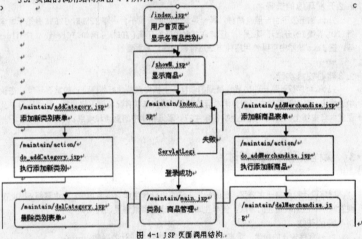

图 4-1 JSP 页面调用结构

4.4 系统实现所需的知识

随着知识讲解的逐渐深入，系统设计过程是由浅入深，逐步完成，逐步完善，最后完成一个完整的系统。知识点的讲解与系统完善过程的关系如表 4-1 所示：

表 4-1 知识点与项目的关联

包含知识点	与实际项目的关联
了解编辑环境	熟悉开发工具
Java 语言基础	程序设计的语法基础
数据类型、语句及控制结构	
Java 面向对象程序设计	电子商务网站所需类的设计和编写

图 2-86 排版后论文正文第 2 页

类和对象、包、继承和多态	
异常处理	电子商务网站所需类中的异常处理
JDBC 数据库应用	电子商务网站类与数据库的连接、类中的数据库实现增、删、改、读取的操作
JSP 网站编程	电子商务网站各页面的编写

5　结语

Java 程序设计对培养学生的计算机应用能力起着非常重要的作用，探索该类课程教学方法，提高教学质量是从事计算机教育的工作者都必须重视的问题，更为重要的是教育工作者要不断地更新观念和知识，适合教学改革的需要，这样才能推动我国实施的科教兴国战略不断前进。

3

图 2-87　排版后论文正文第 3 页

高职实践课程——Java语言程序设计教学初探

参考文献

[1]邵丽萍.Java语言实用教程.北京：清华大学出版社，2005.9

[2]朱喜福.Java网络应用编程入门.北京：人民邮电出版社，2005.9

4

图 2-88　论文参考文献

2.6.2　实训步骤

(1) 启动 Word 2003，建立空文档。论文用纸规格：A4 纸(210×297mm)，印刷。论文装订要求：按封面、中文摘要、目录、正文、参考文献的顺序装订。

(2) 制作论文封面，按照以下要求设置格式，设置后的效果如图 2-82 所示。

- 封面的顶端插入图片。
- “论文”设置字体为宋体，字号为初号，加粗，居中。
- “论文题目：”设置字体为宋体，字号为小四，加粗；“高职实践课程——Java 语言程序设计教学初探” 设置字体为黑体，字号为三号，加下划线。
- “作者：”设置字体为宋体，字号为小四，加粗；姓名设置字体为黑体，字号为三号，加下划线。

- 底部居中输入日期,设置字体为黑体,字号为小二,加粗。

(3) 录入摘要的内容。摘要的内容包括论文题目,字体为黑体,字号为三号,居中;"摘要"字样,字体为黑体,字号为三号,居中;摘要正文,字体为宋体,字号为小四号;关键词,"关键词"3 个字的字体为黑体,字号为四号,关键词一般为 3~5 个,每一关键词之间用逗号分开,最后一个关键词后不打标点符号。

(4) 录入论文正文的全部内容,包括引言(或绪论)、论文主体及结论。

(5) 标题格式设置要求:

- 一级标题用阿拉伯数字 1,2,3,……,字体为黑体,字号为四号,居左。
- 二级标题前面冠之以一级标题,用阿拉伯数字表示,形如 3.1,3.2,3.3,……,字体为黑体,字号为小四号,居左。

(6) 正文格式设置要求:字体为宋体,字号为五号。

(7) 脚注格式设置要求:放在同一页的底部,字体为宋体,字号为六号。

(8) 参考文献格式设置要求:

- 参考文献的序号用[1],[2],[3],……。
- 文献的著录格式为:(书)作者姓名.书名.出版地:出版社名,年月(后不加标点)。(期刊)作者姓名.论文名.期刊名,卷号(期号):页码,年月(后不加标点)。
- 如有多位作者,作者名之间用逗号分开。如有外文参考文献,姓名缩写后的点应去掉。
- "参考文献"4 个字字体为黑体,字号为五号,居中。参考文献内容文字字体为宋体,字号为小五号。

(9) 图表格式设置要求:

- 图/表中字体为宋体,字号为小五号。
- 图题(字体为宋体,字号为小五号)在图的下方,居中;表题(字体为宋体,字号为小五号)在表的上方,居左。
- 图序/表序按章节编号,冠之以一级标题名称,如图 1-1/表 1-1、图 2-3/表 2-3 等。

(10) 目录按两级标题编写,要求层次清晰,必须与正文标题一致,论文目录格式设置要求:

- "目录"两个字字体为黑体,字号为三号,居中。
- 一级标题字体为黑体,字号为四号。
- 二级标题字体为黑体,字号为小四号。

(11) 页码格式设置要求:

- 封面无页码。
- 目录页单独设置页码,页码位于右下角。
- 正文部分设置页码,页码位于页面底端居中位置;并在正文部分添加页眉,内容是论文的标题,即"高职实践课程——Java 语言程序设计教学初探",居中,字体为宋体,字号为五号。

(12) 将文档进行保存。

2.6.3 实训提示

(1) 启动 Word 2003,建立空文档。论文用纸规格：A4 纸(210×297mm),印刷。论文装订要求：按封面、中文摘要、目录、正文、参考文献的顺序装订。

① 新建 Word 文档。

② 调整页面设置。选择"文件"→"页面设置"命令,弹出"页面设置"对话框,在"纸张"选项卡中,设置"纸张大小"为 A4,如图 2-89 所示,单击"确定"按钮。

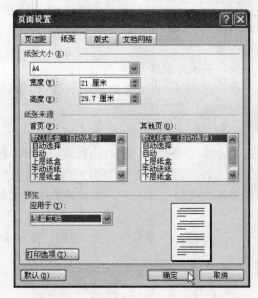

图 2-89 "页面设置"对话框

(2) 制作论文封面,按照以下要求设置格式。

* 封面的顶端插入图片(步骤参考 2.1.3 节)。
* "论文"设置字体为宋体,字号为初号,加粗,居中(步骤参考 2.1.3 节)。
* "论文题目："设置字体为宋体,字号为小四,加粗；"高职实践课程——Java 语言程序设计教学初探"设置字体为黑体,字号为三号,加下划线(步骤参考 2.1.3 节)。
* "作者："设置字体为宋体,字号为小四,加粗；姓名设置字体为黑体,字号为三号,加下划线(步骤参考 2.1.3 节)。
* 底部居中输入日期,设置字体为黑体,字号为小二,加粗(步骤参考 2.1.3 节)。

封面设置后的效果如图 2-90 所示。

(3) 录入摘要的内容。摘要的内容包括论文题目,字体为黑体,字号为三号,居中；"摘要"字样,字体为黑体,字号为三号,居中；摘要正文,字体为宋体,字号为小四号；关键词,"关键词"三字字体为黑体,字号为四号,关键词一般为 3～5 个,每一关键词之间用逗号分开,最后一个关键词后不打标点符号。

论文

论文题目：**高职实践课程——Java 语言程序设计教学初探**

作　者：　　　　**刘乃瑞**　　　　

2008年2月2日

图 2-90　论文封面

① 在封面最后插入一个分节符。选择"插入"→"分隔符"命令，弹出"分隔符"对话框，设置"分节符类型"为"下一页"，单击"确定"按钮，如图 2-91 所示。

② 录入摘要内容。

③ 设置摘要格式。

④ 录入关键词。

⑤ 设置关键词格式。

（4）录入论文正文的全部内容，包括引言（或绪论）、论文主体及结论。

① 在最后一个关键词后，插入一个分节符。方法同上。

② 录入论文内容。

（5）标题格式设置要求：

图 2-91　"分隔符"对话框

- 一级标题用阿拉伯数字 1,2,3,……,字体为黑体,字号为四号,居左。

① 选定第一个一级标题"一、引言"。设置字体为黑体,字号为四号。

② 选择"格式"→"项目符号和编号"命令,弹出"项目符号和编号"对话框,如图 2-92 所示,在"多级符号"选项卡中,选择一种多级符号的样式,图 2-92 中选择了第一种样式,与要求基本符合,但仍需进行格式设置,单击"自定义"按钮,弹出"自定义多级符号列表"对话框,如图 2-93 所示,"级别"选择 1 级,设置"编号位置"为"左对齐",设置"对齐位置"为"0 厘米",单击"字体"按钮,弹出"字体"对话框,设置字体和字号。返回到"自定义多级符号列表"对话框,"级别"选择 2 级,设置"编号位置"为"左对齐",设置"对齐位置"为"0 厘米","制表位位置"为"0.75 厘米","缩进位置"为"0.75 厘米",单击"字体"按钮,弹出"字体"对话框,设置字体和字号。返回"自定义多级符号列表"对话框,单击"确定"按钮。返回"项目符号和编号"对话框,单击"确定"按钮。

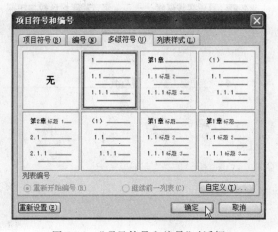

图 2-92 "项目符号和编号"对话框

③ 选择"格式"→"样式和格式"命令,打开"样式和格式"任务窗格,如图 2-94 所示。

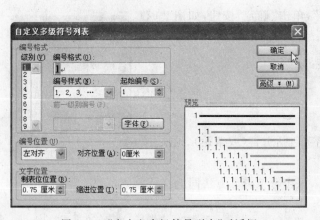

图 2-93 "自定义多级符号列表"对话框

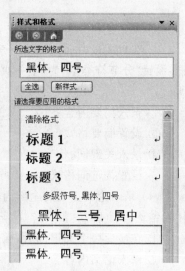

图 2-94 "样式和格式"任务窗格

④ 选定其他一级标题。按下 Ctrl 键选定多个一级标题。在"样式和格式"任务窗格中分别单击"1 多级符号,黑体,四号"和"黑体,四号"样式。把标题文字前原有的编号删除。

- 二级标题前面冠之以一级标题,用阿拉伯数字表示,形如 3.1,3.2,3.3,……,字体为黑体,字号为小四号,居左。

① 选定一级标题"2 教学内容的探讨"。单击"格式"工具栏中的"格式刷"按钮(），将格式复制到"1.教学内容的合理化",设置字体为黑体,字号为小四号。

② 单击"格式"工具栏中的"增加缩进量"按钮(）。所选标题改变为二级标题。

③ 选择"格式"→"段落"命令,弹出"段落"对话框,如图 2-95 所示,在"缩进和间距"选项卡中,设置"大纲级别"为"2 级"(此处的设置与后面的"文档结构图"有关)。

④ 选定二级标题"2.1 教学内容的合理化",单击"格式"工具栏中的"格式刷"按钮(），将格式复制到"2. 开发环境的选择"。

⑤ 按照以上步骤设置所有二级标题格式。

(6) 正文格式设置要求:字体为宋体,字号为五号。

按下 Ctrl 键选定标题以外的正文部分,同时设置字体和字号。

(7) 脚注格式设置要求:放在同一页的底部,字体为宋体,字号为六号。

① 为文中的"IDE"添加脚注。选择"插入"→"引用"→"脚注和尾注"命令,弹出"脚注和尾注"对话框,如图 2-96 所示。

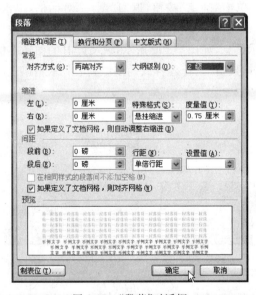

图 2-95 "段落"对话框

图 2-96 "脚注和尾注"对话框

② 在"脚注和尾注"对话框中设置"脚注"为"页面底端",单击"插入"按钮。

③ 在页面底端录入脚注内容 Integrated Development Environment,设置字体和字号。

(8) 参考文献格式设置要求:

- 参考文献的序号用[1],[2],[3],……。
- 文献的著录格式为:(书)作者姓名.书名.出版地:出版社名,年月(后不加标点)。(期刊)作者姓名.论文名.期刊名,卷号(期号):页码,年月(后不加标点)。
- 如有多位作者,则作者名之间用逗号分开。如有外文参考文献,则姓名缩写后的点应去掉。
- "参考文献"4个字字体为黑体,字号为五号,居中。参考文献内容文字字体为宋体,字号为小五号。

① 在"参考文献"前加入分页符。

② 修改序号。

③ 修改文献著录格式。

④ 设置格式。

(9) 图表格式设置要求:

- 图/表中字体为宋体,字号为小五号。
- 图题(字体为宋体,字号为小五号)在图的下方,居中;表题(字体为宋体,字号为小五号)在表的上方,居左。
- 图序/表序按章节编号,冠之以一级标题名称,如图1-1/表1-1、图2-3/表2-3等。

① 为图添加题注。选定论文中的图,首先设置为居中。选择"插入"→"引用"→"题注"命令,弹出"题注"对话框,如图2-97所示。单击"新建标签"按钮,弹出"新建标签"对话框,如图2-98所示,"标签"名称为"图",单击"确定"按钮,返回"题注"对话框,单击"编号"按钮,弹出"题注编号"对话框,如图2-99所示,选中"包含章节号"复选框,其他按照默认方式,单击"确定"按钮,会弹出一个提示信息,如图2-100所示,说明此时的图还不能够自动按照章节编号。需要将章节的多级符号链接到标题样式的多级列表。取消以上的操作,首先进行步骤②的操作。

图 2-97 "题注"对话框

图 2-98 "新建标签"对话框

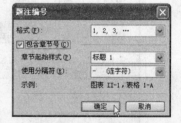
图 2-99 "题注编号"对话框

图 2-100 提示信息对话框

② 章节的多级符号链接到标题样式的多级列表。选定第一个一级标题"一、引言"，选择"格式"→"项目符号和编号"命令，弹出"项目符号和编号"对话框，单击"自定义"按钮，弹出"自定义多级符号列表"对话框，单击"高级"按钮，对话框如图 2-101 所示，"将级别链接到样式："选择"标题 1"，单击"确定"按钮，返回"项目符号和编号"对话框，单击"确定"按钮。此时所有一级标题链接到了标题样式，但也拥有了标题的格式，可使用"样式和格式"任务窗格将格式进行统一修改（即将字体改为黑体，字号改为四号）。

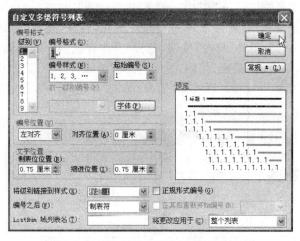

图 2-101 "自定义多级符号列表"对话框

③ 重新进行步骤①的操作，此时"题注"对话框如图 2-102 所示，单击"确定"按钮，注意"位置"为"所选项目下方"。

④ 录入图题，设置字体字号。

⑤ 设置交叉引用（即将原文中对图引用的文字"JSP 页面的调用结构如图 1 所示。"更改为"JSP 页面的调用结构如图 4-1 所示。"）。删除"图 1"，选择"插入"→"引用"→"交叉引用"命令，弹出"交叉引用"对话框，如图 2-103 所示，"引用类型"选择"图"，"引用内容"选择"只有标签和编号"，选中"插入为超链接"复选框，"引用哪一个题注"选择"图 4-1 JSP 页面调用结构"，单击"插入"按钮。

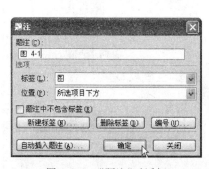

图 2-102 "题注"对话框

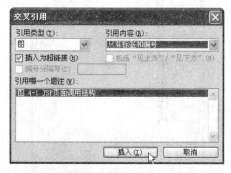

图 2-103 "交叉引用"对话框

⑥ 为表添加题注。类似以上的操作步骤可以为表添加题注，注意表题在表的上方，即在"题注"对话框"位置"选择"所选项目上方"，居左。

(10) 目录按两级标题编写,要求层次清晰,必须与正文标题一致,论文目录格式设置要求:

- "目录"两个字字体为黑体,字号为三号,居中。
- 一级标题字体为黑体,字号为四号。
- 二级标题字体为黑体,字号为小四号。

① 在正文前插入一个分节符,得到一个空白页。

② 在空白页录入"目录",并设置格式。

③ 另起一行,选择"插入"→"引用"→"索引和目录",打开"索引和目录"对话框,如图 2-104 所示,"显示级别"设置为 2,单击"修改"按钮,打开"样式"对话框,如图 2-105 所示,"样式"选择"目录 1",单击"修改"按钮,打开"修改样式"对话框,如图 2-106 所示,"格式"设置字体和字号。单击"确定"按钮,返回"样式"对话框,"样式"选择"目录 2",使用以上的方法设置字体字号,仍返回"样式"对话框,单击"确定"按钮,返回"索引和目录"对话框,单击"确定"按钮。目录自动生成。

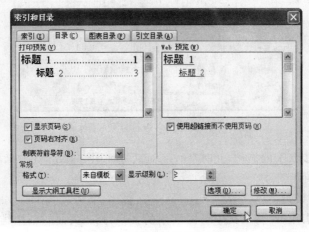

图 2-104 "索引和目录"对话框

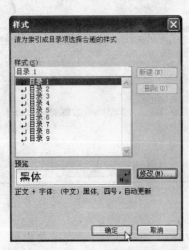

图 2-105 "样式"对话框

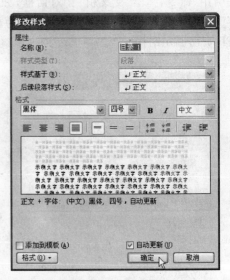

图 2-106 "修改样式"对话框

(11) 页码格式设置要求：

- 封面无页码。

- 目录页单独设置页码，页码位于右下角。

- 正文部分设置页码，页码位于页面底端居中位置；并在正文部分添加页眉，内容是论文的标题，即"高职实践课程——Java 语言程序设计教学初探"，居中，字体为宋体，字号为五号。

① 选择"视图"→"页眉和页脚"命令，进入页眉页脚编辑状态，由于在上述操作中加入了 3 个分节符，将全文分为 3 节，取消每节之间的链接（默认情况下每节是链接的），即将鼠标定位于某一节，单击"页眉和页脚"工具栏中的"链接到前一个"（）按钮，即可取消每节之间的链接。单击"页眉和页脚"工具栏中的"关闭"按钮，回到正文的编辑状态。

② 将光标定位于目录一节中，选择"插入"→"页码"命令，打开"页码"对话框，如图 2-107 所示，"位置"为"页面底端（页脚）"，"对齐方式"为"右侧"，单击"格式"按钮，打开"页码格式"对话框，如图 2-108 所示，"页码编排"选择"起始页码"为 1，单击"确定"按钮，返回"页码"对话框，单击"确定"按钮。

图 2-107 "页码"对话框

图 2-108 "页码格式"对话框

③ 为正文部分设置页眉和页脚。具体步骤可参考步骤②的内容。

(12) 将文档进行保存（步骤参考 2.1.3 节）。

2.6.4 操作技巧

(1) 目录的更新。

对文档进行了更改，但目录中却没有显示对应的更改。

在添加、删除、移动或编辑了文档中的标题或其他文本之后，单击"大纲"工具栏上的"更新目录"可更新目录，或者选定目录再按 F9 键。

(2) 多级符号的使用。

通过更改列表中项目的层次级别，可将原有的列表转换为多级符号列表。单击第一个编号以外的编号，并按 Tab 键或 Shift＋Tab 组合键，也可以单击"增加缩进量"或"减少缩进量"。

(3) 题注的使用。

选中了"包含章节号"的复选框，但是章节编号并不包含在题注当中。

章节的标题也许没有设置为正确的标题样式。选择"格式"→"项目符号和编号"命令，在出现的对话框中单击"多级符号"选项卡。单击"自定义"按钮，打开"自定义多级符号列表"对话框，如图 2-109 所示，在"将级别链接到样式"下拉列表框中，单击章节编号样式（包括文本"标题 1"或"第一章"等），再单击"确定"按钮。

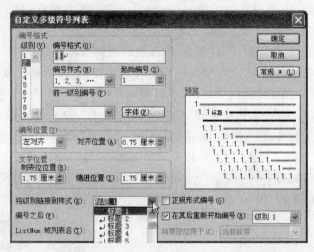

图 2-109 "自定义多级符号列表"对话框

（4）脚注和尾注的转换。

如果已经插入了脚注，可将其转换成尾注，反之亦然。

将一个或多个注释转换成脚注或尾注。

切换至普通视图。单击"视图"→"脚注"命令，如果文档同时包含脚注和尾注，则会显示一则信息。请单击"查看脚注区"或"查看尾注区"，然后单击"确定"按钮。在注释窗格中，单击"所有脚注"或"所有尾注"。

先选定要转换的注释，然后右击所选注释，在弹出的快捷菜单中选择"转换为脚注"或"转换至尾注"命令。

2.7 课后作业

作业要求：写一篇与本专业知识相关的论文，按照以下要求进行编辑排版。

（1）论文装订要求：按封面、中文摘要、目录、正文、参考文献的顺序装订。

（2）封面：

"论文题目："设置字体为宋体，字号为小四，加粗；题目设置字体为黑体，字号为三号，加下划线。

"专业："设置字体为宋体，字号为小四，加粗；专业名称设置字体为黑体，字号为三号，加下划线。

"姓名："设置字体为宋体，字号为小四，加粗；姓名设置字体为黑体，字号为三号，加下划线。

（3）中文摘要：单独成页，宋体，小四号字。摘要的长度不超过200字，且放在一个段落中。

（4）版心说明：将论文单面打印在高质量的 A4 空白纸上，版心宽 145mm，高 210mm，上下左右居中。

（5）格式说明：

① 标题。

一级标题用阿拉伯数字 1，2，3，……，字号为四号，黑体，居左。

二级标题前面冠之以一级标题，用阿拉伯数字表示，形如 3.1，3.2，3.3，……，字号为小四，黑体，居左。

② 正文。

正文一律用五号宋体，每个自然段开始时缩进两个汉字，正文中的数字表达式中的变量一律用斜体。数字表达式中的数符，如 $\sin$、$\cos$、tg、$\max$、$\min$、$\sum$、Π 等，均用正体。

③ 脚注。

脚注放在同一页的底部，用六号宋体。

④ 参考文献。

参考文献的序号用[1]、[2]、[3]、……。文献的著录格式为：（书）作者姓名. 书名. 出版地：出版社名，年月（后不加标点）；（期刊）作者姓名. 论文名. 期刊名，卷号（期号）：页码，年月（后不加标点）。如有多位作者，作者名之间用逗号分开。如有外文参考文献，姓名缩写后的点应去掉。"参考文献"4 个字居中，字号为五号黑体。参考文献用小五号字，宋体。

⑤ 图表。

图/表中字用小五号，宋体，图题（小五号，宋体）在图的下方，表题（小五号，宋体）在表的上方，图序/表序按本篇论文大排队，如图 1/表 1、图 2/表 2 等。

⑥ 参考文献的引用。

正文叙述中引用参考文献时，平排；非正式叙述时，只在右上角表明出处，如，Corbin 指出……

⑦ 目录按两级标题编写，要求层次清晰，必须与正文标题一致，论文目录格式设置要求：

• "目录"两个字字体为黑体，字号为三号，居中。

• 一级标题字体为黑体，字号为四号。

• 二级标题字体为黑体，字号为小四号。

页码格式设置要求：

• 封面无页码。

• 目录页单独设置页码，页码位于右下角。

• 正文部分设置页码，页码位于页面底端居中位置；并在正文部分添加页眉，内容是论文的标题，居中，字体为宋体，字号为五号。

⑧ 标点。

要正确使用阿拉伯数字和标点符号，如 1997 年等。阿拉伯数字之间用逗号，不用顿号，如 1，2，3，……。外文字母之间用逗号，而不用顿号，如 a，b，c，d 等。

第3章

电子表格模块

在办公软件中,电子表格处理软件 Excel 在人们的生活和学习中提供了很多帮助,可以制作表格,美化表格,根据表格的数据进行计算和分析,利用表格的数据生成相应的图表。本章通过几个生活中的实例,使学习者掌握 Excel 丰富实用的功能。这些实训内容包括绘制复杂表格,运用各种功能对表格进行修饰,掌握多种系统提供的函数对数据进行计算,生成图表、修饰图表使数据的体现更加形象、生动,利用多种功能对数据进行统计和分析等。

3.1 实训1:制作中油加油卡开户申请表

日常生活中经常会见到各种复杂的表格,例如去银行就可以见到存款或取款表、应聘工作时会填写应聘申请表、学校中教学实施计划表等。下面的实训将以"中油加油卡开户申请表"为例,学习复杂表格的排版。

3.1.1 实训目标

制作如图 3-1 所示的表格。

3.1.2 实训步骤

(1) 启动 Excel 2003,建立新文档。

(2) 将文档的页面方向设置为横向,页边距上、下、左、右均为 1cm,水平方向和垂直方向都居中。

(3) 录入如图 3-1 所示的实训样文中的文字内容,按照如下要求对表格进行修饰,修饰的效果如图 3-1 所示。

- 调整表格行的高度、列的宽度、合并单元格,使表格基本呈现如图 3-1 所示的效果。
- 表的标题字体为宋体,字号为 20 磅,加粗,居中。
- 在标题的左侧插入文本框,录入文字"北京销售分公司",字体为宋体,字号为 14 磅,文本框无线条颜色。

北京销售分公司　　**中油加油卡开户申请表**

年　月　日　　　　编号：

	单位用户				个人用户			
客户填写	单位名称		通讯地址		姓名		邮政编码	
	经办人		联系电话	邮政编码	通讯地址			
	证件名称		证件号码		联系电话		证件类型	
	申请司机卡数量		使用密码	是□　否□	证件号码			
	定点加油站名称				车牌号码		使用密码	是□　否□
	声明	兹声明以上填写情况均属实，本单位及所有持卡人愿意接受中油加油卡章程及合约的约束。 单位公章：　法人印章：　经办人签字： 年　月　日			声明	兹声明以上填写情况均属实，本人愿意接受中油加油卡章程及合约的约束。 申请人签名： 年　月　日		

发卡储值点盖章：

复核：　　经办：　　年　月　日

填表须知：1、填表前请您仔细阅读申请表正面的《中油加油卡章程》及背面的《中油加油卡申领合约》的所有条款。

2、填表前，申请单位或个人如在声明栏签字盖章，即表示申请单位或个人认同并遵守有关约定。

3、申请表请使用蓝（黑）色签字笔或钢笔填写，字迹工整、清晰，并保证填写内容真实、准确、有效。

4、有效证件类型：居民身份证、驾驶证、军官证。

图 3-1　中油加油卡开户申请表

- 在标题下方绘制一条 0.75 磅红色直线。
- 表格内文字字体为宋体，字号为 10 磅。
- “客户填写”、“声明”所在的合并单元格方向为竖向。
- 设置表格的边框线，设置的效果如图 3-1 所示。

(4) 将文件进行保存。

3.1.3　实训提示

(1) 启动 Excel 2003，建立新文档。

① 启动 Excel 2003。选择任务栏中的“开始”→“所有程序”→Microsoft Office→Microsoft Office Excel 2003 命令。

② 启动 Excel 时，自动建立一个文件名为 Book1. xls 的空文档。

③ 在 Book1. xls 中录入实训原文的内容。

(2) 将文档的页面方向设置为横向，页边距上、下、左、右均为 1cm，水平方向和垂直方向都居中。

① 选择“文件”→“页面设置”命令，弹出“页面设置”对话框，如图 3-2 所示。

② 在“页面设置”对话框中选择“页边距”选项卡，设置“上”、“下”、“左”、“右”均为“1”，“居中方式”中选定“水平”和“垂直”复选框。

(3) 录入实训样文中的内容，按照如下要求对表格进行修饰。

- 调整表格行的高度、列的宽度，合并单元格。

① 调整表格行的高度。以第 1 行为例，将光标定位在第 1 行，选择“格式”→“行”→

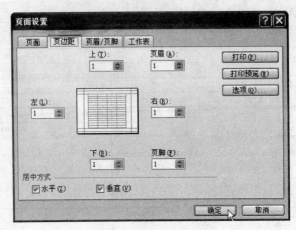

图 3-2 "页面设置"对话框

"行高"命令,弹出"行高"对话框,如图 3-3 所示,"行高"设置为 33,单击"确定"按钮。

②调整表格列的宽度。调整表格列的宽度与设置行的高度的方法类似,可以参考步骤①的方法,这里再介绍一种方法。以第1列为例,将光标定位在 A 列和 B 列的列标之间,拖曳鼠标左键,即可调整列宽。

图 3-3 "行高"对话框

③合并单元格。表格中要合并的单元格有很多处,读者可参考实训样文进行合并,这里以标题("中油加油卡开户申请表")为例介绍单元格合并方法。选定从 A1~AR1 的所有单元格,选择"格式"→"单元格"命令,弹出"单元格格式"对话框,如图 3-4 所示。选择"对齐"选项卡,在"文本控制"选项区域选定"合并单元格"复选框,单击"确定"按钮。

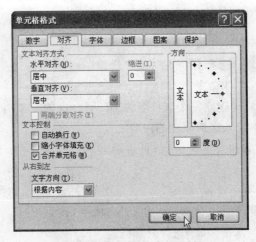

图 3-4 "单元格格式"对话框

• 表的标题字体为宋体,字号为 20 磅,加粗,居中。

①设置字体、字号、加粗。在"格式"工具栏中的"字体"下拉列表框中

(宋体⬛）设置字体，在"字号"下拉列表框中(20▾）设置字号，"加粗"按钮
(⬛)用于设置加粗格式。

　　② 设置居中。也可以采用步骤①中的方法，还可以采用以下方法，选择"格式"→"单元格"命令，弹出"单元格格式"对话框，选择"对齐"选项卡，"文本对齐方式"中"水平对齐"设置为"居中"。

- 在标题的左侧插入文本框，录入文字"北京销售分公司"，字体为宋体，字号为 14 磅，文本框无线条颜色（步骤参考 2.3.3 节）。
- 在标题下方绘制一条 0.75 磅的红色直线（步骤参考 2.3.3 节）。
- 表格内文字字体为宋体，字号为 10 磅。
- "客户填写"、"声明"所在的合并单元格方向为竖向。

　　以"客户填写"所在单元格为例，选定该合并后的单元格，选择"格式"→"单元格"命令，弹出"单元格格式"对话框，选择"对齐"选项卡，"方向"选择"竖排文本"。

- 设置表格的边框线。

① 以如图 3-5 所示的单元格为例介绍如何添加边框线。

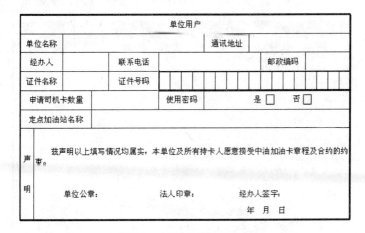

图 3-5　设置表格边框示例

　　② 选定该区域（即 B3：X11），选择"格式"→"单元格"命令，弹出"单元格格式"对话框，选择"边框"选项卡，在"线条""样式"中选择如图 3-6 所示选择的线条，在"预置"中单击"外边框"按钮；在"线条""样式"中选择细实线，在"预置"中单击"内部"按钮，单击"确定"按钮。

　　③ 取消多余的边框。选定 C9：X11 的区域，选择"格式"→"单元格"命令，弹出"单元格格式"对话框，选择"边框"选项卡，在"边框"中单击⬛按钮和⬛按钮，如图 3-7 所示。单击"确定"按钮。

　　④ 修改已有的边框。选定 H6：X6 的区域，选择"格式"→"单元格"命令，弹出"单元格格式"对话框，选择"边框"选项卡，在"线条""样式"中选择较粗的实线，在"边框"中单击⬛按钮、⬛按钮和⬛按钮。单击"确定"按钮。

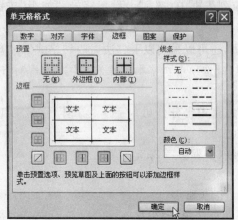

图 3-6 "单元格格式"对话框

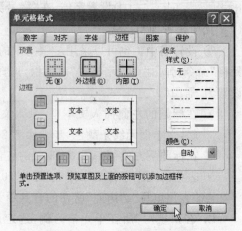

图 3-7 "单元格格式"对话框

（4）将文件进行保存。

① 选择"文件"→"另存为"命令，弹出"另存为"对话框，如图 3-8 所示。

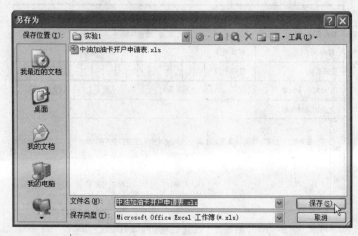

图 3-8 "另存为"对话框

② 在"另存为"对话框中，选择"保存位置"，输入文件名称，单击"保存"按钮。

3.1.4 操作技巧

与另一列进行匹配：选择列中的单元格，单击"常用"工具栏上的"复制"按钮，然后选择目标列，选择"编辑"→"选择性粘贴"命令，在弹出的对话框中单击"列宽"单选按钮，再单击"确定"按钮即可。

3.2 实训 2：制作装修报价单

日常工作和生活中经常会处理一些简单的表格，下面的实训以一个真实生活中的装修报价单为实训内容，对表格进行修饰，做简单的计算，对较长表格浏览使用冻结等操作进行训练。

3.2.1 实训目标

将如表 3-1 所示的实训 2 的实训原文排版成图 3-9 到图 3-12 的形式。

表 3-1 实训 2 的实训原文

江 苏 创 益 装 饰 有 限 公 司 报 价 单

客户名	16♯ C'户型		家铭	联系方式		13688888888	
工程地址	丽水园			工程等级	混油	（金装多乐士五合一二代）	
开工日期			竣工日期		金额总计		
序号	项目名称	单位	单价	数量	小计	备　　注	
一	门厅						
1	顶面漆	平方米	24	1.8		a.界面剂封底；b.批刮三遍美巢腻子,底漆一遍,面漆二遍；c.不包含墙体满贴布处理；d.如墙漆颜色超过二种(含白色),每增加一色另加230元(多乐士五合一二代)	
2	墙面漆	平方米	24	4.2			
3	半包入户门套	米	75	5.2		a.金秋特级大芯板衬底,饰面板饰面,实木线条收口,华润聚酯无苯高级油漆工艺	
4	铺地砖	平方米	24	1.8		人工费辅料(水泥425♯、中沙、环保胶),不含主材	
5	踢角线	米	10	1.5		人工费辅料(水泥425♯、中沙、环保胶),不含主材	
6	拆墙	项	150	1		人工费	
7	做展柜	项	450	1		a.金秋特级大芯板衬底,饰面板饰面,华润聚酯无苯高级油漆工艺	
					小计：		
二	客厅及餐厅						
1	顶面漆	平方米	24	26.6		a.界面剂封底；b.批刮三遍美巢腻子,底漆一遍,面漆二遍；c.不包含墙体满贴布处理；d.如墙漆颜色超过二种(含白色),每增加一色另加230元(多乐士五合一二代)	
2	墙面漆	平方米	24	42			
3	包哑口	米	85	6.5		a.金秋特级大芯板衬底,饰面板饰面,实木线条收口,华润聚酯无苯高级油漆工艺	
4	铺地砖	平方米	26	26.6		人工费辅料(水泥425♯、中沙、环保胶),不含主材	
5	踢角线	米	10	16.5		人工费辅料(水泥425♯、中沙、环保胶),不含主材	
					小计：		
三	客厅阳台						

序号	项目名称	单位	单价	数量	小计	备注
1	顶面漆	平方米	24	3.3		a. 界面剂封底；b. 批刮三遍美巢腻子,底漆一遍,面漆二遍;c. 不包含墙体满贴布处理; d. 如墙漆颜色超过二种(含白色),每增加一色另加230元(多乐士五合一二代)
2	墙面漆	平方米	24	7.8		
3	铺地砖	平方米	24	3.3		人工费辅料(水泥425#、中沙、环保胶),不含主材
4	踢角线	米	10	6		人工费辅料(水泥425#、中沙、环保胶),不含主材
					小计:	
四	主卧室					
1	顶面漆	平方米	24	12.4		a. 界面剂封底；b. 批刮三遍美巢腻子,底漆一遍,面漆二遍;c. 不包含墙体满贴布处理; d. 如墙漆颜色超过二种(含白色),每增加一色另加230元(多乐士五合一二代)
2	墙面漆	平方米	24	30.2		
3	做门及套	樘	900	1		a. 金秋特级大芯板衬底,饰面板饰面,实木线条收口,华润聚酯无苯高级油漆工艺
4	包窗套	米	75	6.2		a. 金秋特级大芯板衬底,饰面板饰面,实木线条收口,华润聚酯无苯高级油漆工艺
					小计:	
五	次卧室					
1	顶面漆	平方米	24	8.4		a. 界面剂封底；b. 批刮三遍美巢腻子,底漆一遍,面漆二遍;c. 不包含墙体满贴布处理; d. 如墙漆颜色超过二种(含白色),每增加一色另加230元(多乐士五合一二代)
2	墙面漆	平方米	24	26.2		
3	做门及套	樘	900	1		a. 金秋特级大芯板衬底,饰面板饰面,实木线条收口,华润聚酯无苯高级油漆工艺
4	包窗套	米	75	5.4		a. 金秋特级大芯板衬底,饰面板饰面,实木线条收口,华润聚酯无苯高级油漆工艺
					小计:	
六	过道					
1	铺地砖	平方米	24	1.8		人工费辅料(水泥425#、中沙、环保胶),不含主材
2	墙面漆	平方米	24	3.5		同上
3	吊柜	项	280	1		a. 金秋特级大芯板衬底,饰面板饰面,华润聚酯无苯高级油漆工艺
					小计:	
七	厨房					

序号	项目名称	单位	单价	数量	小计	备 注
1	铝扣板吊顶	平方米	40	5.3		人工费辅料
2	贴墙砖	平方米	26	24.8		人工费辅料（水泥 425＃、中沙、环保胶），不含主材
3	铺地砖	平方米	24	5.3		人工费辅料（水泥 425＃、中沙、环保胶），不含主材
4	做门及套	樘	900	1		a.金秋特级大芯板衬底,饰面板饰面,实木线条收口,华润聚酯无苯高级油漆工艺
5	吊柜	项	280	1		a.金秋特级大芯板衬底,饰面板饰面,华润聚酯无苯高级油漆工艺
					小计:	
八	厨房阳台					
1	顶面漆	平方米	24	1.8		a.界面剂封底；b.批刮三遍美巢腻子,底漆一遍,面漆二遍；c.不包含墙体满贴布处理；d.如墙漆颜色超过二种(含白色),每增加一色另加 230 元(多乐士五合一二代)
2	墙面漆	平方米	24	6.2		
					小计:	
九	主卧书房					
1	做电脑桌	项	380	1		a.金秋特级大芯板衬底,饰面板饰面,华润聚酯无苯高级油漆工艺
2	做衣柜柜体	平方米	320	4.2		a.金秋特级大芯板衬底,饰面板饰面,华润聚酯无苯高级油漆工艺
3	做门套	米	75	4.8		a.金秋特级大芯板衬底,饰面板饰面,实木线条收口,华润聚酯无苯高级油漆工艺
					小计:	
十	客卫					
1	铝扣板吊顶	平方米	40	2.8		人工费辅料
2	贴墙砖	平方米	26	15.4		人工费辅料（水泥 425＃、中沙、环保胶），不含主材
3	铺地砖	平方米	24	2.8		人工费辅料（水泥 425＃、中沙、环保胶），不含主材
4	做门及套	樘	900	1		a.金秋特级大芯板衬底,饰面板饰面,实木线条收口,华润聚酯无苯高级油漆工艺
5	拆墙新建墙体	项	150	1		人工费
6		平方米	80	5		红砖砌墙,水泥沙浆找平
					小计:	
十一	其他					

序号	项目名称	单位	单价	数量	小计	备　　注
1	做防水	平方米	70	0		金盾防水(按实际发生计算)
2	保温墙贴布	平方米	10	0		的确良布
3	改水	米	60	0		日丰牌铝塑管(按实际发生计算)
4	改电(明线)	米	20	0		不剔槽(按实际发生计算)
5	改电(暗线)	米	40	0		剔槽,2.5平方铜芯线(按实际发生计算)
9	灯具安装	套	150	1		灯安装
10	洁具安装	套	150	1		人工辅料
11	五金件安装	套	150	1		人工
12	垃圾清运	项	200	1		
				小计:		
				总计:		
	注意事项					
		1. 为了维护您的利益,请不要接受任何口头承诺				
		2. 实际发生项目若与报价单不符,一切以实际发生为准				
		3. 该报价不含物业收取装饰公司的装修管理费,电梯使用费等各项物业费用由客户自理,如我公司施工人员违反规定造成罚款由我公司承担				
		4. 施工期间水电费由客户承担				
		5. 装修增减项费用,在中期付款时计算支付				
		6. 根据有关规定,我公司不负责暖气拆改、煤气移位、承重墙拆除等,请谅解				
		7. 凡违反有关部门规定的拆除项目须另签订补充协议				
		8. 主材甲供:地砖、地板、墙砖、灯具、洁具、五金件、橱柜、特殊材料等				
		9. 需乙方提供主材另签代购协议				
		10. 此报价不含税金,如开发票另付总额的5%				
		此家装以报价项目为准				
	客户签字:			设计师签字:		

3.2.2　实训步骤

(1) 启动 Excel 2003,建立新文档。

(2) 在新建的 Excel 文档中录入如表 3-1 所示的实训原文的内容,调整行高、列宽,合并单元格。

(3) 按照如下要求对表格进行修饰。

江苏创益装饰有限公司报价单

客户名	16# C' 户型		家铭			联系方式	13688888888	
工程地址	丽水园					工程等级	混油	（金装多乐士五合一二代）
开工日期			竣工日期			金额总计		

序号	项目名称	单位	单价	数量	小计	备注
一	门厅					
1	顶面漆	平米	24	1.8	43.2	a.界面剂封底;b.批刮三遍美巢腻子,底漆一遍,面漆二遍;c.不包含墙体清贴布处理;d.如
2	墙面漆	平米	24	4.2	100.8	墙漆颜色超过二种（含白色）,每增加一色另加230元（多乐士五合一二代）
3	半包入户门套	米	75	5.2	390	a.金秋特级大芯板衬底,饰面板饰面,实木线条收口,华润聚酯无苯高级油漆工艺
4	铺地砖	平米	24	1.8	43.2	人工费辅料（水泥425#、中沙、环保胶）,不含主材
5	踢角线	米	10	1.5	15	人工费辅料（水泥425#、中沙、环保胶）,不含主材
6	拆墙	项	150	1	150	人工费
7	做展柜	项	450	1	450	a.金秋特级大芯板衬底,饰面板饰面,华润聚酯无苯高级油漆工艺
				小计	1192.2	
二	客厅及餐厅					
1	顶面漆	平米	24	26.6	638.4	a.界面剂封底;b.批刮三遍美巢腻子,底漆一遍,面漆二遍;c.不包含墙体清贴布处理;d.如
2	墙面漆	平米	24	42	1008	墙漆颜色超过二种（含白色）,每增加一色另加230元（多乐士五合一二代）
3	包哑口	米	85	6.5	552.5	a.金秋特级大芯板衬底,饰面板饰面,实木线条收口,华润聚酯无苯高级油漆工艺
4	铺地砖	平米	26	26.6	691.6	人工费辅料（水泥425#、中沙、环保胶）,不含主材
5	踢角线	米	10	16.5	165	人工费辅料（水泥425#、中沙、环保胶）,不含主材
				小计	3055.5	
三	客厅阳台					
1	顶面漆	平米	24	3.3	79.2	a.界面剂封底;b.批刮三遍美巢腻子,底漆一遍,面漆二遍;c.不包含墙体清贴布处理;d.如
2	墙面漆	平米	24	7.8	187.2	墙漆颜色超过二种（含白色）,每增加一色另加230元（多乐士五合一二代）

图 3-9　报价单第 1 页

3	铺地砖	平米	24	3.3	79.2	人工费辅料（水泥425#、中沙、环保胶）,不含主材
4	踢角线	米	10	6	60	人工费辅料（水泥425#、中沙、环保胶）,不含主材
				小计	405.6	
四	主卧室					
1	顶面漆	平米	24	12.4	297.6	a.界面剂封底;b.批刮三遍美巢腻子,底漆一遍,面漆二遍;c.不包含墙体清贴布处理;d.如
2	墙面漆	平米	24	30.2	724.8	墙漆颜色超过二种（含白色）,每增加一色另加230元（多乐士五合一二代）
3	做门及套	樘	900	1	900	a.金秋特级大芯板衬底,饰面板饰面,实木线条收口,华润聚酯无苯高级油漆工艺
4	包窗套	米	75	6.2	465	a.金秋特级大芯板衬底,饰面板饰面,实木线条收口,华润聚酯无苯高级油漆工艺
				小计	2387.4	
五	次卧室					
1	顶面漆	平米	24	8.4	201.6	a.界面剂封底;b.批刮三遍美巢腻子,底漆一遍,面漆二遍;c.不包含墙体清贴布处理;d.如
2	墙面漆	平米	24	26.2	628.8	墙漆颜色超过二种（含白色）,每增加一色另加230元（多乐士五合一二代）
3	做门及套	樘	900	1	900	a.金秋特级大芯板衬底,饰面板饰面,实木线条收口,华润聚酯无苯高级油漆工艺
4	包窗套	米	75	5.4	405	a.金秋特级大芯板衬底,饰面板饰面,实木线条收口,华润聚酯无苯高级油漆工艺
				小计	2135.4	
六	过道					
1	铺地砖	平米	24	1.8	43.2	人工费辅料（水泥425#、中沙、环保胶）,不含主材
2	墙面漆	平米	24	3.5	84	同上
3	吊柜	项	280	1	280	a.金秋特级大芯板衬底,饰面板饰面,华润聚酯无苯高级油漆工艺
				小计	407.2	
七	厨房					
1	铝扣板吊顶	平米	40	5.3	212	人工费辅料
2	贴墙砖	平米	26	24.8	644.8	人工费辅料（水泥425#、中沙、环保胶）,不含主材

图 3-10　报价单第 2 页

3	铺地砖	平米	24	5.3	127.2	人工费辅料(水泥425#、中沙、环保胶),不含主材
4	做门及套	樘	900	1	900	a.金秋特级大芯板衬底,饰面板饰面,实木线条收口,华润聚酯无苯高级油漆工艺
5	吊柜	项	280	1	280	a.金秋特级大芯板衬底,饰面板饰面,华润聚酯无苯高级油漆工艺
				小计:	2164	
八	厨房阳台					
1	顶面漆	平米	24	1.8	43.2	a.界面剂封底;b.批刮三遍美巢腻子,底漆一遍,面漆二遍;c.不包含墙面清贴布处理;d.如墙漆颜色超过二种(含白色),每增加一色另加230元(多乐士五合一二代)
2	墙面漆	平米	24	6.2	148.8	
				小计:	192	
九	主卧·书房					
1	做电脑桌	项	380	1	380	a.金秋特级大芯板衬底,饰面板饰面,华润聚酯无苯高级油漆工艺
2	做衣柜柜体	平米	320	4.2	1344	a.金秋特级大芯板衬底,饰面板饰面,华润聚酯无苯高级油漆工艺
3	做门套	米	75	4.8	360	a.金秋特级大芯板衬底,饰面板饰面,实木线条收口,华润聚酯无苯高级油漆工艺
				小计:	2084	
十	客卫					
1	铝扣板吊顶	平米	40	2.8	112	人工费辅料
2	贴墙砖	平米	26	15.4	400.4	人工费辅料(水泥425#、中沙、环保胶),不含主材
3	铺地砖	平米	24	2.8	67.2	人工费辅料(水泥425#、中沙、环保胶),不含主材
4	做门及套	樘	900	1	900	a.金秋特级大芯板衬底,饰面板饰面,实木线条收口,华润聚酯无苯高级油漆工艺
5	拆墙	项	150	1	150	人工费
6	新建墙体	平米	80	5	400	红砖砌墙,水泥沙浆找平
				小计:	2029.6	
十一	其他					
1	做防水	平米	70	0	0	金盾防水(按实际发生计算)

第 3 页

图 3-11 报价单第 3 页

2	保温墙贴布	平米	10	0	0	的确良布
3	改水	米	60	0	0	日丰牌铝塑管(按实际发生计算)
4	改电(明线)	米	20	0	0	不剔槽(按实际发生计算)
5	改电(暗线)	米	40	0	0	剔槽,2.5平方铜芯线(按实际发生计算)
9	灯具安装	套	150	1	150	灯安装
10	洁具安装	套	150	1	150	人工辅料
11	五金件安装	套	150	1	150	人工
12	垃圾清运	项	200	1	200	
				小计:	650	
				总计:	16295.7	
	注意事项					
	1.为了维护您的利益,请不要接受任何口头承诺					
	2.实际发生项目若与报价单不符,一切以实际发生为准					
	3.该报价不含物业收取装饰公司的装修管理费,电梯使用费等各项物业费用由客户自理,如我公司施工人员违反规定造成罚款由我公司承					
	4.施工期间水电费由客户承担					
	5.装修增减项费用,在中期付款时计算支付					
	6.根据有关规定,我公司不负责暖气拆改,煤气移位,承重墙拆除等,请谅解					
	7.凡违反有关部门规定的拆除项目须另签订补充协议					
	8.主材甲供:地砖、地板、墙砖、灯具、洁具、五金件、橱柜、特殊材料等					
	9.需乙方提供主材另签约购协议					
	10.此报价不含税金,如开发票另付总额的5%					
	此套装以报价项目为准					
	客户签字:				设计师签字:		

第 4 页

图 3-12 报价单第 4 页

- 设置表标题"江苏创益装饰有限公司报价单"字体为黑体,字号为 22 磅,加粗,所在的单元格设置玫瑰红色底纹。
- 表标题以下的 3 行,文字字体为黑体,字号为 11 磅,加粗,所在的单元格设置黄色底纹。
- 各列名称(如"序号"、"项目名称"、"单位"、"单价"、"数量"、"小计"、"备注")所在单元格字体为黑体,字号为 11 磅,加粗,浅青绿色底纹。
- 表格内容所在单元格字体为宋体,字号为 11 磅,文本对齐方式为垂直方向居中,"备注"列单元格文本对齐方式水平方向都靠左,其余列文本对齐方式水平方向居中。
- 在每一个大项目前增加一行作为分隔和装饰,设置增加行单元格的底纹为 6.25% 灰色。效果如图 3-9 所示。
- "注意事项"各条目所在单元格文本对齐方式水平方向靠左,垂直方向居中。
- 设置表格边框线,外框为实线,内框为虚线,效果如图 3-9 所示。
- 设置文档的页面方向为横向,整个表格位于页面水平方向居中,垂直方向也居中。
- 文档的页脚居中位置添加页码,形如"第 1 页"。

(4) 填写"开工日期"为当前日期,竣工日期为当前日期+60 天。

(5) 利用公式计算每个项目中各单项的价格,计算每一项目的总价格,计算整个装修的总金额。

(6) 冻结前 5 行单元格。

3.2.3 实训提示

(1) 启动 Excel 2003,建立新文档(步骤参考 3.1.3 节)。

(2) 在新建的 Excel 文档中录入实训原文的内容,调整行高、列宽,合并单元格(步骤参考 3.1.3 节)。

(3) 按照如下要求对表格进行修饰。

- 设置表标题"江苏创益装饰有限公司报价单"字体为黑体,字号为 22 磅,加粗,所在的单元格设置玫瑰红色底纹。

① 设置字体、字号、加粗(步骤参考 3.1.3 节)。

② 设置单元格底纹。选定标题所在的单元格,选择"格式"→"单元格"命令,弹出"单元格格式"对话框,选择"图案"选项卡,如图 3-13 所示,"单元格底纹""颜色"选择"玫瑰红"。单击"确定"按钮。

- 表标题以下的 3 行,文字字体为黑体,字号为 11 磅,加粗,所在的单元格设置黄色底纹。
- 各列名称(如"序号"、"项目名称"、"单位"、"单价"、"数量"、"小计"、"备注")所在单元格字体为黑体,字号为 11 磅,加粗,浅青绿色底纹。
- 表格内容所在单元格字体为宋体,字号为 11 磅,文本对齐方式为垂直方向居中,"备注"列单元格文本对齐方式水平方向都靠左,其余列文本对齐方式水平方向居中。

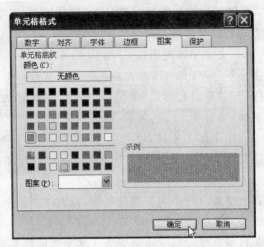

图 3-13　"单元格格式"对话框

① 设置文本垂直方向居中对齐。选定表格内容，选择"格式"→"单元格"命令，弹出"单元格格式"对话框，选择"对齐"选项卡，"文本对齐方式"中"垂直对齐"设置为"居中"。

② 设置文本水平方向靠左对齐。具体操作类似步骤①。

- 在每一个大项目前增加一行作为分隔和装饰，设置增加行单元格的底纹为 6.25% 灰色。

插入一行。例如在第 5 行和第 6 行之间插入一行。单击第 6 行的行标，选定第 6 行。选择"插入"→"行"命令，即可插入一行。

- "注意事项"各条目所在单元格文本对齐方式水平方向靠左，垂直方向居中。

- 设置表格边框线，外框为实线，内框为虚线（步骤参考 3.1.3 节）。

- 设置文档的页面方向为横向，整个表格位于页面水平方向居中，垂直方向也居中。

① 设置文档的页面方向。选择"文件"→"页面设置"命令，弹出"页面设置"对话框，如图 3-14 所示，在"页面"选项卡中，"方向"选择"横向"。

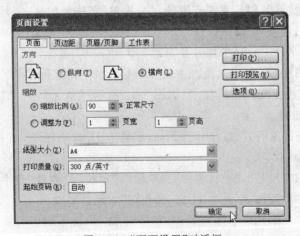

图 3-14　"页面设置"对话框

② 整个表格位于页面水平方向居中,垂直方向也居中(步骤参考 3.1.3 节)。

· 文档的页脚居中位置添加页码,形如"第 1 页"。

选择"文件"→"页面设置"命令,弹出"页面设置"对话框,如图 3-15 所示,在"页眉/页脚"选项卡中,单击"自定义页脚"按钮,弹出"页脚"对话框,如图 3-16 所示,将光标定位于"中",单击"插入页码"(📄)按钮,再添加文字,参考图 3-16。单击"确定"按钮,返回"页面设置"对话框,单击"确定"按钮。

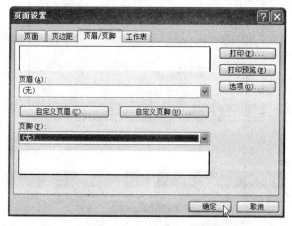

图 3-15 "页面设置"对话框

图 3-16 "页脚"对话框

(4) 填写"开工日期"为当前日期,竣工日期为当前日期+60 天。

① 输入当前日期。使用快捷键 Ctrl+;。

② 计算"竣工日期"。将光标定位于 D4 单元格,输入"="号,在编辑栏输入公式"=B4+60",按回车键。

(5) 利用公式计算每个项目中各单项的价格,计算每一项目的总价格,计算装修的总金额。

① 以第一个项目"门厅"为例计算该项目的总价格。将光标定位于 F15 单元格,单击编辑栏中的 📊 按钮,打开"插入函数"对话框,如图 3-17 所示,在"搜索函数"中输入 sum,单击"转到"按钮,在"选择函数"中选中 SUM,单击"确定"按钮,打开"函数参数"对话框,

如图 3-18 所示，单击"压缩对话框"按钮（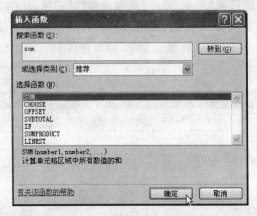）（它会暂时隐藏对话框），选择工作表上的单元格（F8：F14），然后单击"扩展单元格"按钮（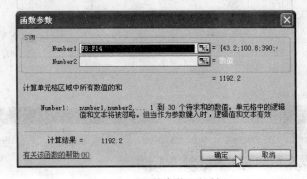），单击"确定"按钮。

图 3-17 "插入函数"对话框

图 3-18 "函数参数"对话框

② 按照步骤①的方法计算所有项目的总价格。

③ 计算整个装修的总金额。将光标定位于 F92 单元格，在编辑栏中输入公式"＝F90＋F78＋F69＋F63＋F58＋F44＋F37＋F30＋F23＋F15"，按回车键。

（6）冻结前 5 行单元格。

① 单击第 6 行的行标，选定第 6 行。

② 选择"窗口"→"冻结窗格"命令。前 5 行单元格被冻结，在上下翻动滚动条时，前 5 行始终保持在页面的顶端。

3.2.4 操作技巧

（1）改变开始页的页码。

单击相应的工作表，再选择"文件"→"页面设置"命令，然后单击其中的"页面"选项卡。在"起始页码"编辑框中，输入所需的工作表开始页的页码。

（2）输入当前日期和时间的快捷键。

输入当前日期的快捷键为 Ctrl＋；

输入当前时间的快捷键为 Ctrl＋Shift＋；。

3.3 实训3：制作经济作物收成图表

在第 2 章中，利用 Word 表格中的数据生成了形象的图表，由于 Excel 制作表格的专业性，生成图表更加方便快捷，数据更新后图表的更新更加方便。下面的实训将根据数据表生成相应的图表，并且对图表中的各个对象进行修饰。

3.3.1 实训目标

将表 3-2 中的数据处理后达到如图 3-19 和图 3-20 所示的效果。

表 3-2 经济作物收成原始表

各地区优秀农民经济作物收成表 单位：吨

序号	地区	姓名	小麦	水稻	玉米	红薯	总计	平均产量
1	北京	张忠	1200	1000	1100	1300		
2	天津	王强	1100	1100	1000	1200		
3	黑龙江	李铁	1900	1000	1600	1700		
4	江苏	杨东	1801	1900	1200	1300		
5	河南	高志	1702	1840	1210	1450		
6	湖北	石头	1603	1760	1310	1605		
7	湖南	五福	1610	1970	1500	1400		
8	新疆	范亮	1305	1007	0	1007		
9	内蒙古	士水	1900	1008	1700	1800		
10	西藏	李可	1401	0	0	1000		

3.3.2 实训步骤

（1）启动 Excel 2003，建立新文档。

（2）在新建的 Excel 文档中录入如表 3-2 所示的内容，调整行高、列宽。

（3）利用公式和函数计算每位农民种植经济作物产量的"总计"和"平均产量"。

（4）按照如下要求对表格进行修饰，修饰的效果如图 3-19 所示。

- 表格标题"各地区优秀农民经济作物收成表"字体为华文隶书，字号为 16 磅，合并且居中。
- 文档的页面设置按照默认方式。
- 表中所有内容的字体为宋体，字号为 12 磅，文字对齐方式采用默认方式。
- 表中各列标题所在单元格底纹设置为茶色。
- 为表格添加边框，外边框为珊瑚红色粗线，内边框为珊瑚红色虚线。

各地区优秀农民经济作物收成表

单位：吨

序号	地区	姓名	小麦	水稻	玉米	红薯	总计	平均产量
1	北京	张忠	1200	1000	1100	1300	4600	1150.0
2	天津	王强	1100	1100	1000	1200	4400	1100.0
3	黑龙江	李铁	1900	1000	1600	1700	6200	1550.0
4	江苏	杨东	1801	1900	1200	1300	6201	1550.3
5	河南	高志	1702	1840	1210	1450	6202	1550.5
6	湖北	石头	1603	1760	1310	1605	6278	1569.5
7	湖南	五福	1610	1970	1500	1400	6480	1620.0
8	新疆	范亮	1305	1007	0	1007	3319	829.8
9	内蒙古	士水	1900	1008	1700	1800	6408	1602.0
10	西藏	李可	1401	0	0	1000	2401	600.3

图 3-19　经济作物收成表

（5）利用堆积柱形图，比较每个农民各种经济作物收成情况，并对生成的图表进行如下要求的格式设置，效果如图 3-20 所示。

- 选择"姓名"、"小麦"、"水稻"、"玉米"、"红薯"5 列数据生成堆积柱形图。
- 设置图表标题、X 轴名称、Y 轴名称，如图 3-20 所示。
- 图表生成的位置与对应的表格在同一工作表中。
- 设置图表的标题字体为隶书，字号为 18 磅。
- 设置 X 轴名称和 Y 轴名称字体为宋体，字号为 11 磅，加粗。
- 图表的图表区边框为阴影；图表区的填充效果为双色白色和鲜绿色，底纹样式为垂直。
- 图表的绘图区填充效果为双色黄色和白色，底纹样式为垂直。
- 图表的图例字号为 10 磅，填充效果为双色白色和浅橙色，底纹样式为垂直。
- 图表的 X 轴字号为 10 磅，Y 轴字号为 10 磅。

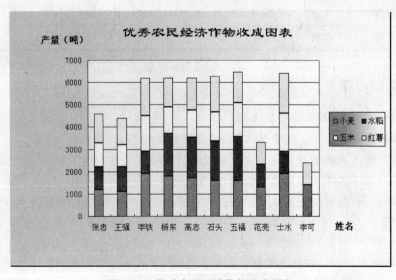

图 3-20　优秀农民经济作物收成图表

3.3.3 实训提示

(1) 启动 Excel 2003,建立新文档(步骤参考 3.1.3 节)。

(2) 在新建的 Excel 文档中录入实训原文的内容,调整行高、列宽(步骤参考 3.1.3 节)。

(3) 利用公式和函数计算每位农民种植经济作物产量的"总计"和"平均产量"。

① 计算"总计"。将光标定位于 H4 单元格,在编辑栏中输入公式"=SUM(D4:G4)",单击"输入"(☑)按钮。拖动单元格 H4 的填充柄到 H13,计算出每位农民种植经济作物产量的"总计"。

② 计算"平均产量"。将光标定位于 I4 单元格,在编辑栏中输入公式"=AVERAGE(D4:G4)",单击"输入"(☑)按钮。拖动单元格 I4 的填充柄到 I13,计算出每位农民种植经济作物产量的"平均产量"。

(4) 按照如下要求对表格进行修饰。

- 表格标题"各地区优秀农民经济作物收成表"字体为华文隶书,字号为 16 磅,合并且居中(步骤参考 3.1.3 节)。
- 文档的页面设置按照默认方式。即保持原有设置。
- 表中所有内容的字体为宋体,字号为 12 磅,文字对齐方式采用默认方式(步骤参考 3.1.3 节)。
- 表中各列标题所在单元格底纹设置为茶色(步骤参考 3.1.3 节)。
- 为表格添加边框,外边框为珊瑚红色粗线,内边框为珊瑚红色虚线(步骤参考 3.1.3 节)。

(5) 利用堆积柱形图,比较每个农民各种经济作物收成情况,并对生成的图表进行如下格式设置。

- 选择"姓名"、"小麦"、"水稻"、"玉米"、"红薯"5 列数据生成堆积柱形图。
- 设置图表标题、X 轴名称、Y 轴名称。
- 图表生成的位置与对应的表格在同一工作表中。
- 设置图表的标题字体为隶书,字号为 18 磅。
- 设置 X 轴名称和 Y 轴名称字体为宋体,字号为 11 磅,加粗。
- 图表的图表区边框为阴影;图表区的填充效果为双色白色和鲜绿色,底纹样式为垂直。
- 图表的绘图区填充效果为双色黄色和白色,底纹样式为垂直。
- 图表的图例字号为 10 磅,填充效果为双色白色和浅橙色,底纹样式为垂直。
- 图表的 X 轴字号为 10 磅,Y 轴字号为 10 磅。

① 选择"姓名"、"小麦"、"水稻"、"玉米"、"红薯"5 列数据,选择"插入"→"图表"命令,打开"图表向导-4 步骤之 1-图表类型"对话框,如图 3-21 所示,"图表类型"选择"柱形图","子图表类型"选择"堆积柱形图",单击"下一步"按钮。

② 进入"图表向导-4 步骤之 2-图表源数据"对话框,如图 3-22 所示,由于开始已经选定数据源,在这一步中不做更改。单击"下一步"按钮。

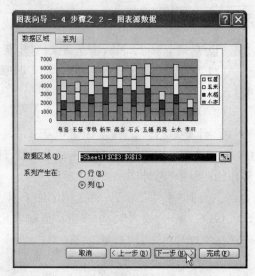

图 3-21　"图表向导-4 步骤之 1-图表类型"对话框　　图 3-22　"图表向导-4 步骤之 2-图表源数据"对话框

③ 进入"图表向导-4 步骤之 3-图表选项"对话框,如图 3-23 所示,在"标题"选项卡中,"图表标题"设置为"优秀农民经济作物收成图表","分类(X)轴"设置为"姓名","数值(Y)轴"设置为"产量(吨)"。单击"下一步"按钮。

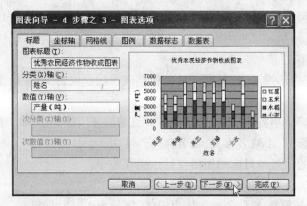

图 3-23　"图表向导-4 步骤之 3-图表选项"对话框

④ 进入"图表向导-4 步骤之 4-图表位置"对话框,如图 3-24 所示,选择"作为其中的对象插入"单选按钮,选择当前工作表 Sheet1。单击"完成"按钮。生成图表,如图 3-25 所示。

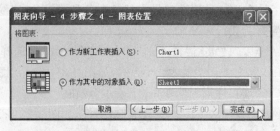

图 3-24　"图表向导-4 步骤之 4-图表位置"对话框

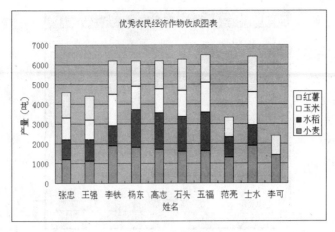

图 3-25　未修饰的图表

⑤ 设置图表标题格式。选中图表中的图表标题,双击框线边缘,打开"图表标题格式"对话框,如图 3-26 所示,设置字体字号。

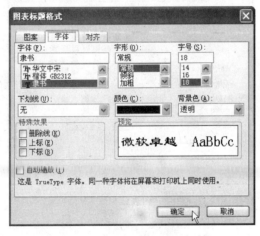

图 3-26　"图表标题格式"对话框

⑥ 设置 X 轴名称和 Y 轴名称格式。采用与步骤⑤相同的方法,打开"坐标轴标题格式"对话框,进行设置。修改 Y 轴名称的文字方向,在该对话框中选择"对齐"选项卡,"方向"设置为水平方向,如图 3-27 所示。

⑦ 设置图表区格式。选定图表区,双击鼠标左键,打开"图表区格式"对话框,如图 3-28 所示,"图案"选项卡的"边框"中选择"阴影"复选框。图表区的填充效果为双色白色和鲜绿色,底纹样式为垂直(步骤参考 2.5.3 节)。

⑧ 设置绘图区格式。用步骤⑦的方法,打开"绘图区格式"对话框,设置填充效果为双色黄色和白色,底纹样式为垂直(步骤参考 2.5.3 节)。

⑨ 设置图例格式。用步骤⑦的方法,打开"图例格式"对话框,设置填充效果为双色白色和浅橙色,底纹样式为垂直(步骤参考 2.5.3 节)。

⑩ 设置坐标轴格式。用步骤⑦的方法,打开"坐标轴格式"对话框,设置字号。设置后的图表如图 3-29 所示。

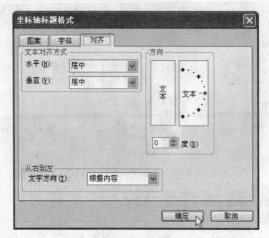

图 3-27 "坐标轴标题格式"对话框

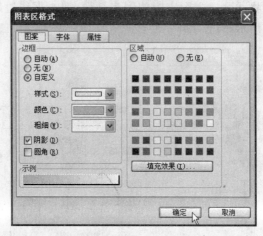

图 3-28 "图表区格式"对话框

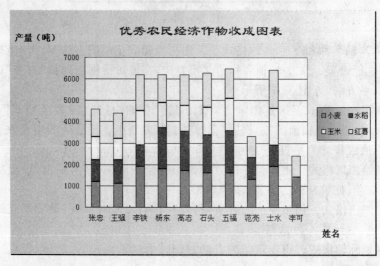

图 3-29 修饰后的图表

3.3.4 操作技巧

（1）调整数据系列次序。

假设在题目中要调整数据系列小麦和水稻的次序。先选中图表中的任意一个数据系列，双击打开"数据系列格式"对话框，可以更改数据系列。

（2）图例的添加和删除。

选中图表，添加"图表"工具栏，单击"图例"或使"图例"图标突起，即可添加和删除图例。

（3）数据表的显示和隐藏。

选中图表，添加"图表"工具栏，单击"数据表"或使"数据表"图标突起，即可显示和隐藏数据表。

3.4 实训4：制作水、电、天然气收费计算表

日常生活中的水、电、天然气的月收费数据管理中的数据统计计算是一项数据量和工作量均较大的工作，加之为鼓励节约而采用了分段收费的方法，更增加了问题的复杂性和工作量。为此，提出用电子表格实现水、电、天然气的月收费数据统计手续的自动化。以下的实训运用 Excel 中的公式和函数，计算每户应缴纳的费用。

3.4.1 实训目标

将如表 3-3 至表 3-5 所示的数据处理后取得如图 3-30 至图 3-33 所示的效果。

表 3-3 收费单价原始表

收费单价表

项　　目	标准单价	超额单价
水（元/立方米）	1.60	2.80
电（元/千瓦时）	0.48	1.17
天然气（元/立方米）	2.05	

说明：水每户每人每月 3 立方米以内按标准价收费，超过按超额价收费；

电每户每月 80 千瓦时以内按标准价收费，超过按超额价收费；

天然气按单一价收费。

表 3-4 各户水、电、天然气原始数据输入表

**8 楼 3 单元各户水、电、天然气原始数据输入表

门牌号	人口数	水上月字数	水本月字数	电上月字数	电本月字数	气上月字数	气本月字数
101	6	956	981	8991	9120	432	466
102	5	873	890	7882	7977	342	369
201	5	789	803	6988	7065	566	587
202	3	567	577	5678	5744	234	254
203	4	666	678	4567	4646	543	561

门牌号	人口数	水上月字数	水本月字数	电上月字数	电本月字数	气上月字数	气本月字数
301	5	867	888	7789	7877	412	435
302	2	234	239	4532	4589	213	227
303	4	567	576	5623	5698	451	469
401	5	765	781	6821	6910	634	666
402	3	521	530	7415	7531	268	287
403	3	576	587	5123	5187	456	470

表 3-5 水、电、天然气月用量及收费统计表

各户水、电、天然气月用量及收费统计表

门牌号	水用量 （立方米）	电用量 （千瓦时）	气用量 （立方米）	水费（元）	电费（元）	气费（元）	合计（元）

收费单价表

项目	标准单价	超额单价
水（元/立方米）	1.60	2.80
电（元/千瓦时）	0.48	1.17
天然气（元/立方米）	2.05	

说明：水每户每人每月3立方米以内按标准价收费，超过按超额价收费；
电每户每月80千瓦时以内按标准价收费，超过按超额价收费；
天然气按单一价收费。

图 3-30 编辑后的收费单价表

**8楼3单元各户水、电、天然气原始数据输入表

门牌号	人口数	水上月字数	水本月字数	电上月字数	电本月字数	气上月字数	气本月字数
101	6	956	981	8991	9120	432	466
102	5	873	890	7882	7977	342	369
201	5	789	803	6988	7065	566	587
202	3	567	577	5678	5744	234	254
203	4	666	678	4567	4646	543	561
301	5	867	888	7789	7877	412	435
302	2	234	239	4532	4589	213	227
303	4	567	576	5623	5698	451	469
401	5	765	781	6821	6910	634	666
402	3	521	530	7415	7531	268	287
403	3	576	587	5123	5187	456	470

图 3-31 编辑后的各户水、电、天然气原始数据输入表

各户水、电、天然气月用量及收费统计表

门牌号	水用量（立方米）	电用量（千瓦时）	气用量（立方米）	水费（元）	电费（元）	气费（元）	合计（元）
101	25	129	34	48.40	95.73	69.70	213.83
102	17	95	27	29.60	55.95	55.35	140.90
201	14	77	21	22.40	36.96	43.05	102.41
202	10	66	20	17.20	31.68	41.00	89.88
203	12	79	18	19.20	37.92	36.90	94.02
301	21	88	23	40.80	47.76	47.15	135.71
302	5	57	14	8.00	27.36	28.70	64.06
303	9	75	18	14.40	36.00	36.90	87.30
401	16	89	32	26.80	48.93	65.60	141.33
402	9	116	19	14.40	80.52	38.95	133.87
403	11	64	14	20.00	30.72	28.70	79.42
合计	149	935	240	261.20	529.53	492.00	1282.73

图 3-32 编辑后的各户水、电、天然气月用量和收费统计输出表

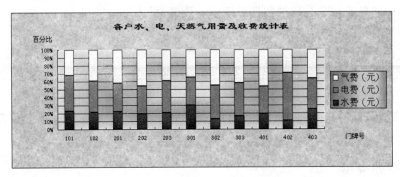

图 3-33　各户水、电、天然气用量及收费统计图表

3.4.2　实训步骤

(1) 启动 Excel 2003,建立新文档,设计电子表格。如表 3-3、表 3-4、表 3-5 实训原文所示的表格是同一个 Excel 文档中的不同工作表。

- 收费单价表(含说明),如表 3-3 所示。明确原始收费规定:

水——按家庭人口计,1.6 元/立方米(≤3 立方米/人·月),超额部分 2.8 元/立方米;

电——按户计,0.48 元/千瓦时(≤80 千瓦时/户·月),超额部分 1.17 元/千瓦时。

天然气——按实际用量计,2.05 元/立方米。

- 各户水、电、天然气原始数据输入表,如表 3-4 所示。
- 各户水、电、天然气月用量和收费统计输出表,如表 3-5 所示。

(2)“各户水、电、天然气月用量和收费统计输出表”中数据的计算。要求在计算时尽量使用单元格的引用。

- 利用公式计算:

$$水用量 = 水本月字数 - 水上月字数$$
$$电用量 = 电本月字数 - 电上月字数$$
$$气用量 = 气本月字数 - 气上月字数$$

- 利用 IF 函数计算:

水费——水用量每月少于或等于“3 立方米× 人口数”时,取“水标准单价×水用量”,当水用量多于“3 立方米× 人口数”时,取“水标准单价× 3× 人口数＋水超额单价×(水用量－3× 人口数)”。

电费——电用量每月少于或等于“80 千瓦时”时,取“电标准单价× 电用量”,当电用量多于“80 千瓦时”时,取“电标准单价× 80＋电超额单价×(电用量－80)”。

气费——天然气标准单价×气用量。

- 利用求和函数计算合计。

(3) 对 3 张表格进行格式设置,设置的效果可参考图 3-30、图 3-31、图 3-32。

- 适当调整表格列宽。
- 调整数据的显示格式:数据单价表中的数据取两位小数;月用量和收费统计输出

表中的各费用和合计的数据取两位小数。

- 添加表格的边框：按自己的喜好添加。
- 可自行设计各表的样式。

（4）生成该单元水、电、气费的百分比堆积柱形图，图表的样式如图 3-33 所示，还可依照个人的喜好进行美化。

（5）将编辑好的表格和图表通过打印预览进行浏览，并且通过调整页边距、页面方向、表格居中方式等使输出的表格美观。最后打印 3 张表格。

3.4.3 实训提示

（1）启动 Excel 2003，建立新文档，设计电子表格。3 张表格是同一个 Excel 文档中的不同工作表。

- 收费单价表（含说明）。
- 各户水、电、天然气原始数据输入表（原始数据输入表）。
- 各户水、电、天然气月用量和收费统计输出表（月用量及收费统计表）。

① 建立新文档。

② 分别在 3 张工作表中录入电子表格。注意在"月用量及收费统计表"中输入门牌号时使用粘贴链接。选中"原始数据输入表"中 A3：A13 的数据，复制，打开"月用量及收费统计表"，将光标定位在 A3单元格，选择"编辑"→"选择性粘贴"命令，打开"选择性粘贴"对话框，如图 3-34 所示，单击"粘贴链接"按钮。粘贴后的 A3 单元格的数据为"＝原始数据输入表! A3"。

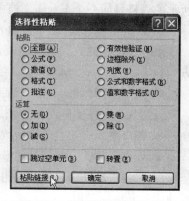

图 3-34 "选择性粘贴"对话框

③ 修改工作表的名称。双击工作表标签，即可对工作表进行重命名，如图 3-35所示。

图 3-35 重命名工作表名称

（2）"各户水、电、天然气月用量和收费统计输出表"中数据的计算。要求在计算时尽量使用单元格的引用。

- 利用公式计算：

$$水用量 ＝ 水本月字数 － 水上月字数$$
$$电用量 ＝ 电本月字数 － 电上月字数$$
$$气用量 ＝ 气本月字数 － 气上月字数$$

① 计算水用量。将光标定位在"月用量及收费统计表"的 B3 单元格，在编辑栏输入公式"＝原始数据输入表! D3-原始数据输入表! C3"（在输入公式时，引用的单元格使用鼠标首先单击单元格所在的工作表，然后单击单元格），单击"输入"（✓）按钮。拖动单元

格 B3 的填充柄到 B13，计算出每户的水用量。

② 计算电用量。方法同在"月用量及收费统计表"的 C3 单元格编辑栏输入公式为"＝原始数据输入表！F3-原始数据输入表！E3"。

③ 计算气用量。方法同在"月用量及收费统计表"的 D3 单元格编辑栏输入公式为"＝原始数据输入表！H3-原始数据输入表！G3"。

　　• 利用 IF 函数计算：

水费——水用量每月少于或等于"3 立方米× 人口数"时，取"水标准单价×水用量"，当水用量多于"3 立方米× 人口数"时，取"水标准单价× 3× 人口数＋水超额单价×（水用量－3× 人口数）"。

电费——电用量每月少于或等于"80 千瓦时"时，取"电标准单价× 电用量"，当电用量多于"80 千瓦时"时，取"电标准单价× 80＋电超额单价×（电用量－80）"。

气费——天然气标准单价×气用量。

① 计算水费。将光标定位在"月用量及收费统计表"的 E3 单元格，单击编辑栏中的 f_x 按钮，打开"插入函数"对话框，在"选择函数"中选中 IF，单击"确定"按钮，打开"函数参数"对话框，如图 3-36 所示，Logical_test 参数输入"B3＜＝3 * 原始数据输入表！B3"，Value_if_true 参数输入"收费单价表！＄B＄3 * 月用量及收费统计表！B3"，Value_if_false 参数输入"收费单价表！＄B＄3 * 3 * 原始数据输入表！B3＋收费单价表！＄C＄3 *（月用量及收费统计表！B3-3 * 原始数据输入表！B3）"，单击"确定"按钮（注意单元格的相对引用和绝对引用），拖动单元格 E3 的填充柄到 E13，计算每户的水费。

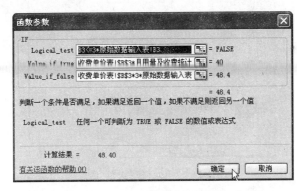

图 3-36 "函数参数"对话框

② 计算电费。将光标定位在"月用量及收费统计表"的 F3 单元格，单击编辑栏中的 f_x 按钮，打开"插入函数"对话框，在"选择函数"中选中 IF，单击"确定"按钮，打开"函数参数"对话框，Logical_test 参数输入"C3＜＝80"，Value_if_true 参数输入"收费单价表！＄B＄4 * 月用量及收费统计表！C3"，Value_if_false 参数输入"收费单价表！＄B＄4 * 80＋收费单价表！＄C＄4 *（月用量及收费统计表！C3-80）"，单击"确定"按钮（注意单元格的相对引用和绝对引用），拖动单元格 F3 的填充柄到 F13，计算每户的电费。

③ 计算气费。将光标定位在"月用量及收费统计表"的 G3 单元格，在编辑栏输入公式"＝收费单价表！＄B＄5 * 月用量及收费统计表！D3"，拖动单元格 G3 的填充柄到

G13,计算每户的气费。

- 利用求和函数计算合计。

① 计算各户所交费用合计。将光标定位在"月用量及收费统计表"的 H3 单元格,在编辑栏输入公式"＝SUM(E3:G3)",拖动单元格 H3 的填充柄到 H13,计算出每户应交费用的合计。

② 计算各用量和费用的合计。将光标定位在"月用量及收费统计表"的 B14 单元格,在编辑栏输入公式"＝SUM(B3:B13)",拖动单元格 B14 的填充柄到 H14,计算各用量和费用的合计。

(3) 对 3 张表格进行格式设置。

- 适当调整表格列宽(步骤参考 3.1.3 节)。
- 调整数据的显示格式:数据单价表中的数据取两位小数;月用量和收费统计输出表中的各费用和合计的数据取两位小数。

① 选定"收费单价表"中的数据(B3:C5),选择"格式"→"单元格"命令,弹出"单元格格式"对话框,如图 3-37 所示,选择"数字"选项卡,"分类"选择"数值","小数位数"设置为 2。

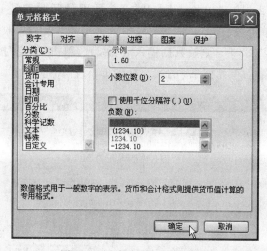

图 3-37 "单元格格式"对话框

② 用步骤①的方法设置月用量和收费统计输出表中的各费用和合计的数据取两位小数。

- 添加表格的边框:按自己的喜好添加(步骤参考 3.1.3 节)。
- 可自行设计各表的样式。

(4) 生成该单元水、电、气费的百分比堆积柱形图,还可依照个人的喜好进行添加美化(步骤参考 3.3.3 节)。生成和修饰的图表如图 3-38 所示。

(5) 将编辑好的表格和图表通过打印预览进行浏览,并且通过调整页边距、页面方向、表格居中方式等使输出的表格美观。最后打印 3 张表格。

① 打印预览。将光标定位在所要预览的工作表中,单击"常用"工具栏的"打印预览"

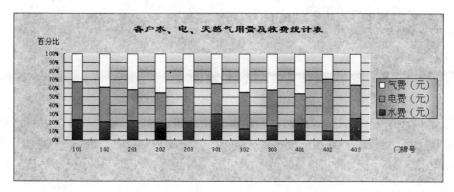

图 3-38　客户水、电、气费百分比堆积柱形图

按钮(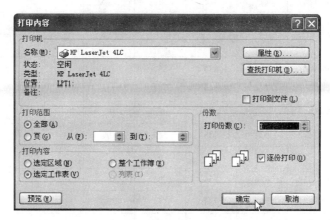)，进入打印预览界面，该界面显示与预览有关的设置工具按钮，如图 3-39 所示，可以调整页边距、页面方向、表格居中方式等设置。

图 3-39　打印预览工具栏

　　② 打印。当使用打印预览功能调整好了工作表，即可进行打印。光标定位在要扎印的表中，选择"文件"→"打印"命令，弹出"打印内容"对话框，如图 3-40 所示，单击"确定"按钮即可打印。

图 3-40　"打印内容"对话框

3.4.4　操作技巧

（1）填充柄的显示和隐藏。

选择"工具"→"选项"命令，再单击"编辑"选项卡，选中或清除"单元格拖放功能"复选框。

（2）以黑白方式打印。

单击相应的工作表。选择"文件"→"页面设置"命令，再单击"工作表"选项卡。在"打印"之下，选中"单色打印"复选框，单击"打印"按钮。

(3) 一次打印多张工作表。

在打印前选定要打印的多张工作表。

3.5 实训5：税收支出状况统计分析

经过上面的实训对 Excel 中的基本操作、对表格的修饰、对表中数据使用公式和函数进行处理已经相当熟练，是否还想使用更高级的数据处理功能呢？例如对数据进行排序、筛选和分类汇总。下面的实训以税收支出状况作为数据进行进一步的统计分析。

3.5.1 实训目标

将如表 3-6 所示的数据处理后取得如图 3-41 至图 3-48 所示的效果。

表 3-6 税收支出状况原始表

2002 年度税收支出状况单 单位：亿元

省份	行政划分	总收入	工业支出	农业支出	国防支出	教育支出	总支出	是否赤字	赤字额	<平均值
北京	直辖市	1546	736	539	173	172				
上海	直辖市	1692	743	645	95	134				
天津	直辖市	1438	754	434	73	283				
重庆	直辖市	1287	748	323	43	273				
广东	省	2487	434	444	134	343				
广西	自治区	738	435	564	243	164				
黑龙江	省	1082	534	646	145	356				
吉林	省	956	456	752	64	254				
辽宁	省	948	345	654	85	153				
内蒙古	自治区	472	634	435	43	197				
山西	省	527	454	767	67	165				
山东	省	940	654	756	34	192				
河南	省	821	867	233	54	254				
河北	省	1183	543	756	33	243				
湖南	省	1274	646	534	54	187				
湖北	省	1093	658	677	32	163				
安徽	省	938	767	666	34	75				
浙江	省	1348	878	123	34	245				
甘肃	省	749	345	554	65	165				
陕西	省	816	544	434	87	76				
福建	省	1382	545	343	83	187				

省份	行政划分	总收入	工业支出	农业支出	国防支出	教育支出	总支出	是否赤字	赤字额	＜平均值
江西	省	1054	675	546	34	276				
云南	省	920	545	434	34	104				
贵州	省	937	543	454	53	76				
江苏	省	1493	743	432	34	176				
青海	省	301	165	65	52	42				
西藏	自治区	217	54	78	14	76				
新疆	自治区	829	345	359	187	94				
海南	省	912	423	362	75	34				
四川	省	836	398	275	66	56				
宁夏	自治区	730	286	375	76	165				
香港	特别行政区	1927	972	18	74	845				
澳门	特别行政区	935	453	276	45	376				

2002年度税收支出状况表

单位：亿元

省份	行政划分	总收入	工业支出	农业支出	国防支出	教育支出	总支出	是否赤字	赤字额
北京	直辖市	1546	736	539	173	172	1620	★	74
上海	直辖市	1692	743	645	95	134	1617		
天津	直辖市	1438	754	434	73	283	1544	★	106
重庆	直辖市	1287	748	323	43	273	1387	★	100
广东	省	2487	434	444	134	343	1355		
广西	自治区	738	435	564	243	164	1406	★	668
黑龙江	省	1082	534	616	145	356	1681	★	599
吉林	省	956	456	752	64	254	1526	★	570
辽宁	省	948	345	654	85	153	1237	★	289
内蒙古	自治区	472	634	435	43	197	1309	★	837
山西	省	527	454	767	67	165	1453	★	926
山东	省	940	654	756	34	192	1636	★	696
河南	省	821	867	233	54	254	1408	★	587
河北	省	1183	543	756	33	243	1575	★	392
湖南	省	1274	646	534	54	187	1421	★	147
湖北	省	1093	658	677	32	163	1530	★	437
安徽	省	938	767	666	34	75	1542	★	604
浙江	省	1348	878	123	34	245	1280		
甘肃	省	749	345	554	65	165	1129		380
陕西	省	816	544	434	87	76	1141		325
福建	省	1382	545	343	83	187	1158		
江西	省	1054	675	546	34	276	1531	★	477
云南	省	920	545	434	34	104	1117		197
贵州	省	937	543	454	53	76	1126		189
江苏	省	1493	743	432	34	176	1385		
青海	省	301	165	65	52	42	324	★	23
西藏	自治区	217	54	78	14	76	222	★	5
新疆	自治区	829	345	359	187	94	985	★	156
海南	省	912	423	362	75	34	894		
四川	省	836	398	275	66	56	795		
宁夏	自治区	730	286	375	76	165	902	★	172
香港	特别行政区	1927	972	18	74	845	1909		
澳门	特别行政区	935	453	276	45	376	1150	★	215

图 3-41　编辑后的税收支出状况表

省份	行政划分	总收入	工业支出	农业支出	国防支出	教育支出	总支出	是否赤字	赤字额
广东	省	2487	434	444	134	343	1355		
香港	特别行政区	1927	972	18	74	845	1909		
上海	直辖市	1692	743	645	95	134	1617		
北京	直辖市	1546	736	539	173	172	1620	★	74
江苏	省	1493	743	432	34	176	1385		
天津	直辖市	1438	754	434	73	283	1544	★	106
福建	省	1382	545	343	83	187	1158		
浙江	省	1348	878	123	34	245	1280		
重庆	直辖市	1287	748	323	43	273	1387	★	100
湖南	省	1274	646	534	54	187	1421	★	147
河北	省	1183	543	756	33	243	1575	★	392
湖北	省	1093	658	677	32	163	1530	★	437
黑龙江	省	1082	534	646	145	356	1681	★	599
江西	省	1054	675	546	34	276	1531	★	477
吉林	省	956	456	752	64	254	1526	★	570
辽宁	省	948	345	654	85	153	1237	★	289
山东	省	940	654	756	34	192	1636	★	696
安徽	省	938	767	666	34	75	1542	★	604
贵州	省	937	543	454	53	76	1126	★	189
澳门	特别行政区	935	453	276	45	376	1150	★	215
云南	省	920	545	434	34	104	1117	★	197
海南	省	912	423	362	75	34	894		
四川	省	836	398	275	66	56	795		
新疆	自治区	829	345	359	187	94	985	★	156
河南	省	821	867	233	54	254	1408	★	587
陕西	省	816	544	434	87	76	1141	★	325
甘肃	省	749	345	554	65	165	1129	★	380
广西	自治区	738	435	564	243	164	1406	★	668
宁夏	自治区	730	286	375	76	165	902	★	172
山西	省	527	454	767	67	165	1453	★	926
内蒙古	自治区	472	634	435	43	197	1309	★	837
青海	省	301	165	65	52	42	324	★	23
西藏	自治区	217	54	78	14	76	222	★	5

图 3-42　按总收入排序表

省份	行政划分	总收入	工业支出	农业支出	国防支出	教育支出	总支出	是否赤字	赤字额
上海	直辖市	1692	743	645	95	134	1617		
北京	直辖市	1546	736	539	173	172	1620	★	74
天津	直辖市	1438	754	434	73	283	1544	★	106
重庆	直辖市	1287	748	323	43	273	1387	★	100
广东	省	2487	434	444	134	343	1355		
江苏	省	1493	743	432	34	176	1385		
福建	省	1382	545	343	83	187	1158		
浙江	省	1348	878	123	34	245	1280		
湖南	省	1274	646	534	54	187	1421	★	147
河北	省	1183	543	756	33	243	1575	★	392
湖北	省	1093	658	677	32	163	1530	★	437
黑龙江	省	1082	534	646	145	356	1681	★	599
江西	省	1054	675	546	34	276	1531	★	477
吉林	省	956	456	752	64	254	1526	★	570
辽宁	省	948	345	654	85	153	1237	★	289
山东	省	940	654	756	34	192	1636	★	696
安徽	省	938	767	666	34	75	1542	★	604
贵州	省	937	543	454	53	76	1126	★	189
云南	省	920	545	434	34	104	1117	★	197
海南	省	912	423	362	75	34	894		
四川	省	836	398	275	66	56	795		
河南	省	821	867	233	54	254	1408	★	587
陕西	省	816	544	434	87	76	1141	★	325
甘肃	省	749	345	554	65	165	1129	★	380
广西	自治区	738	435	564	243	164	1406	★	668
山西	省	527	454	767	67	165	1453	★	926
新疆	自治区	829	345	359	187	94	985	★	156
宁夏	自治区	730	286	375	76	165	902	★	172
内蒙古	自治区	472	634	435	43	197	1309	★	837
青海	省	301	165	65	52	42	324	★	23
西藏	自治区	217	54	78	14	76	222	★	5
香港	特别行政区	1927	972	18	74	845	1909		
澳门	特别行政区	935	453	276	45	376	1150	★	215

图 3-43　按行政划分和总收入多关键字排序表

省份	行政划分	总收入	工业支出	农业支出	国防支出	教育支出	总支出	是否赤字	赤字额
北京	直辖市	1546	736	539	173	172	1620	★	74
天津	直辖市	1438	754	434	73	283	1544	★	106
重庆	直辖市	1287	748	323	43	273	1387	★	100
广西	自治区	738	435	564	243	164	1406	★	668
黑龙江	省	1082	534	646	145	356	1681	★	599
吉林	省	956	456	752	64	254	1526	★	570
辽宁	省	948	345	654	85	153	1237	★	289
内蒙古	自治区	472	634	435	43	197	1309	★	837
山西	省	527	454	767	67	165	1453	★	926
山东	省	940	654	756	34	192	1636	★	696
河南	省	821	867	233	54	254	1408	★	587
河北	省	1183	543	756	33	243	1575	★	392
湖南	省	1274	646	534	54	187	1421	★	147
湖北	省	1093	658	677	32	163	1530	★	437
安徽	省	938	767	666	34	75	1542	★	604
甘肃	省	749	345	554	65	165	1129	★	380
陕西	省	816	544	434	87	76	1141	★	325
江西	省	1054	675	546	34	276	1531	★	477
云南	省	920	545	434	34	104	1117	★	197
贵州	省	937	543	454	53	76	1126	★	189
青海	省	301	165	65	52	42	324	★	20
西藏	自治区	217	54	78	14	76	222	★	5
新疆	自治区	829	345	359	187	94	985	★	156
宁夏	自治区	730	286	375	76	165	902	★	172
澳门	特别行政区	935	453	276	45	376	1150	★	215

图 3-44　筛选有赤字的省份表

省份	行政划分	总收入	工业支出	农业支出	国防支出	教育支出	总支出	是否赤字	赤字额
北京	直辖市	1546	736	539	173	172	1620	★	74
黑龙江	省	1082	534	646	145	356	1681	★	599
山东	省	940	654	756	34	192	1636	★	696
香港	特别行政区	1927	972	18	74	845	1909		

图 3-45　筛选总支出前 5 名的省份表

省份	行政划分	总收入	工业支出	农业支出	国防支出	教育支出	总支出	是否赤字	赤字额
广西	自治区	738	435	564	243	164	1406	★	668
黑龙江	省	1082	534	646	145	356	1681	★	599
吉林	省	956	456	752	64	254	1526	★	570
山西	省	527	454	767	67	165	1453	★	926
山东	省	940	654	756	34	192	1636	★	696
河南	省	821	867	233	54	254	1408	★	587
安徽	省	938	767	666	34	75	1542	★	604

图 3-46　筛选赤字额 500 以上行政划分为省的省份表

省份	行政划分	总收入	工业支出	农业支出	国防支出	教育支出	总支出	是否赤字	赤字额
北京	直辖市	1546	736	539	173	172	1620	★	74
上海	直辖市	1692	745	645	95	134	1617		
天津	直辖市	1438	754	434	73	283	1544	★	106
重庆	直辖市	1287	748	323	43	273	1387	★	100
广东	省	2487	434	444	134	343	1355		
广西	自治区	738	435	564	245	164	1406	★	668
黑龙江	省	1082	534	646	145	356	1681	★	599
吉林	省	956	456	752	64	254	1526	★	570
辽宁	省	948	345	654	85	153	1237	★	289
内蒙古	自治区	472	634	435	43	197	1309	★	837
山西	省	527	454	767	67	165	1453	★	926
山东	省	940	654	756	34	192	1636	★	696
河南	省	821	867	233	54	254	1408	★	587
河北	省	1183	543	756	33	243	1575	★	392
湖南	省	1274	646	534	54	187	1421	★	147
湖北	省	1093	658	677	32	163	1530	★	437
安徽	省	938	767	666	34	75	1542	★	604
浙江	省	1348	878	123	34	245	1280		
甘肃	省	749	345	554	65	165	1129	★	380
陕西	省	816	544	434	87	76	1141	★	325
福建	省	1382	545	343	85	187	1158		
江西	省	1054	675	546	34	276	1531		477
云南	省	920	545	434	34	104	1117	★	197
贵州	省	937	543	454	53	76	1126	★	189
江苏	省	1493	743	432	34	176	1385		
青海	省	301	165	65	52	42	324	★	23
西藏	自治区	217	54	78	14	76	222	★	5
新疆	自治区	829	345	359	187	94	985	★	156
海南	省	912	423	362	75	34	894		
四川	省	836	398	275	66	56	795		
宁夏	自治区	730	286	375	76	165	902	★	172
香港	特别行政区	1927	972	18	74	845	1909		
澳门	特别行政区	935	453	276	45	376	1150	★	215

工业支出	教育支出
>600	<90
	>300

省份	行政划分	总收入	工业支出	农业支出	国防支出	教育支出	总支出	是否赤字	赤字额
广东	省	2487	434	444	134	343	1355		
黑龙江	省	1082	534	646	145	356	1681	★	599
安徽	省	938	767	666	34	75	1542	★	604
香港	特别行政区	1927	972	18	74	845	1909		
澳门	特别行政区	935	453	276	45	376	1150	★	215

图 3-47　筛选工业支出＞600 且教育支出＜90 或教育支出＞300 的省份表

	B	H
1	2002年度财政收支统计表	
3	行政划分	总支出
8	直辖市 平均值	1542
31	省 平均值	1333
37	自治区 平均值	748.4
41	特别行政区 平均值	1878.7
42	总计平均值	1319.8

图 3-48　汇总相同行政划分的平均总支出表

3.5.2 实训步骤

(1) 启动 Excel 2003,建立新文档。

(2) 在新建的 Excel 文档中录入如表 3-6 所示的内容,将工作表命名为"税收支出状况原始表"。

(3) 在工作表"税收支出状况原始表"中利用公式和函数进行计算。

- 总支出:工业支出、农业支出、国防支出和教育支出的总和。
- 是否赤字:将总支出多于总收入的省份使用"★"号标注。
- 赤字额:如果有赤字,赤字额=总支出-总收入;如果没有赤字,单元格为空白。

(4) 对工作表"税收支出状况原始表"进行格式设置,设置的效果可参考图 3-41 的内容。

- 修饰表格的标题。
- 修饰表格的数据。
- 调整表格的列宽。
- 预览整个表格,设置表格的页面缩放为正常尺寸的 90%,居中方式为水平。设置效果参考图 3-41。

(5) 将工作表"税收支出状况原始表"复制出 7 份,分别命名为"按总收入排序"、"按行政划分和总收入多关键字排序"、"筛选有赤字的省份"、"筛选总支出前 5 名的省份"、"筛选赤字额 500 以上行政划分为省的省份"、"筛选工业支出>600 且教育支出<90 或教育支出>300 的省份"、"汇总相同行政划分的平均总支出"。

(6) 打开工作表"按总收入排序",按照总收入对工作表降序排序。效果如图 3-42 所示。

(7) 打开工作表"按行政划分和总收入多关键字排序",按照第 1 关键字为"行政划分","行政划分"的次序为"直辖市"、"省"、"自治区"、"特别行政区",第 2 关键字为"总收入"降序进行排序。效果如图 3-43 所示。

(8) 打开工作表"筛选有赤字的省份",将有赤字的省份筛选出来。效果如图 3-44 所示。

(9) 打开工作表"筛选总支出前 5 名的省份",筛选总支出前 5 名的省份。效果如图 3-45 所示。

(10) 打开工作表"筛选赤字额 500 以上行政划分为省的省份",筛选赤字额 500 亿元(包含 500 亿元)以上行政划分为省的省份。效果如图 3-46 所示。

(11) 打开工作表"筛选工业支出>600 且教育支出<90 或教育支出>300 的省份",筛选工业支出>600 亿元且教育支出<90 亿元或教育支出>300 亿元的省份,筛选结果显示在表的下方。效果如图 3-47 所示。

(12) 打开工作表"汇总相同行政划分的平均总支出",汇总相同行政划分的平均总支出。效果如图 3-48 所示。

3.5.3 实训提示

（1）启动 Excel 2003，建立新文档（步骤参考 3.1.3 节）。

（2）在新建的 Excel 文档中录入实训原文的内容，将工作表命名为"税收支出状况原始表"（步骤参考 3.4.3 节）。

（3）在工作表"税收支出状况原始表"中利用公式和函数进行计算。

- 总支出：工业支出、农业支出、国防支出和教育支出的总和。
- 是否赤字：将总支出多于总收入的省份使用"★"号标注。
- 赤字额：如果有赤字，赤字额＝总支出－总收入；如果没有赤字，则单元格为空白。

① 计算总支出（步骤参考 3.4.3 节）。这里介绍另一种方法。选定 D4：G4 的区域，单击"常用"工具栏的"自动求和"按钮（Σ ·）的下拉列表，选择"求和"命令，在 H4 单元格会显示求和的结果，再拖动 H4 单元格填充柄到 H37，计算出每个省份的总支出。

② 计算是否赤字。将光标定位在 I4 单元格，单击编辑栏中的 f_x 按钮，打开"插入函数"对话框，在"选择函数"中选中 IF，单击"确定"按钮，打开"函数参数"对话框，Logical_test 参数输入"C4<H4"；Value_if_true 参数选择"插入"→"特殊符号"命令，打开"插入特殊符号"对话框，如图 3-49 所示，在"特殊符号"选项卡中，选择"★"符号；"Value_if_false"参数输入一个空格，如图 3-50 所示。单击"确定"按钮，再拖动 I4 单元格填充柄到 I37，计算出每个省份是否有赤字。

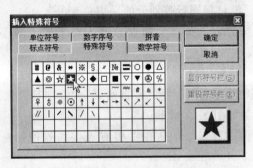

图 3-49 "插入特殊符号"对话框

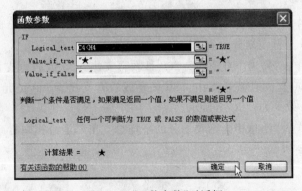

图 3-50 "函数参数"对话框

③ 计算赤字额。将光标定位在 J4 单元格,在编辑栏输入公式"=IF(H4>C4,H4-C4," ")",单击"输入"()按钮。再拖动 J4 单元格填充柄到 J37,计算出每个省份的赤字额。

(4) 对工作表"税收支出状况原始表"进行格式设置。

- 修饰表格的标题(步骤参考 3.1.3 节)。
- 修饰表格的数据(步骤参考 3.1.3 节)。
- 调整表格的列宽(步骤参考 3.1.3 节)。
- 预览整个表格,设置表格的页面缩放为正常尺寸的 90%,居中方式为水平。

① 将光标定位在所要预览的工作表中,单击"常用"工具栏的"打印预览"按钮( ),进入打印预览界面,选择工具栏中的"设置"按钮(设置(S)...),打开"页面设置"对话框,在"页面"选项卡中"缩放"的"缩放比例"设置为"90%正常尺寸",如图 3-51 所示,单击"确定"按钮。

② 水平居中(步骤参考 3.1.3 节)。

(5) 将工作表"税收支出状况原始表"复制出 7 份,分别命名为"按总收入排序"、"按行政划分和总收入多关键字排序"、"筛选有赤字的省份"、"筛选总支出前 5 名的省份"、"筛选赤字额 500 以上行政划分为省的省份"、"筛选工业支出>600 且教育支出<90 或教育支出>300 的省份"、"汇总相同行政划分的平均总支出"。

① 复制工作表。选定被复制的工作表标签,按下 Ctrl 键,同时拖曳鼠标左键,拖曳 7 次,可复制 7 份。

② 重命名工作表(步骤参考 3.4.3 节)。

(6) 打开工作表"按总收入排序",按照总收入对工作表降序排序。

① 选定 A3:J37 的区域。

② 选择"数据"→"排序"命令,打开"排序"对话框,如图 3-52 所示,"主要关键字"下拉列表中选择"总收入",选中对应右侧的"降序"单选按钮,单击"确定"按钮。

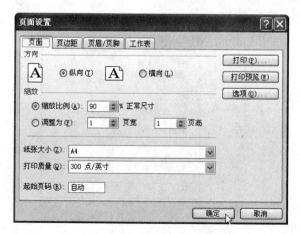

图 3-51 "页面设置"对话框

图 3-52 "排序"对话框

（7）打开工作表"按行政划分和总收入多关键字排序"，按照第1关键字为"行政划分"，"行政划分"的次序为"直辖市"、"省"、"自治区"、"特别行政区"，第2关键字为"总收入"降序进行排序。

① 添加自定义序列。选择"工具"→"选项"命令，打开"选项"对话框，如图3-53所示，选择"自定义序列"选项卡，"输入序列"中输入"直辖市,省,自治区,特别行政区"，注意每项之间的","必须是英文逗号，单击"添加"按钮，序列会出现在左侧的"自定义序列"中，单击"确定"按钮。

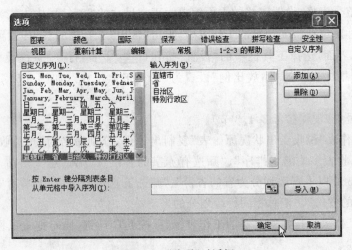

图 3-53　"选项"对话框

② 多关键字排序。选定 A3：J37 的区域。选择"数据"→"排序"命令，打开"排序"对话框，"主要关键字"下拉列表中选择"行政划分"，单击"选项"按钮，打开"排序选项"对话框，如图3-54所示，在"自定义排序次序"下拉列表中选择步骤①定义的序列。单击"确定"按钮，返回"排序"对话框，"次要关键字"下拉列表中选择"总收入"，选中对应右侧的"降序"单选按钮，如图3-55所示，单击"确定"按钮。

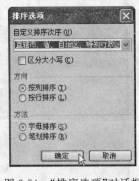

图 3-54　"排序选项"对话框

图 3-55　"排序"对话框

（8）打开工作表"筛选有赤字的省份"，将有赤字的省份筛选出来。

① 选定 A3：J37 的区域。

② 选择"数据"→"筛选"→"自动筛选"命令,设置后的表如图 3-56 所示。

省份 ▼	行政划分 ▼	总收入 ▼	工业支出 ▼	农业支出 ▼	国防支出 ▼	教育支出 ▼	总支出 ▼	是否赤字 ▼	赤字额 ▼
北京	直辖市	1546	736	539	173	172	1620	★	74
上海	直辖市	1692	743	645	95	134	1617		

图 3-56　自动筛选状态

③ 在"是否赤字"列的下拉列表中,选择"★",即可看到筛选结果。

(9) 打开工作表"筛选总支出前 5 名的省份",筛选总支出前 5 名的省份。

① 选定 A3:J37 的区域。

② 选择"数据"→"筛选"→"自动筛选"命令,进入自动筛选状态。

③ 在"总支出"列的下拉列表中,选择"(前 10 个)",打开"自动筛选前 10 个"对话框,如图 3-57 所示,"显示"选择为"最大""5""项",单击"确定"按钮,即可看到筛选结果。

(10) 打开工作表"筛选赤字额 500 以上行政划分为省的省份",筛选赤字额 500 亿元(包含 500 亿元)以上行政划分为省的省份。

① 选定 A3:J37 的区域。

② 选择"数据"→"筛选"→"自动筛选"命令,进入自动筛选状态。

③ 在"赤字额"列的下拉列表中,选择"(自定义)",打开"自定义自动筛选方式"对话框,"显示行"下的"赤字额"选择为"大于或等于"500,如图 3-58 所示,单击"确定"按钮。

图 3-57　"自动筛选前 10 个"对话框

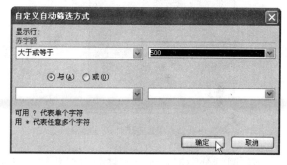

图 3-58　"自定义自动筛选方式"对话框

④ 在"行政划分"列的下拉列表中,选择"省",即可看到筛选结果。

(11) 打开工作表"筛选工业支出>600 且教育支出<90 或教育支出>300 的省份",筛选工业支出>600 亿元且教育支出<90 亿元或教育支出>300 亿元的省份,筛选结果显示在表的下方。

① 录入筛选条件。在工作表的 D39:E41 的区域,输入如图 3-59 所示的筛选条件。这里注意不是筛选条件必须写在 D39:E41 的区域,一般的筛选条件写在被筛选表的下方,比筛选条件写在工作表右侧更恰当,因为如果筛选结果覆盖了原有工作表,筛选条件仍可以显示;还要注意筛选条件与被筛选的工作表至少有一行的间隔,这样不会影响筛选结果。

工业支出	教育支出
>600	<90
	>300

图 3-59　筛选条件

② 高级筛选。选定 A3:J37 的区域。选择"数据"→"筛选"→"高级筛选"命令,打开

"高级筛选"对话框,如图 3-60 所示,"方式"选择"将筛选结果复制到其他位置"单选按钮。"列表区域"由于之前已经选定 A3：J37 的区域,可以不需再设定;"条件区域"单击对应的"压缩对话框"按钮(▦),选择工作表上的 D39：E41 单元格区域,然后单击"扩展单元格"按钮(▦);"复制到"单击对应的"压缩对话框"按钮(▦),选择工作表上的 A43：J43 单元格区域(注意这里复制到区域的选择,一般的在筛选之前并不知道筛选出多少条记录,因此这段区域无法确定行,所以只给定一行,但这段区域必须给定筛选结果的列,当然这是显然的,即列的宽度就是被筛选的原始表的列数),单击"确定"按钮,即可看到筛选结果。

(12) 打开工作表"汇总相同行政划分的平均总支出",汇总相同行政划分的平均总支出。

① 排序。选定 A3：J37 的区域。选择"数据"→"排序"命令,打开"排序"对话框,在"主要关键字"下拉列表中选择"行政划分"。

② 分类汇总。选定 A3：J37 的区域。选择"数据"→"分类汇总"命令,打开"分类汇总"对话框,如图 3-61 所示,"分类字段"选择"行政划分","汇总方式"选择"求和","选定汇总项"选择"总支出"复选框,单击"确定"按钮。

图 3-60 "高级筛选"对话框

图 3-61 "分类汇总"对话框

③ 调整分类汇总结果。将分类汇总结果显示到第 2 级。在分类汇总表的左侧单击按钮 ②,如图 3-62 所示,结果会将多余的行进行隐藏。选定列标 A,右击,在弹出的快捷菜单中选择"隐藏",会将 A 列隐藏,用同样的方法隐藏 C 列到 G 列,汇总的最终结果如图 3-63 所示。

图 3-62 分类汇总级别

图 3-63 分类汇总结果

3.5.4 操作技巧

（1）在高级筛选中筛选条件使用通配符。

如表 3-7 所示的通配符可作为筛选以及查找和替换内容时的比较条件。

表 3-7 各个通配符及其示例

通 配 符	示 例
？（问号）	任何单个字符 例如，sm？th 可查找"smith"和"smath"
＊（星号）	任何字符数 例如，＊east 可查找"Northeast"和"Southeast"
～（波形符）后跟 ？、＊或 ～	问号、星号或波形符 例如，"fy91～？"将会查找"fy91？"

（2）删除分类汇总。

在含有分类汇总的列表中，单击任一单元格。选择"数据"→"分类汇总"，单击"全部删除"按钮。

3.6 实训 6：学生成绩单统计分析表

在日常工作和学习中你可能会遇到对于一组数据的统计和分析，例如在学校中一门课程的成绩进行分析，灵活地运用 Excel 中的公式会使你的数据分析起来更加便捷，同时 Excel 的图表对于数据的分析更是一目了然。下面的实训中，我们以计算机基础课的成绩单为例运用函数以及图表对数据进行分析。

3.6.1 实训目标

将如表 3-8 至表 3-10 所示的数据处理后取得如图 3-64 至图 3-68 所示的效果。

表 3-8 计算机基础成绩单原始表

管理系电子商务 2007 级 1 班

共 42 人（男 18 人，女 24 人）

学号	姓名	性别	Word 实训	Excel 实训	PPt 实训	平时总评	期末成绩	期末总评	排名
2005113101	李铭洁	女	95	85	90		97		
2005113102	田龙	男	65	70	65		79.5		
2005113103	朱霖	男	60	65	80		66		
2005113104	杨汇昕	女	75	80	90		81.2		
2005113105	朱南	女	65	60	80		77		
2005113106	许小明	女	95	80	80		93.3		
2005113107	王辛	男	65	20	60		70		

学号	姓名	性别	Word 实训	Excel 实训	PPt 实训	平时总评	期末成绩	期末总评	排名
2005113108	刘汉畅	男	95	90	80		82.5		
2005113109	吴生	男	70	40	60		70		
2005113110	周珊	女	85	75	80		87.2		
2005113111	刘伟	男	70	55	75		80.2		
2005113112	孙成	男					免修		
2005113113	李岳	女	80	55	75		77		
2005113114	沈春	女	85	90	85		91.3		
2005113115	蔡臣超	男	60	60	70		50		
2005113116	周蕊蕊	女	85	60	70		68		
2005113117	高荣	女	80	60	75		83.1		
2005113118	王国强	男	60	60	80		70		
2005113119	刘鹏	男	80	10	75		缺考		
2005113120	陈明	女	70	60	60		81.2		
2005113121	罗力宇	女	80	75	75		60		
2005113122	景超	男	60	55	60		77.9		
2005113123	孙超旭	男	30	60	60		71.9		
2005113124	陈琳	女	20	60	75		90.2		
2005113125	王旭冬	男	70	70	80		93.5		
2005113126	陶小蕊	女	80	60	75		76		
2005113127	康乐乐	女	65	65	65		90.2		
2005113128	石玉翠	女	75	80	80		69		
2005113129	宋娜	女	80	60	70		77.7		
2005113130	王胜维	男	70	70	75		83.5		
2005113131	窦乐遥	女	70	70	70		88.1		
2005113132	刘慧	女	85	90	80		87.7		
2005113133	李子翔	男	70	60	70		75.4		
2005113134	徐志	男	70	55	65		60		
2005113135	赵紫旭	女	85	50	75		90		
2005113136	田静怡	女	90	80	75		89.6		
2005113137	张傲迪	女	60	55	70		94.2		

学号	姓名	性别	Word 实训	Excel 实训	PPt 实训	平时总评	期末成绩	期末总评	排名
2005113138	杨敏娜	女	85	95	95		95		
2005113139	肖凌啸	男	75	75	75		74		
2005113140	张琳	女	75	65	85		75		
2005113141	索娜	女	70	75	70		80.5		
2005113142	周建	男	65	60	55		56		

表 3-9　成绩统计分析原始表

电子商务 1 班计算机基础成绩分析表

统 计 项 目	统 计 结 果
应参加期末考试人数	
实际参加期末考试人数	
期末总评最高分	
期末总评最低分	
期末总评平均分	
期末总评男生平均分	
期末总评女生平均分	
90～100(人)	
80～89(人)	
70～79(人)	
60～69(人)	
59 以下(人)	

表 3-10　成绩查询原始表

成绩查询

请选择学生学号		期末总评	
姓名			

3.6.2　实训步骤

(1) 启动 Excel 2003,建立新文档。

(2) 在新建的 Excel 文档中录入如表 3-8 所示的内容,将工作表命名为"计算机基础成绩单"(学号和性别的录入)。

(3) 在工作表"计算机基础成绩单"中利用公式和函数进行计算。

计算机基础成绩单

管理系电子商务2007级1班

共42人（男18人，女24人）

学号	姓名	性别	Word实训	Excel实训	PPt实训	平时总评	期末成绩	期末总评	排名
2005113101	李铭洁	女	95	85	90	90.0	97.0	94.9	1
2005113102	田龙	男	65	70	65	66.7	79.5	75.7	22
2005113103	朱霖	男	60	65	80	68.3	66.0	66.7	34
2005113104	杨汇昕	女	75	80	90	81.7	81.2	81.3	15
2005113105	朱南	女	65	60	80	68.3	77.0	74.4	27
2005113106	许小明	女	95	80	80	85.0	93.3	90.8	3
2005113107	王辛	男	65	20	60	48.3	70.0	63.5	38
2005113108	刘汉畅	男	95	90	80	88.3	82.5	84.3	11
2005113109	吴生	男	70	40	60	56.7	70.0	66.0	35
2005113110	周珊	女	85	75	80	80.0	87.2	85.0	9
2005113111	刘伟	男	70	55	75	66.7	80.2	76.1	20
2005113112	孙成	男					免修	90.0	4
2005113113	李岳	女	80	55	75	70.0	77.0	74.9	25
2005113114	沈春	女	85	90	85	86.7	91.3	89.9	5
2005113115	蔡臣超	男	60	60	70	63.3	50.0	54.0	41
2005113116	周蕊蕊	女	85	60	70	71.7	68.0	69.1	32
2005113117	高荣	女	80	60	75	71.7	83.1	79.7	17
2005113118	王国强	男	60	60	80	66.7	70.0	69.0	33
2005113119	刘鹏	男	80	10	75	55.0	缺考	0.0	42
2005113120	陈明	女	70	60	60	63.3	81.2	75.8	21
2005113121	罗力宇	女	80	75	75	76.7	60.0	65.0	37
2005113122	景超	男	60	55	60	58.3	77.9	72.0	30
2005113123	孙超旭	男	30	60	60	50.0	71.9	65.3	36
2005113124	陈琳	女	20	60	75	51.7	90.2	78.6	18
2005113125	王旭冬	男	70	70	80	73.3	93.5	87.5	6
2005113126	陶小薇	女	80	60	75	71.7	76.0	74.7	26

图 3-64　计算机基础成绩单第 1 页

计算机基础成绩单

管理系电子商务2007级1班

共42人（男18人，女24人）

学号	姓名	性别	Word实训	Excel实训	PPt实训	平时总评	期末成绩	期末总评	排名
2005113127	康乐乐	女	65	65	65	65.0	90.2	82.6	14
2005113128	石玉翠	女	75	80	80	78.3	69.0	71.8	31
2005113129	宋娜	女	80	60	70	70.0	77.7	75.4	23
2005113130	王肚维	男	70	70	75	71.7	83.5	80.0	16
2005113131	窦乐遥	女	70	70	70	70.0	88.1	82.7	13
2005113132	刘慧	女	85	90	80	85.0	87.7	86.9	8
2005113133	李子翔	男	70	60	70	66.7	75.4	72.8	29
2005113134	徐志	男	70	55	65	63.3	60.0	61.0	39
2005113135	赵紫旭	女	85	50	75	70.0	90.0	84.0	12
2005113136	田静怡	女	90	80	75	81.7	89.6	87.2	7
2005113137	张傲迪	女	60	55	70	61.7	94.2	84.4	10
2005113138	杨敏娜	女	85	95	95	91.7	95.0	94.0	2
2005113139	肖凌啸	男	75	75	75	75.0	74.0	74.3	28
2005113140	张琳	女	75	65	85	75.0	75.0	75.0	24
2005113141	李娜	女	70	75	70	71.7	80.5	77.9	19
2005113142	周建	男	65	60	55	60.0	56.0	57.2	40

图 3-65　计算机基础成绩单第 2 页

- 平时总评：Word 实训、Excel 实训、PPt 实训 3 项平时成绩的平均分。
- 期末总评：期末总评成绩按照平时总评占 30%，期末成绩占 70% 进行计算；特殊的，当期末成绩为"免修"时，期末总评成绩为 90 分；当期末成绩为"缺考"时，期末总评成绩为 0 分。

电子商务1班计算机基础成绩分析表

统计项目	统计结果
应参加期末考试人数	42
实际参加期末考试人数	40
期末总评最高分	94.9
期末总评最低分	0
期末总评平均分	75
期末总评男生平均分	67.5
期末总评女生平均分	80.7
90～100（人）	4
80～89（人）	11
70～79（人）	16
60～69（人）	8
59以下（人）	3

图 3-66　计算机基础成绩分析表

图 3-67　成绩查询表

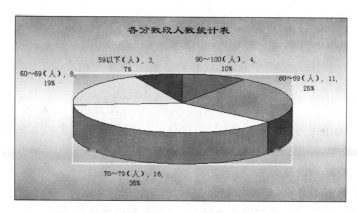

图 3-68　各分数段人数统计图表

- 排名：计算每个学生期末总评成绩的排名。

（4）对工作表"计算机基础成绩单"进行格式设置,设置的效果可参考如图 3-64 所示的内容。

- 修饰表格的标题。

- 修饰每列标题。

- 将期末总评列中大于等于 90 分的数据区域设置为玫瑰红色底纹白色字体,小于 60 分的数据区域设置为蓝色底纹白色字体。

- 预览整个表格,设置表格的页面方向为横向,居中方式为水平,添加页眉和页脚,设置每页在打印时都出现表格标题行、人数说明行、表格列标题行。设置效果如图 3-64 和图 3-65 所示。

（5）在文档中插入一个新的工作表,工作表命名为"成绩统计分析表",录入表 3-9 中的内容。

（6）在工作表"成绩统计分析表"中利用公式和函数计算应参加期末考试人数、实际参加期末考试人数、期末总评最高分、期末总评最低分、期末总评平均分、期末总评男生平均分、期末总评女生平均分以及各分数段的人数。

（7）对工作表"成绩统计分析表"进行格式设置，设置的效果如图 3-66 所示。

（8）制作"成绩查询"表。在选择学生学号单元格中的下拉列表里选择一个学生学号，相应学生的"姓名"和"期末总评"都会自动显示在对应的单元格中。

- 在 Excel 文档中插入一张新工作表，在工作表中录入表 3-10 中的内容，将工作表命名为"成绩查询"。
- 在选择学生学号的单元格中设定有效性为"计算机基础成绩单"中的学生学号序列。
- 利用查询函数计算对应学生的"姓名"和"期末总评"。
- 对"成绩查询"表进行格式设置，最终的效果如图 3-67 所示。

（9）利用三维饼图生成各分数段人数统计图表，图表的样式如图 3-68 所示，还可依照个人的喜好进行添加美化。在图表数据系列上要求标注类别名称、值以及百分比。

3.6.3　实训提示

（1）启动 Excel 2003，建立新文档（步骤参考 3.1.3 节）。

（2）在新建的 Excel 文档中录入"计算机基础成绩单原始表"的内容，将工作表命名为"计算机基础成绩单"。

① 快速录入学号。首先录入第一名学生的学号，注意将学号录入成文本类型的格式，即在学号前加单引号，例如录入"'2005113101"，然后选定这个单元格，拖动单元格的填充柄直到学号"2005113142"。

② 录入表格其他内容。

③ 修改工作表的名称（步骤参考 3.4.3 节）。

（3）在工作表"计算机基础成绩单"中利用公式和函数进行计算。

- 平时总评：Word 实训、Excel 实训、PPt 实训 3 项平时成绩的平均分。
- 期末总评：期末总评成绩按照平时总评占 30%，期末成绩占 70% 进行计算；特殊的，当期末成绩为"免修"时，期末总评成绩为 90 分；当期末成绩为"缺考"时，期末总评成绩为 0 分。
- 排名：计算每个学生期末总评成绩的排名。

① 计算平时总评。将光标定位在 G5 单元格，在编辑栏输入公式"=AVERAGE(D5:F5)"，单击"输入"（☑）按钮，再拖动 G5 单元格填充柄到 G46，不计算"免修"学生的平时成绩。

② 计算期末总评。将光标定位在 I5 单元格，在编辑栏输入公式"=IF(H5="免修"，90，IF(H5="缺考"，0，G5 * 30%＋H5 * 70%))"，单击"输入"（☑）按钮，再拖动 I5 单元格填充柄到 I46。

③ 计算排名。将光标定位在 J5 单元格，在编辑栏输入公式"=RANK(I5，I5：

I46,0)",单击"输入"(✓)按钮,再拖动J5单元格填充柄到J46。

（4）对工作表"计算机基础成绩单"进行格式设置。

- 修饰表格的标题（步骤参考3.1.3节）。
- 修饰每列标题（步骤参考3.1.3节）。
- 将期末总评列中大于等于90分的数据区域设置为玫瑰红色底纹白色字体，小于60分的数据区域设置为蓝色底纹白色字体。

① 选定I5：I46区域的单元格。

② 选择"格式"→"条件格式"命令，打开"条件格式"对话框，设置"条件1"为"单元格数值""大于或等于"90，单击"格式"按钮，打开"单元格格式"对话框设置底纹和字体；同样的设置"条件2"为"单元格数值""小于"60，单击"格式"按钮，打开"单元格格式"对话框设置底纹和字体，如图3-69所示，单击"确定"按钮。

图3-69 "条件格式"对话框

- 预览整个表格，设置表格的页面方向为横向，居中方式为水平，添加页眉和页脚，设置每页在打印时都出现表格标题行、人数说明行、表格列标题行。设置效果如图3-64和图3-65所示。

① 预览整个表格（步骤参考3.4.3节）。

② 设置页面（步骤参考3.1.3节）。

③ 添加页眉和页脚（步骤参考3.2.3节）。

④ 设置打印标题行。选择"文件"→"页面设置"命令，打开"页面设置"对话框，如图3-70所示，在"工作表"选项卡中，设置"打印标题""顶端标题行"，单击"压缩对话框"按钮（），选择工作表上的1～4行，然后单击"扩展单元格"按钮（），单击"确定"按钮。

（5）在文档中插入一个新的工作表，工作表命名为"成绩统计分析表"，录入表3-9中的内容。

（6）在工作表"成绩统计分析表"中利用公式和函数计算应参加期末考试人数、实际参加期末考试人数、期末总评最高分、期末总评最低分、期末总评平均分、期末总评男生平均分、期末总评女生平均分以及各分数段的人数。

① 计算应参加期末考试人数。将光标定位在C3单元格，在编辑栏输入公式"=COUNTA(计算机基础成绩单！H5：H46)"，单击"输入"(✓)按钮。

② 计算实际参加期末考试人数。将光标定位在C4单元格，在编辑栏输入公式"=

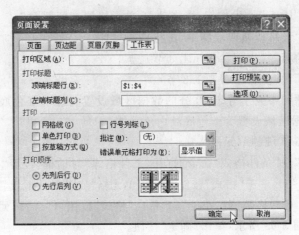

图 3-70 "页面设置"对话框

COUNT(计算机基础成绩单! H5:H46)",单击"输入"(☑)按钮。

③ 计算期末总评最高分。将光标定位在 C5 单元格,在编辑栏输入公式"=MAX(计算机基础成绩单! I5:I46)",单击"输入"(☑)按钮。

④ 计算期末总评最低分。将光标定位在 C6 单元格,在编辑栏输入公式"=MIN(计算机基础成绩单! I5:I46)",单击"输入"(☑)按钮。

⑤ 计算期末总评平均分。将光标定位在 C7 单元格,在编辑栏输入公式"=ROUND(AVERAGE(计算机基础成绩单! I5:I46),1)",单击"输入"(☑)按钮。

⑥ 计算期末总评男生平均分。将光标定位在 C8 单元格,在编辑栏输入公式"=ROUND(SUMIF(计算机基础成绩单! ＄C＄5:＄C＄46,"男",计算机基础成绩单! ＄I＄5:＄I＄46)/COUNTIF(计算机基础成绩单! ＄C＄5:＄C＄46,"男"),1)",单击"输入"(☑)按钮。

⑦ 计算期末总评女生平均分。将光标定位在 C9 单元格,在编辑栏输入公式"=ROUND(SUMIF(计算机基础成绩单! ＄C＄5:＄C＄46,"女",计算机基础成绩单! ＄I＄5:＄I＄46)/COUNTIF(计算机基础成绩单! ＄C＄5:＄C＄46,"女"),1)",单击"输入"(☑)按钮。

⑧ 计算 90～100 分的人数。将光标定位在 C10 单元格,在编辑栏输入公式"=COUNTIF(计算机基础成绩单! I5:I46,">=90")",单击"输入"(☑)按钮。

⑨ 计算 80～89 分的人数。将光标定位在 C11 单元格,在编辑栏输入公式"=COUNTIF(计算机基础成绩单! ＄I＄5:＄I＄46,">=80")-COUNTIF(计算机基础成绩单! ＄I＄5:＄I＄46,">=90")",单击"输入"(☑)按钮。

⑩ 计算 70～79 分的人数。将光标定位在 C12 单元格,在编辑栏输入公式"=COUNTIF(计算机基础成绩单! ＄I＄5:＄I＄46,">=70")-COUNTIF(计算机基础成绩单! ＄I＄5:＄I＄46,">=80")",单击"输入"(☑)按钮。

⑪ 计算 60～69 分的人数。将光标定位在 C13 单元格,在编辑栏输入公式"=COUNTIF(计算机基础成绩单! ＄I＄5:＄I＄46,">=60")-COUNTIF(计算机基础成

绩单！I5：I46,">=70")",单击"输入"（☑）按钮。

⑫ 计算 59 分以下的人数。将光标定位在 C14 单元格,在编辑栏输入公式"＝COUNTIF(计算机基础成绩单！I5：I46,"<60")",单击"输入"（☑）按钮。

(7) 对工作表"成绩统计分析表"进行格式设置。

(8) 制作"成绩查询"表。在选择学生学号单元格中的下拉列表里选择一个学生学号,相应学生的"姓名"和"期末总评"都会自动显示在对应的单元格中。

- 在 Excel 文档中插入一张新工作表,在表中录入如表 3-9 所示的内容,将工作表命名为"成绩查询"。
- 在选择学生学号的单元格中设定有效性为"计算机基础成绩单"中的学生学号序列。

① 选定"计算机基础成绩单"表中 A5～A46 区域中的数据,选择"插入"→"名称"→"定义"命令,打开"定义名称"对话框,如图 3-71 所示,"在当前工作簿中的名称"中填写"学号",单击"添加"按钮,再单击"确定"按钮。

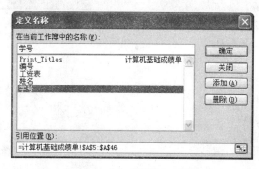

图 3-71 "定义名称"对话框

② 在"成绩查询"表中选定 D2 单元格,选择"数据"→"有效性"命令,打开"数据有效性"对话框,如图 3-72 所示,在"设置"选项卡中,将"有效性条件"下的"允许"设置为"序列",将光标定位在"来源"文本框中,选择"插入"→"名称"→"粘贴"命令,打开"粘贴名称"对话框,如图 3-73 所示,选择"学号",单击"确定"按钮。

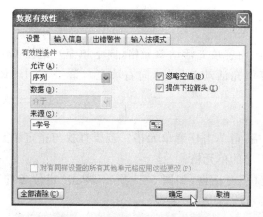

图 3-72 "数据有效性"对话框

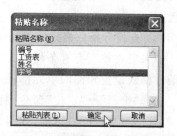

图 3-73 "粘贴名称"对话框

• 利用查询函数计算对应学生的"姓名"和"期末总评"。

① 计算学生的"姓名"。将光标定位在 D3 单元格,在编辑栏输入公式"＝VLOOKUP(D2,计算机基础成绩单! A4:J46,2,FALSE)",单击"输入"(☑)按钮。

② 计算学生的"期末总评"。将光标定位在 F2 单元格,在编辑栏输入公式"＝VLOOKUP(D2,计算机基础成绩单! A4:J46,9,FALSE)",单击"输入"(☑)按钮。

• 对"成绩查询"表进行格式设置。

(9) 利用三维饼图生成各分数段人数统计图表,还可依照个人的喜好进行添加美化。在图表数据系列上要求标注类别名称、值以及百分比。

① 利用三维饼图生成各分数段人数统计图表(步骤参考 3.3.3 节)。

② 在图表数据系列上标注类别名称、值以及百分比。双击图表中的数据系列,打开"数据系列格式"对话框,如图 3-74 所示。在"数据标志"标签中,选择数据标签"类别名称"、"值"和"百分比"复选框,单击"确定"按钮。

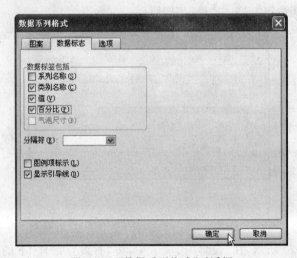

图 3-74 "数据系列格式"对话框

3.6.4 操作技巧

(1) 向下和向右填充的快捷方式。

若要用活动单元格之上的单元格中的内容填充活动单元格(向下填充),请按 Ctrl＋D 快捷键。若要用左边单元格中的内容填充活动单元格(向右填充),请按 Ctrl＋R 快捷键。

(2) 查找有条件格式的单元格。

如果要查找所有有条件格式的单元格,请单击任意单元格。若要查找与指定单元格的条件格式设置相同的单元格,请单击指定的单元格。

选择"编辑"→"定位"命令,打开"定位"对话框,如图 3-75 所示,单击"定位条件"按钮,打开"定位条件"对话框,如图 3-76 所示。

图 3-75 "定位"对话框   图 3-76 "定位条件"对话框

请执行下列操作之一：

若要查找有条件格式的单元格，请单击"数据有效性"下方的"全部"单选按钮。

若要查找特定条件格式的单元格，请单击"数据有效性"下方的"相同"单选按钮。

3.7 课后作业

打开课后作业素材提供的"工资单"Excel 文件。按下列要求进行设置。

（1）对下列各项进行计算：

- "通信补贴"的标准是：高工 190 元，工程师 170 元，工人 150 元。

- "应发工资"是"十二月份工资表 1"（如图 3-77 所示）的数据之和。

十二月份工资表1

姓名	职称	基本工资	岗位津贴	房屋补贴	通讯补贴	饭补	奖金	应发工资
张力	工程师	452	224	100		200	586	
王小岩	工人	270	184	80		200	80	
张涛	高工	532	265	120		200	650	
黎明	工人	329	184	80		200	456	
吴鹰	工程师	412	224	100		200	350	
陈可为	工程师	452	224	100		200	586	
成良	工人	375	184	80		200	240	
程法出	高工	532	265	120		200	650	
丁知国	工人	329	184	80		200	456	
董金亮	工程师	412	224	100		200	350	
韩开田	工程师	452	224	100		200	586	
侯南新	工人	375	184	80		200	320	
霍里海	高工	532	265	120		200	650	
江春凤	工人	329	184	80		200	456	
金业平	工程师	412	224	100		200	350	
景芳芬	工人	329	184	80		200	320	
李定国	工程师	412	224	100		200	650	
李五其	工程师	452	224	100		200	456	
梁开之	工人	375	184	80		200	350	
林小芳	高工	532	265	120		200	586	
刘小花	工人	329	184	80		200	320	
柳克芳	工人	325	184	80		200	650	
楼志强	工程师	412	224	100		200	456	
马小蕊	工程师	452	224	100		200	350	
马炎	工人	375	184	80		200	380	
南清青	高工	532	265	120		200	586	
彭叮香	工人	329	184	80		200	650	
齐芝蓝	工程师	412	224	80		200	456	

图 3-77 十二月份工资表 1

- "失业保险"为应发工资的 1%。
- "大病统筹"为应发工资的 0.5%。
- "住房基金"为应发工资的 10%。
- "个人所得税"等于"应发工资"减去 1000 再乘以 3%。
- "实发工资"等于"应发工资"减去"十二月份工资表 2"(如图 3-78 所示)中各项。

十二月份工资表2							
姓名	职称	失业保险	大病统筹	住房基金	个调税	其他扣款	实发工资
张力	工程师					185	
王小岩	工人					56.3	
张涛	高工					89	
黎明	工人					67	
吴鹰	工程师					56.5	
陈可为	工程师					0	
成良	工人					0	
程法出	高工					0	
丁知国	工人					0	
董金亮	工程师					0	
韩开田	工程师					0	
侯南新	工人					34	
霍里海	高工					0	
江春风	工人					0	
金业平	工程师					0	
景芳芬	工人					0	
李定国	工程师					0	
李五其	工程师					0	
梁开之	工人					0	
林小芳	高工					35.7	
刘小花	工人					67	
柳克芳	工人					0	
楼志强	工程师					0	
马小蕊	工程师					0	
马炎	工人					32	
南清青	高工					34.5	
彭里香	工人					55.5	
齐芝蓝	工程师					0	

图 3-78　十二月份工资表 2

(2) 对"十二月份工资表 1"和"十二月份工资表 2"进行格式设置。
- 格式修饰可根据个人喜好添加。
- 设置条件格式："应发工资"小于 2800 的数据采用蓝色、加粗。

(3) 将"十二月份工资表 1"复制 3 份,分别命名为"排序表"、"筛选表"、"分类汇总表"。
- "排序表":按照"应发工资"由大到小的顺序进行排序。
- "筛选表":筛选"高工"或"应发工资"在 4000 元以上的员工记录。
- "分类汇总表":统计不同职称"应发工资"的平均值。

(4) 制作"工资查询"表。在选择员工姓名的下拉列表里选择一个员工姓名,相应的"应发工资"和"实发工资"都会自动显示在对应的单元格中。

(5) 根据"分类汇总表"的数据,生成不同职称"应发工资"的平均值的簇状柱形图表,图表为独立式的。依照个人的喜好对图表进行美化。在图表数据系列上要求标注值。

第4章

演示文稿模块

演示文稿即电子幻灯片,用于广告宣传、产品演示、教学等场合,PowerPoint 和 Word、Excel 等应用软件一样,也属于 Microsoft 公司推出的 Office 系列产品。利用 PowerPoint 不仅可以创建演示文稿,还可以在互联网上召开面对面会议、远程会议和在 Web 上给观众展示演示文稿。为了有效地双向交流,必须制作既符合逻辑又易于理解的 演示文稿。

4.1 PowerPoint 简介

4.1.1 功能简介

Microsoft PowerPoint 是一个易学易用、功能丰富的演示文稿制作软件,用户可以利用它制作图文、声音、动画、视频相结合的多媒体幻灯片,并达到最佳的现场演示效果。 PowerPoint 演示文稿中的 5 个最基本的组成部分是文字、图片、图表、表单和动画。其中文字是演示文稿的基本,图片是视觉表现的核心,图表是浓缩的有效手段,表单是幻灯片的主体,动画是互动的精髓。

利用 PowerPoint 制作的演示文稿,以扩展名为. ppt 的文件保存,演示文稿中的每一页都称为幻灯片,每张幻灯片在演示文稿中既相互独立又相互联系。

4.1.2 情景模拟

第 29 届奥运会在北京召开,提出的中文主题口号是"同一个世界,同一个梦想";英文主题口号是"One world,One dream"。奥运在中国举办是中国人民的百年梦想;北京奥运提出了绿色奥运、科技奥运和人文奥运三大理念,体现中国特色、北京特点、时代特征。 请以"同一个世界,同一个梦想"为主题制作宣传演示文稿。

4.2 实训 1:创建和应用演示文稿设计模板

演示文稿设计模板由一组预先设计好的带有背景图案、文本格式和提示文字的若干张幻灯片组成,用户只要根据提示输入实际内容即可创建演示文稿;演示文稿设计模板的扩展名为.pot,应用设计模板可以快速生成风格统一的演示文稿。Microsoft PowerPoint 内置了大量的设计模板,以满足各种应用的需求,除此之外用户还可以自定义设计模板。

母版体现了演示文稿的外观,包含了演示文稿中的共有信息。母版规定演示文稿中幻灯片、讲义及备注的文本、背景、日期及页码格式等版式要素。每个演示文稿提供了一个母版集合,包括幻灯片母版、标题母版、讲义母版、备注母版等。本节的主要任务是掌握模板和母版的使用方法,以及创建宣传幻灯片片头,涉及的知识点包括:

- 演示文稿设计模板创建。
- 幻灯片母版设计。
- 幻灯片背景设置。
- 艺术字应用。
- 自定义动画。
- 绘图工具运用。
- 音频的应用。

4.2.1 实训目标

- 确定奥运宣传演示文稿的统一风格,并建立设计模板。
- 修改母版,设置背景填充效果和配色方案。
- 搜集、制作、整理音频和图片素材。
- 将素材融入演示文稿。
- 运用艺术字、文本框和自定义动画制作奥运宣传演示文稿片头。

4.2.2 实训步骤

(1) 启动 PowerPoint 2003,新建一个空演示文稿。

(2) 编辑幻灯片母版,设置背景色填充效果为双色渐变,具体要求如下:

- 颜色1——金色,RGB 数值:红色 255,绿色 215,蓝色 0。
- 颜色2——白色,RGB 数值:红色 255,绿色 255,蓝色 255。
- 底纹样式——水平,金色从幻灯片中心,向上、下渐变成为白色,应用于全部,完成状态如图 4-1 所示。

(3) 将"母版标题样式"的字体自定义颜色设置为 RGB 数值:红色 255,绿色 153,蓝色 0。

(4) 关闭母版视图,将演示文稿另存为"演示文稿设计模板",命名为 Olympics. pot。

(5) 新建一个空演示文稿,使用 Olympics 模板修饰。

(6) 按照如下要求,完成第一张幻灯片的布局:

- 将幻灯片版式设置为"只有标题",将标题文本框拖曳至幻灯片中心。
- 在幻灯片的顶部和底部插入"祥云"图片素材,设置恰当的大小和角度,使二者交相呼应,如图 4-2 所示。
- 输入标题文字"第 29 届奥林匹克运动会",设置中文字体为"宋体"、英文字体为 Arial,字号为 32 磅,对齐方式为左对齐,将其拖曳至顶端的"祥云"图案下方,靠左。

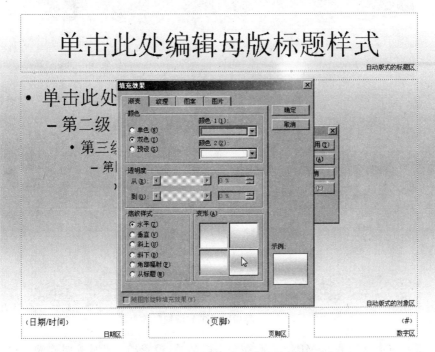

图 4-1　设置母版背景填充效果

图 4-2　插入图片素材后的效果

- 在幻灯片中心,参照图 4-3 制作"同一个世界,同一个梦想"的中文和英文艺术字,中文字体为"华文新魏",英文字体为 Arial Unicode MS,艺术字样式与背景协调。

图 4-3　添加艺术字后的幻灯片

- 插入与主题协调的 MP3 音频,在单击时播放,设置幻灯片放映时隐藏声音图标。

(7) 为第一张幻灯片添加动画效果,具体要求如下:

- 设置顶端的"祥云"图案动画效果为"渐入","速度"为"快速";底端图案动画效果为"十字形扩展","方向"为"内","速度"为"中速"。
- 设置标题文字"第 29 届奥林匹克运动会"的动画效果为"挥鞭式","速度"为"非常快"。
- 设置中文主题口号艺术字的动画效果为"放大","速度"为"中速";英文主题口号的动画效果为"曲线向上","速度"为"中速"。
- 利用绘图工具在艺术字左侧绘制一个直径为 0.5 厘米,无线条颜色的圆,设置双色渐变填充效果,"颜色 1"为金色 RGB(255,215,0),"颜色 2"为深黄色 RGB(255,153,0),"底纹样式"为"中心辐射",中心浅,边缘深,使其看起来像一个小球,如图 4-4 所示。

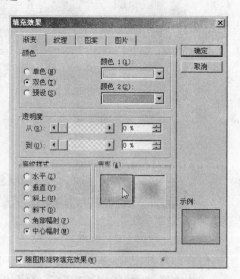

- 为"小球"添加围绕主题艺术字沿不规则曲线运动的动画效果。
- 设置动画的播放顺序,使所有的文字和图形动画播放完毕,播放背景音乐。

(8) 保存演示文稿,完成状态如图 4-5 所示。

(9) 放映该幻灯片。

图 4-4　设置填充效果

图 4-5　完成状态

4.2.3　实训提示

（1）编辑幻灯片母版，设置背景色填充效果为双色渐变。

① 新建一个空演示文稿，执行"视图"→"母版"→"幻灯片母版"命令进入幻灯片母版视图，如图 4-6 所示。

② 设置母版背景填充效果，执行"格式"→"背景"命令，在弹出的"背景"对话框中，单击下拉列表，选择"填充效果"，如图 4-7 所示。

③ 设置自定义填充色，在弹出的"填充效果"对话框中，选中"渐变"选项卡，单击"颜色"选项组中的"双色"单选按钮，如图 4-1 所示，单击"颜色 1"下拉列表框，选中"其他颜色"，在弹出的"颜色"对话框中，单击"自定义"选项卡，选择"颜色模式"为 RGB，按要求输入 RGB 数值（红色 255、绿色 215、蓝色 0）后，单击"确定"按钮，如图 4-8 所示。

④ 采用类似的方法，选择"颜色 2"为白色后，返回"填充效果"对话框，选中"底纹样式"选项组中的"水平"，设置"变形"选项为从中心到两端，由深至浅的渐变，单击"确定"按钮。

（2）设置"母版标题样式"的字体颜色。

① 在幻灯片母版视图下选中标题文本中的"单击此处编辑母版标题样式"。

② 执行"格式"→"字体"命令，在弹出的"字体"对话框中，单击颜色下拉列表框，选择"其他颜色"选项。

图 4-6　进入幻灯片母版视图

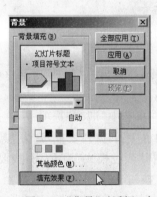

图 4-7　"背景"对话框

图 4-8　设置自定义颜色

③ 在弹出的"颜色"对话框中设置自定义颜色 RGB 数值（红色 255、绿色 153、蓝色 0），单击"确定"按钮。

（3）关闭母版视图，将演示文稿另存为"演示文稿设计模板"，命名为 Olympics．pot。

① 单击"幻灯片母版视图"工具栏上的"关闭母版视图"按钮，返回普通视图下。

② 执行"文件"→"另存为"命令，在弹出的"另存为"对话框中，单击"保存类型"下拉列表框，选择"演示文稿设计模板（＊．pot）"选项，输入文件名 Olympics 后，单击"保存"按

钮,如图 4-9 所示。

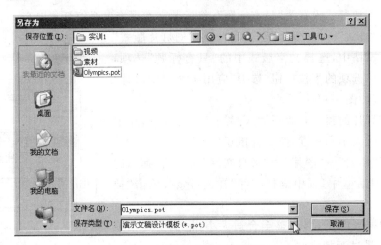

图 4-9　保存演示文稿设计模板

③ 在弹出的"颜色"对话框中设置自定义颜色 RGB 数值(红色 255、绿色 153、蓝色 0),单击"确定"按钮。

(4) 新建一个空演示文稿,使用 Olympics 模板修饰。

① 执行"文件"→"新建"命令,在"新建演示文稿"任务窗格中,选择"空演示文稿"。

② 在空演示文稿普通视图下,执行"格式"→"幻灯片设计"命令。

③ 单击窗口右侧"幻灯片设计"任务窗格中的"浏览"链接,在弹出的"应用设计模板"对话框中,选中上一步骤保存好的 Olympics.pot 文件后,单击"应用"按钮,如图 4-10 所示。

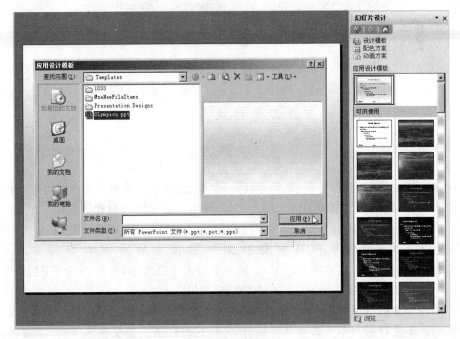

图 4-10　应用设计模板

（5）按照如下要求，完成第一张幻灯片的布局。

- 将幻灯片版式设置为"只有标题"，将标题文本框拖曳至幻灯片中心。

执行"格式"→"幻灯片版式"命令，在"幻灯片版式"任务窗格中，选择文字版式中的"只有标题"选项，单击该选项的下拉按钮，选中"应用于选定幻灯片"选项，如图 4-11 所示。

图 4-11　更改幻灯片文字版式

- 在幻灯片的顶部和底部插入"祥云"图片素材，设置恰当的大小和角度，使二者相互呼应。

① 执行"插入"→"图片"→"来自文件"命令，在弹出的"插入图片"对话框中，选中素材文件"祥云.jpg"，单击"插入"按钮。

② 选中插入的图片，调整至合适大小，拖曳至舞台顶部，使其与背景过渡相协调。

③ 将调整好的图片复制一份，选中，将鼠标移动到图片顶部的绿色旋转点，当鼠标指针发生变化时，按住键盘上的 Shift 键和鼠标左键，将其顺时针旋转 180°，如图 4-12 所示，拖曳至幻灯片底部。

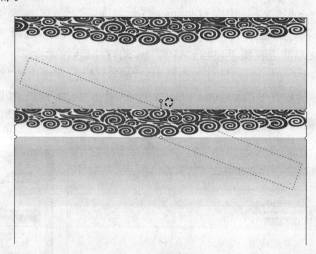

图 4-12　旋转图片

- 在幻灯片中心，制作"同一个世界，同一个梦想"的中文和英文艺术字，中文字体为"华文新魏"，英文字体为 Arial Unicode MS，艺术字样式与背景协调。

① 执行"插入"→"图片"→"艺术字"命令，在弹出的"艺术字库"对话框中，选中第一列、第三行的艺术字形态，单击"确定"按钮，如图 4-13 所示。

② 在弹出的"编辑'艺术字'文字"对话框中输入主题文字，单击"字体"下拉列表框，选择字体为"华文新魏"，字号 36 磅，单击"确定"按钮。

③ 采用类似的方法，完成英文口号"ONE WORLD，ONE DREAM"艺术字的插入。

④ 为使英文口号与中文口号和背景有一定的过渡，插入英文艺术字后，需要修改其填充效果，具体做法是：选中艺术字，右击，在快捷菜单中选择"设置艺术字格式"命令，弹

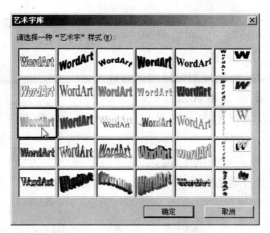

图 4-13 "艺术字库"对话框

出"设置艺术字格式"对话框,单击"颜色"下拉列表框,设置填充效果。

　　• 插入与主题协调的 MP3 音频,在单击时播放,设置幻灯片放映时隐藏声音图标。

　　① 执行"插入"→"影片和声音"→"文件中的声音"命令,在弹出的"插入声音"对话框中,选中声音素材文件,单击"确定"按钮。

　　② 在弹出的"编辑'艺术字'文字"对话框中输入主题文字,单击"字体"下拉列表框,选择字体为"华文新魏",字号 36 磅,单击"确定"按钮。

　　③ 在弹出设置声音播放动作的对话框中,单击"在单击时"按钮,如图 4-14 所示。

　　④ 选中插入的声音对象,右击,在弹出的快捷菜单中选择"编辑声音对象"命令,在弹出的"声音选项"对话框中,单击选中"显示选项"组中的"幻灯片放映时隐藏声音图标"后,单击"确定"按钮,如图 4-15 所示。

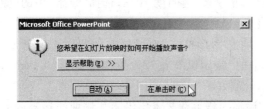

图 4-14　声音动作对话框

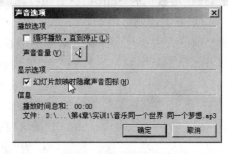

图 4-15　设置声音选项

　　(6) 为第一张幻灯片添加动画效果,具体要求如下:

　　• 设置顶端的"祥云"图案动画效果为"渐入","速度"为"快速";底端图案动画效果为"十字形扩展","方向"为"内","速度"为"中速"。

　　① 选中幻灯片顶端的"祥云"图片,右击,在弹出的快捷菜单中选择"自定义动画"命令,单击右侧"自定义动画"任务窗格中的"添加效果"按钮,在弹出的菜单中选择"进入"→"其他效果"命令,在"添加进入效果"对话框中,选中"温和型"选项区域的"渐入"选项,单

击"确定"按钮,如图 4-16 所示。

  ② 选中顶部的"祥云"图片,在右侧的"自定义动画"窗格中选择"速度"为"快速"。

  ③ 采用类似的方法,为底端图案添加动画效果。

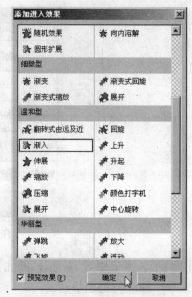

图 4-16 "添加进入效果"对话框

- 为标题文字"第 29 届奥林匹克运动会",添加"华丽型"中的"挥鞭式"动画效果,设置"速度"为"非常快"。
- 为中文主题口号艺术字添加"放大"动画效果,"速度"为"中速";英文主题口号的动画效果为"曲线向上","速度"为"中速"。
- 利用绘图工具在艺术字左侧绘制一个直径为 0.5 厘米,无线条颜色的圆,设置双色渐变填充效果,"颜色 1"为金色 RGB(255,215,0),"颜色 2"为深黄色 RGB(255,153,0),"底纹样式"为"中心辐射",中心浅,边缘深,使其看起来像一个小球。

  ① 将鼠标指针移动至工具栏上的空白处,右击,在弹出的快捷菜单中选中"绘图"命令,窗口下方将出现如图 4-17 所示的"绘图"工具栏。

图 4-17 "绘图"工具栏

  ② 单击"绘图"工具栏上的"椭圆"工具按钮○,将鼠标移动至幻灯片上,指针将变为十,按住键盘上的 Shift 键进行拖曳,绘制一个圆。

  ③ 双击绘制好的圆,弹出"设置自选图形格式"对话框,单击"颜色和线条"选项卡,按照要求设置由金色向深黄色渐变的中心辐射填充效果,透明度 10%,选择"线条"中的"颜色"为"无线条颜色"。

图 4-18 绘制好的"小球"

  ④ 单击"设置自选图形格式"对话框中的"尺寸"选项卡,选中"缩放比例"中的"锁定纵宽比",设置高度值为"0.5cm",单击"确定"按钮,绘制好的"小球"如图 4-18 所示。

- 为"小球"添加围绕主题艺术字沿不规则曲线运动的动画效果。

  ① 将"小球"拖曳到主题口号艺术字的左下角,右击,在弹出的快捷菜单中选择"叠放次序"→"置于顶层"命令。

  ② 再次选中"小球",右击,在弹出的快捷菜单中选择"自定义动画"命令,单击右侧"自定义动画"任务窗格中的"添加效果"按钮,在弹出的菜单中选择"动作路径"→"绘制自定义路径"→"曲线"命令;单击"小球"的中心,进入"动作路径"绘制状态,移动鼠标绘制直线,单击进行转向,双击完成"动作路径"绘制,完成状态如图 4-19 所示。

- 设置动画的播放顺序,使所有的文字和图形动画播放完毕,播放背景音乐。

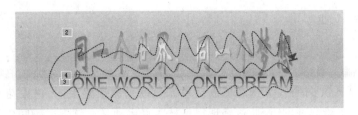

图 4-19　绘制动作路径

① 选中幻灯片上的"小球",为其添加"渐变"动画效果。

② 切换至"自定义动画"任务窗格中,通过拖曳,完成动画播放顺序的调整,如图 4-20 所示。

③ 单击窗口左侧"幻灯片"窗格下方的"从当前幻灯片开始幻灯片放映"按钮 🖳,观察动画效果,进行适当的修改。

4.2.4　操作技巧

（1）字体设置。

设置一段文字的中、英文字体和字型、字号、颜色等属性,可以通过"字体"对话框一次性完成,调出"字体"对话框的方法是：执行"格式"→"字体"命令,或者按快捷键 Ctrl＋T。

（2）演示文稿模板保存。

当选择"文件"→"另存为"命令将演示文稿另存为模板时,系统默认的保存路径是："操作

图 4-20　设置动画播放顺序

系统所在盘符：\Documents and Settings\系统用户名\Application Data\Microsoft\Templates"。所以,当忘记模板保存在哪里时,首先要查找默认保存路径,此外,当编辑演示文稿时可以按快捷键 Ctrl＋S 随时保存。

（3）绘制图形。

绘制图形和调整对象大小时,按住键盘上的 Shift 键,可以实现图形的高度和宽度同比例缩放,例如,绘制正方形的方法：按下工具上的"矩形"工具,按住 Shift 键,拖曳鼠标即可。

按住键盘上的 Ctrl 键,拖曳幻灯片上的对象,可以快速实现该对象的复制。

选中一个对象,按住键盘上的 Ctrl 键,分别按键盘上的光标移动键↑、↓、←、→,可以实现对象位置的微调。

调整对象尺寸时,同时按住键盘上的 Alt 键,可以实现对象尺寸的微调。

图 4-21　"艺术字"工具栏

旋转图形时,同时按住键盘上的 Shift 键,可以实现以 15°为单位旋转;通过"艺术字"工具栏可对艺术字完成快速设置,如图 4-21 所示。

4.2.5 课后作业

2008 年 8 月 8 日晚,举世瞩目的北京第 29 届奥林匹克运动会开幕式在国家体育场隆重举行。具有两千多年历史的奥林匹克运动与五千多年传承的灿烂中华文化交相辉映,共同谱写了人类文明气势恢弘的新篇章。欢歌劲舞庆盛事,火树银花不夜天。这是 13 亿中国人民永难忘怀的时刻,这是现代奥林匹克运动又一辉煌的瞬间。历经 7 年的精心筹备,中国向世界奉献了一个共叙友情、同享和平的盛大庆典。请以此为背景,制作回顾幻灯片。本节完成如下任务:

(1) 图片和声音素材的搜集和整理。

(2) 根据情景进行创意,确定奥运会开幕式宣传片的整体风格。

(3) 启动 PowerPoint 2003,新建一个空演示文稿。

(4) 根据创意修改演示文稿的母版,设置背景色和配色方案。

(5) 将演示文稿另存为演示文稿设计模板。

(6) 新建一个空演示文稿,使用自定义模板修饰。

(7) 在第一张幻灯片中心,制作演示文稿主题的艺术字,风格与背景协调。

(8) 运用文本框添加其他的宣传文字。

(9) 为素材和文字设置恰当的动画。

(10) 在第一张幻灯片的末尾插入音频文件,并设置其能够自动播放、幻灯片放映时隐藏声音图标。

(11) 保存文档。

4.3 实训 2：使用视频文件与动画属性设置

形象地说,PowerPoint 是集文字、图片、图表、表单和动画于一体的容器。在制作演示文稿时,除了需要注意颜色搭配得当,动画运用合理外,还需要注意适当运用多媒体素材,吸引观众的注意力。本节的主要任务是:在幻灯片中应用视频和设置动画属性,使视频和动画有机结合。本节涉及的知识点包括:

- 插入新幻灯片。
- 改变幻灯片的顺序。
- 插入视频素材。
- 视频对象的属性设置。
- 退出类动画设计。

4.3.1 实训目标

- 打开上一节创建的"奥运宣传"演示文稿,插入一张新幻灯片。
- 搜集或制作一个视频文件,并将其移动至演示文稿所在文件夹。
- 将视频素材插入至幻灯片,进行属性设置。
- 设置其他动画的效果和计时属性。

- 设置动画的开始时间和事件,使整个演示文稿流畅。

4.3.2　实训步骤

（1）打开上一节建立的"奥运宣传"演示文稿。

（2）插入一张新幻灯片,完成如下格式设置:

- 将"内容版式"设置成"标题幻灯片"。
- 改变背景填充色为黑色。

（3）插入与"定位北京"相关的视频素材,并设置为自动播放。

（4）视频播放完毕,自动退出,退出效果"渐变"。

（5）插入图片素材"天坛航拍.jpg",完成如下格式设置:

- 将大小调整成与幻灯片相同。
- 添加"轮子"动画效果。
- 设置动画属性,辐射状值为4,速度为2.9秒。
- 动画播放顺序,设置为视频退出之后。

（6）输入标题文字"2008年8月8日"并添加"挥鞭式"动画效果,播放顺序在图片动画之后。

（7）输入副标题文字"北京",设置字体颜色为红色,并添加"曲线向上"的动画效果,播放顺序在标题文字动画之后,播放动画后变灰。

（8）完成状态如图4-22所示。

图4-22　完成状态

4.3.3 实训提示

（1）插入一张新幻灯片，完成版式和背景设置。

① 双击打开上一节建立的演示文稿，选中第一张幻灯片，执行"插入"→"新幻灯片"命令。

② 选中第二张幻灯片，将窗口右侧的任务窗格切换至"幻灯片版式"，如图4-23所示，单击"文字版式"中的"标题幻灯片"按钮。

③ 执行"格式"→"背景"命令，在弹出的"背景"对话框中，选择填充色为黑色，单击"应用"按钮。

（2）插入与"定位北京"相关的视频素材，并设置为自动播放。

① 执行"插入"→"影片和声音"→"文件中的影片"命令，在弹出的"插入影片"对话框中，选中"定位北京"的视频文件，单击"确定"按钮。

② 在弹出的 Microsoft Office PowerPoint 对话框中，单击"自动"按钮。

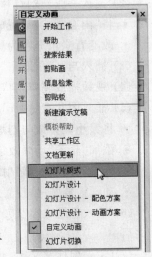

图4-23 切换任务窗格

③ 调整视频文件的大小，使其充满幻灯片。

④ 在插入的视频文件上右击，在弹出的快捷菜单中执行"叠放次序"→"置于底层"命令，完成状态如图4-24所示。

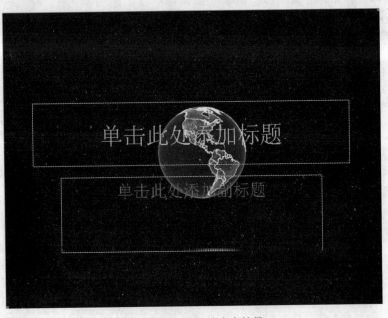

图4-24 改变叠放次序结果

⑤ 添加退出效果，选中视频对象，将窗口右侧的窗格切换至"自定义动画"，单击"添

加效果"按钮,在弹出的菜单中单击"退出"→"其他效果"→"渐变"命令,将动画顺序拖动至"定位北京"视频之后。

（3）输入标题文字,并添加"挥鞭式"动画。

（4）输入副标题文字,并添加"曲线向上"动画。

（5）设置所有动画连续播放。

① 在"自定义动画"任务窗格中,单击"定位北京"的视频动画,在弹出的菜单中选择"从上一项开始"选项,如图 4-25 所示。

② 其他动画设置为"从上一项之后开始"。

③ 在如图 4-25 所示的"自定义动画"任务窗格中,单击标题文字"2008 年 8 月 8 日"动画效果的列表框,选择"效果选项",在弹出的"挥鞭式"对话框中,设置"动画文本"为"按字母"。

④ 设置副标题文字"北京"动画播放后,变成灰色。

图 4-25　设置动画开始事件

4.3.4　操作技巧

（1）搜集素材。

制作演示文稿时需要综合运用图片、声音、视频等各种文件,不断提高幻灯片的美观性和实用性。选用可视类素材时要注意素材与主题相符、颜色搭配与整体风格协调、分辨率足够适合幻灯片尺寸等诸多方面的因素,此外,在时间允许的条件下应尽量原创。

搜集素材时应充分运用搜索引擎的分类搜索功能,例如,利用"谷歌"搜索"定位北京"视频素材时,可以按照如下方法操作：

① 启动浏览器,转到 http://www.google.cn,单击主页上的"视频"。

② 输入搜索内容"定位北京"后,按回车键。

③ 浏览搜索结果,转入相关网站,下载视频文件,如图 4-26 所示。

④ 有些视频文件是在线播放的,不提供下载,这时,可以考虑使用"网际快车"和"迅雷"等下载工具搜索同名文件,或者使用在线视频下载工具,如 VideoGet 等下载。

对于"定位北京"这样的视频文件原创,首先想到的就是"谷歌"出品的定位软件 Google Earth,在软件中输入搜索的地点名称,就可以动画的形式定位到搜索点。采用 Camtasia Studio 或 SnagIt 等屏幕录像软件,把定位过程的某个区域录制下来,作为演示文稿素材是最恰当不过的了。

（2）插入视频文件。

在 PowerPoint 中插入视频文件共有 3 种方法。

· 直接插入文件。

这种方法是将事先准备好的视频文件直接插入到幻灯片中,是最简单、最直观的方法,使用这种方法将视频文件插入到幻灯片中后,PowerPoint 只提供简单的"暂停"和"继续播放"控制,不能在播放过程中改变窗口大小、调整音量等。

图 4-26　搜索视频素材

- 插入控件播放视频。

这种方法是先将 Windows Media Player 播放器以控件的形式插入到幻灯片中,然后通过修改控件属性,播放视频。因此,采用这种方法,播放时可通过播放器插件调整视频的大小、音量、播放、暂停等属性,播放进程可以完全控制,更加方便、灵活。这种方法更适合图片、文字、视频在同一页面的情况。具体操作步骤如下:

① 打开需要插入视频文件的演示文稿。

② 执行"视图"→"工具栏"→"控件工具箱"命令,在出现的"控件工具箱"中单击"其他控件"按钮 🔧,在弹出的"其他控件"列表框中选择 Windows Media Player 选项,如图 4-27 所示。

③ 将鼠标移动到幻灯片的编辑区域中,绘制出一个尺寸合适的矩形区域,该区域将显示 Windows Media Player 的播放界面,如图 4-28 所示。

④ 选中该控件,右击,在弹出的快捷菜单中选择"属性"命令。

⑤ 在弹出的"属性"对话框中,在 URL 或 File Name 属性后的文本框中输入视频文件的详细路径及文件名,放映幻灯片时,视频文件就可以通过播放器播放了。推荐将演示文稿文件与视频文件保存在同一文件夹下,在 URL 或 File Name 属性处直接输入不含路径的文件名。

图 4-27　选择其他控件

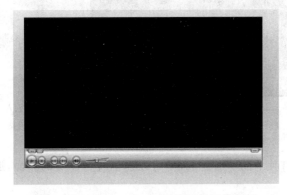

图 4-28　Windows Media Player 的播放界面

• 插入对象播放视频。

这种方法是将视频文件作为对象插入到幻灯片中的,与前两种方法的不同点是可以选择实际需要播放的视频片段,然后再播放。具体操作方法如下:

① 打开需要插入视频文件的演示文稿,执行"插入"→"对象"命令。

② 在弹出的"插入对象"对话框中,选中"由文件创建"选项,单击"浏览"按钮选中视频文件,单击"确定"按钮,如图 4-29 所示。

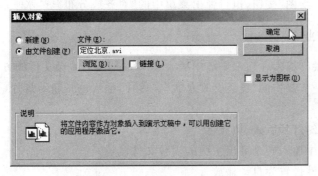

图 4-29　"插入对象"对话框

③ 系统自动将文件插入幻灯片后,执行"编辑"→"视频剪辑对象"→"编辑"命令,进

入播放视频编辑状态,可以通过单击选择工具栏中的视频"入点"按钮 ⥥ 和"出点"按钮 ⥥,重新设置视频文件的播放起始点和结束点,如图 4-30 所示。

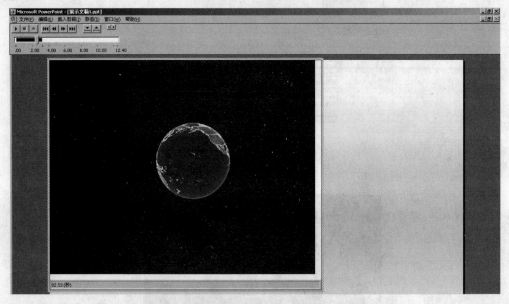

图 4-30　编辑视频对象

　　④ 单击设置幻灯片上的空白区域,便可以退出视频设置的界面,返回到幻灯片的编辑状态。

　　(3) 对象对齐方式设置。

　　PowerPoint 提供了"绘图"菜单,供用户设置图形、图像等的属性,对象相对于幻灯片,对象之间的对齐方式都可以通过这一菜单进行设置。例如,将艺术字设置成相对于幻灯片水平居中的操作方法如下:

　　① 选中已经插入的艺术字。

　　② 单击"绘图"工具栏上的"绘图"按钮绘图(R)▼。

　　③ 执行弹出菜单中的"对齐或分布"→"相对于幻灯片"命令。

　　④ 再次单击"绘图"按钮,执行弹出菜单中的"对齐或分布"→"水平居中"命令。

4.3.5　课后作业

　　(1) 借助互联网探索在演示文稿中插入 SWF 和 FLV 视频文件的方法。

　　(2) 打开上一节制作的"奥运会开幕式"宣传片,插入一张新幻灯片,按如下要求完成操作:

- 合理设置幻灯片版式、填充色。
- 在幻灯片中插入一个突出主题的视频文件。
- 将视频文件设置为自动播放。
- 设置视频文件的退出动画。
- 引入体现"开幕式"特色的图片文件。

- 为使用的各种元素添加动画效果。

（3）思考演示文稿与幻灯片的区别与联系。

4.4　实训3：添加动画效果

PowerPoint 2003 与以前的版本不同，提供了丰富的动画效果供用户使用，与以前版本的区别主要包括以下几个方面：

（1）增加了动画方案。

执行"幻灯片放映"→"动画方案"命令，可以对一张或几张幻灯片使用动画效果，如果选中"自动预览"复选框，只需单击每个效果的名称就可即时预览动画效果。

（2）增加了自定义动画任务窗格。

选中对象后，在"自定义动画"的任务窗格中，单击"添加效果"按钮，可以添加各类动画效果，并且对同一个对象可以添加多种效果。

为对象添加动画后，对象上面将出现指示动画顺序的编号。用户可以通过单击"自定义动画"任务窗格中的"重新排序"按钮来改变动画的播放顺序；还可以在列表中选择一项动画，然后单击"删除"按钮来删除动画效果。

（3）增加了动作路径。

在一幅幻灯片中使用"动作路径"，能够为某个对象指定一条移动路线。例如，可以让一个幻灯片对象跳动着把观众的眼光引向所要突出的重点。为了方便用户进行设计，PowerPoint 中包含了大量的预定义动作路径，同时，允许用户自己绘制运动路径。

在添加一条动作路径之后，对象上面同样也会显示一个数字序号，并且会显示绿、红箭头来指示动作路径的开端和结束。

本节的主要任务是：在幻灯片中运用各种动画技术，制作出多种特效，增加演示文稿的生机。本节涉及的知识点包括：

- "进入"类动画运用。
- "强调"类动画运用。
- "退出"类动画运用。
- "动作路径"类动画运用。
- 多种动画效果叠加。

4.4.1　实训目标

- 打开"奥运宣传"演示文稿。
- 增加"申奥"主题幻灯片。
- 增加"理念"主题幻灯片。
- 增加"我们准备好了"主题幻灯片。

4.4.2　实训步骤

（1）打开建立的"奥运宣传"演示文稿。

(2) 插入一张新幻灯片,以"百年圆梦"为主题,按如下要求完成操作:

- 将"内容版式"设置成"只有标题"。
- 插入"祥云"图片素材,放置到幻灯片顶部,并添加"扇形展开"动画效果,"速度"为"中速"。
- 输入主题文字"百年圆梦",设置动画效果为"空翻",动画播放后效果为"下次单击后隐藏"。
- 标题文字动画播放完毕,幻灯片左侧出现竖排文本的"百年圆梦",动画效果为"挥鞭式"。
- 插入"申奥标志"图片,对齐方式设置为相对于幻灯片,水平、垂直方向居中,动画效果为"翻转式由远及近","速度"为"中速"。
- 在幻灯片底部插入一个横排文本框,输入内容"申奥口号",进入和退出效果均为"颜色打字机"。
- 插入艺术字"新北京 新奥运",拖曳至幻灯片底部,分别添加"缩放"、"翻转式由远及近"、向上运动的动作路径和"垂直突出显示"动画效果。
- 插入一个文本框,设置填充效果和文字颜色后,输入介绍申奥情况的文字,并添加动画,效果不限。
- 合理设置动画播放顺序,普通视图下的完成状态如图 4-31 所示。

图 4-31 "百年圆梦"主题幻灯片完成状态(普通视图)

(3) 插入一张新幻灯片,按如下要求完成"理念"主题幻灯片的制作:

- 将"内容版式"设置成"只有标题"。
- 插入"祥云"图片素材,放置到幻灯片顶部。
- 输入主题文字"中国奥运三大理念",设置动画效果为"空翻","速度"为"快速"。
- 插入"绿色标志"素材,对齐方式为相对于幻灯片水平居中,添加动画效果为"飞旋"。
- 插入"绿色奥运"艺术字,放置于"绿色标志"之上,样式不限,添加先"放大"后"陀螺旋"的动画效果。
- 添加"绿色标志"图片和"绿色奥运"艺术字向幻灯片左上方运动的动作路径,要求同时播放。
- 添加"科技"图片和"科技奥运"艺术字,并添加相关的动画效果,最后,同时沿动作路径移动至幻灯片右上方。
- 添加"北京奥运会会徽"图片和"人文奥运"艺术字,为图片添加先"光速"后"放大"的动画效果,为文字添加"放大"动画效果,顺序在图片之后。
- 普通视图下的完成状态如图 4-32 所示。

图 4-32 "理念"主题幻灯片完成状态(普通视图)

- 放映完毕的状态如图 4-33 所示。

(4) 插入一张新幻灯片,按如下要求完成"我们准备好了"主题幻灯片的制作:

图 4-33 "理念"主题幻灯片完成状态(放映视图)

- 将"内容版式"设置成"只有标题"。
- 在幻灯片的四个角上,分别插入"福娃"图片"贝贝"、"晶晶"、"欢欢"、"迎迎"。
- 插入"福娃妮妮"的图片,设置相对于幻灯片,水平、垂直居中。
- 为幻灯片四角上的"福娃"添加动画效果,顺序按照"贝贝"、"晶晶"、"欢欢"、"迎迎"。
- 为"福娃妮妮"的图片添加"向内溶解"的动画效果,"速度"为"非常快"。
- 输入主题文字"我们准备好了",设置动画效果为"中心旋转","速度"为"快速"。
- 为"福娃妮妮"图片添加沿直线中速下落和"向外溶解"的"退出"动画效果,两种动画同时播放。
- 复制"福娃妮妮"的图片,将尺寸调整成为与其他四个"福娃"大小相同,放置于幻灯片底端中部,与"欢欢"和"迎迎"底端对齐,横向分布,并添加同时播放的"压缩"和"弹跳"动画效果。
- 普通视图下的完成状态如图 4-34 所示。

4.4.3 实训提示

(1) 插入一张新幻灯片,以"百年圆梦"为主题,按如下要求完成操作:
- 输入主题文字"百年圆梦",设置动画效果为"空翻",动画播放后效果为"下次单击后隐藏"。

图 4-34 "我们准备好了"幻灯片完成状态(普通视图)

① 单击幻灯片的"标题"文本框,输入"百年圆梦",并添加"空翻"动画效果后,拉开"自定义动画"任务窗格中的"百年圆梦"下拉列表,单击"效果选项"选项。

② 在弹出的"空翻"对话框中,设置"动画播放后"的值为"下次单击后隐藏","动画文本"的值为"按字/词",单击"确定"按钮,如图 4-35 所示。

• 标题文字动画播放完毕,幻灯片左侧出现竖排文本的"百年圆梦",动画效果为"挥鞭式"。

① 单击"绘图"工具栏上的"竖排文本框"按钮,在幻灯片左侧绘制,输入文字"百年圆梦",字体、字号、字型与标题文字一致。

② 单击"自定义动画"任务窗格中的"添加效果"按钮,在弹出的菜单中执行"进入"→"其他效果"命令,在弹出的"添加进入效果"对话框中,选中"华丽型"中的"挥鞭式",单击"确定"按钮。

• 插入艺术字"新北京 新奥运",拖曳至幻灯片底部,分别添加"缩放"、"翻转

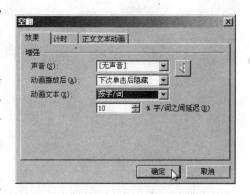

图 4-35 设置"空翻"动画属性

式由远及近"、向上运动的动作路径和"垂直突出显示"动画效果。

　　① 单击"绘图"工具栏上的"插入艺术字"按钮 █，插入艺术字，"字体"为"华文行楷"，"字号"为 36 磅，拖曳至幻灯片底部，利用"绘图"工具栏上的"绘图"按钮，设置相对于幻灯片，水平居中。

　　② 单击"自定义动画"任务窗格中的"添加效果"按钮，在弹出的菜单中执行"进入"→"其他效果"命令，在弹出的"添加进入效果"对话框中，选中"华丽型"中的"挥鞭式"，单击"确定"按钮。

　　③ 单击"自定义动画"任务窗格中的"添加效果"按钮，在弹出的菜单中执行"进入"→"其他效果"命令，在弹出的"添加进入效果"对话框中，选中"温和型"中的"缩放"，单击"确定"按钮，按照类似的方法添加"翻转式由远及近"动画效果。

　　④ 单击"自定义动画"任务窗格中的"添加效果"按钮，在弹出的菜单中执行"动作路径"→"向上"命令，为艺术字添加向上运动的动作路径，适当移动、调整路径的开始端点和结束端点，预览动画，如图 4-36 所示。

　　⑤ 为艺术字添加"强调"类"细微型"中的"垂直突出显示"动画效果。

- 插入一个文本框，设置填充效果和文字颜色后，输入介绍申奥情况的文字，并添加动画，效果不限。
- 合理设置动画播放顺序，可供参考的动画顺序如图 4-37 所示。

图 4-36　调整运动路径

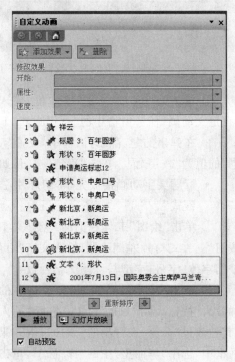

图 4-37　动画顺序

　　(2) 插入一张新幻灯片，按如下要求完成"理念"主题幻灯片的制作：

- 添加"绿色标志"图片和"绿色奥运"艺术字向幻灯片左上方运动的动作路径，要求同时播放。

　　① 分别完成图片和艺术字的动画后，同时选中艺术字和图片，单击"自定义动画"窗格中的"添加效果"按钮，执行"动作路径"→"绘制自定义路径"→"直线"命令，将鼠标移动至艺术字和图片中心，按住键盘上的 Shift 键，向左上方绘制一条斜线。

　　② 切换至放映视图，观察动画的效果，参照图 4-33 适当调整路径终点的位置、角度、长度等属性，动画播放后位置恰当。

- 添加"科技"图片和"科技奥运"艺术字，并添加相关的动画效果，最后，同时沿动作路径移动至幻灯片右上方。

　　① 参照"绿色奥运"部分，添加动画效果。

　　② 将"绿色标志"和"科技"图片调整为相同尺寸。

- 添加"北京奥运会会徽"图片和"人文奥运"艺术字，为图片添加先"光速"后"放大"的动画效果，为文字添加"放大"动画效果，顺序在图片之后。

- 可供参考的动画顺序如图 4-38 所示。

　　（3）插入一张新幻灯片，按如下要求完成"我们准备好了"主题幻灯片的制作。

- 为幻灯片四角上的"福娃"添加动画效果，顺序按照"贝贝"、"晶晶"、"欢欢"、"迎迎"。

　　因为 4 个"福娃"形态各异，所以需要根据各自的形态和位置，设置相对应的动画效果，参考步骤如下：

　　① 将 4 幅"福娃"图片的尺寸统一大小。

　　② "贝贝"采用"下降"的动画效果，"速度"为"快速"。

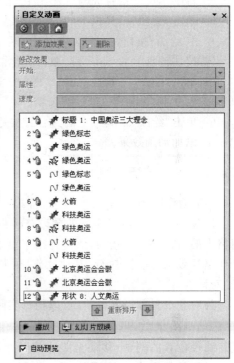

图 4-38 "理念"部分参考动画顺序

　　③ "晶晶"采用"自右侧飞入"的动画效果，"速度"为"非常快"。

　　④ "欢欢"采用"自左下部飞入"的动画效果，"速度"为"非常快"。

　　⑤ "迎迎"采用"自右下部飞入"的动画效果，"速度"为"非常快"。

- 为"福娃妮妮"的图片添加"向内溶解"的动画效果，"速度"为"非常快"。将"福娃妮妮"放置在幻灯片中心，目的是突出"你"、突出"以人为本"。

- 输入主题文字"我们准备好了"，设置动画效果为"中心旋转"，"速度"为"快速"。

- 为"福娃妮妮"图片添加沿直线中速下落和"向外溶解"的"退出"动画效果，两种动画同时播放。

　　① 选中图片，单击"自定义动画"窗格中的"添加效果"按钮，执行"动作路径"→"向下"命令，切换至放映视图，根据结果适当调整路径线的长度和位置。

　　② 选中图片单击"自定义动画"窗格中的"添加效果"按钮，执行"退出"→"向外溶解"

命令。

　　③ 单击"自定义动画"窗格中的"福娃妮妮"动画效果下拉列表框，选中"从上一项开始"选项。

　　• 复制"福娃妮妮"的图片，将尺寸调整成为与其他 4 个"福娃"大小相同，放置于幻灯片底端中部，与"欢欢"和"迎迎"底端对齐，横向分布，并添加同时播放的"压缩"和"弹跳"动画效果。

　　① 选中"福娃妮妮"图片，按住键盘上的 Ctrl 键，向下拖曳，实现复制。

　　② 将副本尺寸设置成与其他 4 个"福娃"相同大小。

　　③ 单击"绘图"工具栏上的"绘图"按钮，执行"对齐或分布"→"相对于幻灯片"命令，再次单击"绘图"按钮，执行"对齐或分布"→"水平居中"命令。

　　④ 按住键盘上的 Shift 键，单击其他的两个"福娃"，实现全选。

　　⑤ 单击"绘图"工具栏上的"绘图"按钮，执行"对齐或分布"→"底端对齐"命令，再次单击按钮，去掉"相对于幻灯片"选项。

　　⑥ 单击"绘图"工具栏上的"绘图"按钮，执行"对齐或分布"→"横向分布"命令。

　　⑦ 添加动画效果。

4.4.4　操作技巧

（1）动作路径。

PowerPoint 提供了丰富的预设路径供用户选择，选中对象之后，单击"自定义动画"窗格中的"添加效果"按钮，执行弹出菜单中的"动作路径"命令，可以看到最近几次使用的动作路径效果，此外，执行"其他动作路径"命令，可以弹出如图 4-39 所示的"添加动作路径"对话框。

为对象设置预设路径后，可以根据实际需求进行调整，例如，为对象添加"对角线向右下"的动画效果后，可以选中路径线，按住鼠标拖曳，进行路径位置的调整；移动至路线的开始箭头或结束箭头进行长度和角度的调整；右击，在弹出的快捷菜单中执行"反转路径方向"命令，可以将运动路径改变为"对角线向左上"的动画效果。

（2）动画计时。

动画计时的主要功能是设置动画在什么条件下播放、播放速度如何，以及重复与否、重复几次。在"自定义动画"窗格中，单击某一动画效果的下拉列表，选中"计时"选项，弹出标题与动画效果相同的对话框，如图 4-40 所示。单击"计时"选项卡将动画的"开始"值设置为"之前"，该动画与前一动画同时播放；设置为"之后"，动画在前一动画后自动开始播放，并且，可以设置单击某一动画时播放；设置重复值可以实现动画不断播放；单击"效果"选项卡，选中"自动翻转"选项，可以实现播放指定路径动画后，沿路径反

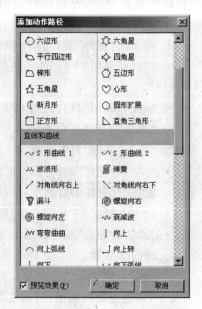

图 4-39　"添加动作路径"对话框

方向再运动一次。

（3）使用图片素材。

• 选用原则。

选用图片素材时除需要注意图片有利于突出主题外，还需要注意图片的色彩、背景色等是否与幻灯片背景协调。例如，在黑色背景的幻灯片上，插入带有白色背景的图片是很不合适的，这时可以考虑将背景色改为淡色或选用其他的图片素材。

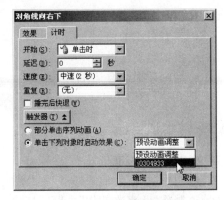

图 4-40　设置动画属性

• 将多个图片对象调整为相同尺寸。

选中幻灯片上的多个图片对象，右击，在弹出的快捷菜单中执行"设置图片格式"命令，在弹出的"设置图片格式"对话框中，单击"尺寸"选项卡，输入高度和宽度的值后，单击"确定"按钮，此外，通过这种方式还可以同时设置多个图片对象的填充效果、线条颜色、亮度和对比度等属性。

• 对齐与分布。

制作一个好的演示文稿应注意细节，要充分利用"绘图"工具中提供的对齐、分布等功能，保证规范性。

（4）快捷键。

插入新幻灯片的快捷键为 Ctrl＋M。

弹出任务窗格的快捷键为 Ctrl＋F1。

4.4.5　课后作业

（1）打开"奥运宣传"演示文稿，将第一张幻灯片上的"小球"动画重复选项设置为"直到下一次单击"。

（2）打开上一节制作的"奥运会开幕式"宣传片按如下要求完成操作：

• 增加"中华五千年"主题幻灯片。

• 增加"共叙友情"主题幻灯片。

• 增加"同享和平"主题幻灯片。

• 要求风格统一，采用多种动画效果。

（3）借助互联网了解矢量图与位图、图形与图像的区别。

4.5　综合实训

前几个实训制作了"奥运宣传"演示文稿的片头、理念宣传等幻灯片，本节将着重于运用 PowerPoint 2003 中的一些高级技术，完成、放映作品，涉及的知识点包括：

• 使用多个母版。

• 图片透明度设置。

• 绘图工具的使用。

- 幻灯片切换。
- 声音对象的使用。
- 按钮与动作设置。
- 动画效果综合运用。
- 放映幻灯片。

4.5.1　实训目标

- 制作"场馆准备好了"主题幻灯片。
- 制作"志愿者准备好了"主题幻灯片。
- 制作"北京欢迎你"主题幻灯片。
- 设置幻灯片切换效果。
- 修改背景音乐。
- 放映幻灯片。

4.5.2　实训步骤

（1）打开建立的"奥运宣传"演示文稿。

（2）插入一张新幻灯片，以"场馆准备好了"为主题，按如下要求完成操作：

- 将"内容版式"设置成"只有标题"。
- 在幻灯片四角和底部中心分别插入"福娃"图片。
- 插入"奥运场馆"相关的图片素材，放置到幻灯片中部，并添加动画效果，图片不少于五张，动画效果五种以上，必须使用到"透明"。
- "奥运场馆"图片素材动画播放完毕，在图片左上角"翻转式由远及近"出现"奥运场馆"的文字，"字体"为"华文琥珀"，"字号"为 48 磅。
- 输入主题文字"我们准备好了"，设置动画效果为"颜色打字机"，"速度"为"快速"，普通视图下的完成状态如图 4-41 所示。

图 4-41　"场馆准备好了"主题幻灯片（普通视图）

- 放映该页幻灯片。

（3）插入一张新幻灯片，以"志愿者准备好了"为主题，按如下要求完成操作：

- 将"内容版式"设置成"只有标题"。

- 在幻灯片四角和底部中心分别插入"福娃"
  图片。

- 插入4张"志愿者海报"图片素材，设置成同
  样大小，位于幻灯片左侧，阶梯状排列，如
  图4-42所示。

- 为四张"海报"添加同时自底部擦除出现的动
  画效果，"速度"为"非常快"。

- 分别制作每张"海报"出现后，一边溶解消失
  一边向右运动，移动完毕，放大的动画效果，
  放大过程中要求使用动画效果，效果不限。

图4-42　阶梯状排列的海报

- 当四张图片放大效果播放完毕，采用盒状、快速向内的动画效果一起消失。

- 在幻灯片左侧的原阶梯状排列四张图片，同时播放沿"中子"路径运动动画。

- 以中速渐变效果引出放置在幻灯片中心的第五张"志愿者海报"。

- 在第五张"志愿者海报"的右上角，播放"奥运志愿者"的竖排文本动画，动画效果
  为"挥鞭式"，"速度"为"非常快"。

- 输入主题文字"我们准备好了"，设置动画效果为"颜色打字机"，"速度"为"快速"。

- 放映该页幻灯片。

- 普通视图下的完成状态如图4-43所示。

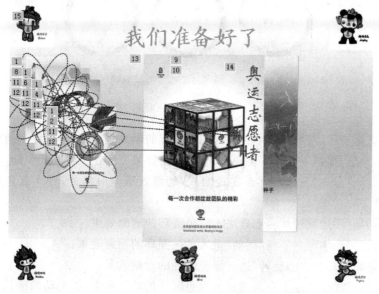

图4-43　"志愿者准备好了"完成状态（普通视图）

- 放映视图下的完成状态如图4-44所示。

图 4-44 "志愿者准备好了"完成状态(放映视图)

(4) 插入一张新幻灯片,以"北京欢迎你"为主题,按如下要求完成操作:

· 将"内容版式"设置成"只有标题"。

· 将幻灯片的背景色设置为白色。

· 在幻灯片中部靠上区域绘制"奥运五环",对齐方式为水平居中,如图 4-45 所示。

图 4-45 奥运五环

· 为"奥运五环"添加同时中速向内圆形扩展的动画效果,单击鼠标时播放。

· 插入 5 个"福娃"的图片,统一尺寸,使其恰好可以放在每个圆环中间。

· 为"贝贝"添加"飞入"和"渐变式缩放"动画效果同时播放,进入蓝色圆环的动画效果。

· 为"晶晶"添加旋转从右上角进入红色圆环的动画效果。

· 为"迎迎"添加从右下角"跳动"进入黄色圆环的动画效果。

· 为"妮妮"添加"中心旋转"进入绿色圆环的动画效果。

· 为"欢欢"添加从左上角闪动进入黑色圆环的动画效果,以上动画播放完毕的状态如图 4-46 所示。

· 运用动作路径,制作"欢欢"和"晶晶"交换位置的动画。

图 4-46　进入"五环"后的福娃

- 交换位置后为"福娃"添加动感效果,循环至下次单击鼠标。
- 插入"北京奥运会会徽",添加缩放动画效果。
- 输入标题文字"北京欢迎你","字体"为"华文新魏","字号"为 44 磅。
- 为标题文字添加按字放大的动画效果。
- 为"北京奥运会会徽"添加"跷跷板"动画效果。
- 最后,为标题文字添加循环播放的"翻转式由远及近"动画效果。
- 普通视图下的完成状态如图 4-47 所示。

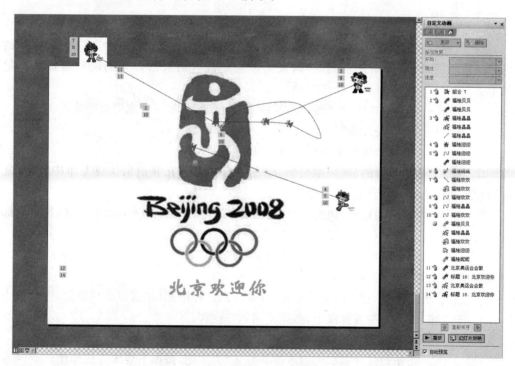

图 4-47　"北京欢迎你"完成状态(普通视图)

- 放映视图下的完成状态如图 4-48 所示。

(5) 为演示文稿添加幻灯片切换效果。

(6) 在最后一张幻灯片上添加"重播"按钮,单击按钮返回第一张幻灯片。

(7) 在最后一张幻灯片上添加"结束放映"按钮,并完成动作设置。

图 4-48 "北京欢迎你"完成状态(放映视图)

(8) 进行排练计时,并设置按照计时放映演示文稿。

4.5.3 实训提示

因为"场馆准备好了"和"志愿者准备好了"幻灯片与上一节制作的"我们准备好了"幻灯片风格相同,所以采用先复制、再修改的方法完成这两页幻灯片的制作是最为合适的了。

(1) 插入一张新幻灯片,以"场馆准备好了"为主题,按如下要求完成操作:

- 将"内容版式"设置成"只有标题"。
- 在幻灯片四角和底部中心分别插入"福娃"图片。

① 选中上一节制作的"我们准备好了"幻灯片,右击,在弹出的快捷菜单中执行"复制"命令,再次右击,执行"粘贴"命令。

② 选中粘贴好的幻灯片,切换至"自定义动画"任务窗格,按住 Ctrl+A 键,选中全部动画效果。

③ 右击,在弹出的快捷菜单中执行"删除"命令。

④ 删除幻灯片上的多余图片素材。

- 插入"奥运场馆"相关的图片素材,放置到幻灯片中部,并添加动画效果,图片不少于 5 张,动画效果五种以上,必须使用到"透明"。

提示:"透明"是"强调"类动画中的一种。

(2) 插入一张新幻灯片,以"志愿者准备好了"为主题,按如下要求完成操作:

- 将"内容版式"设置成"只有标题"。
- 在幻灯片四角和底部中心分别插入"福娃"图片。

① 复制"场馆准备好了"幻灯片,删除标题动画外的所有动画效果。

② 删除不必要的元素。

- 插入 4 张"志愿者海报"图片素材,设置成同样大小,位于幻灯片左侧,阶梯状排列。

① 利用互联网搜索"北京奥运会志愿者海报",下载全部的 5 张图片,存放至同一文件夹。

② 执行"插入"→"图片"→"来自文件"命令,在弹出的"插入图片"对话框中,同时选中前 4 张"海报",单击"插入"按钮。

③ 按住 Ctrl 键拖曳至幻灯片左上部,实现复制。

④ 在图片副本上右击,在弹出的快捷菜单中执行"设置图片格式"命令,在"设置图片格式"对话框中将 4 张图片设置为相同大小。

⑤ 参照图 4-42 改变图片的"叠放次序"。

- 为 4 张"海报"添加同时自底部擦除出现的动画效果,"速度"为"非常快"。先同时选中 4 张尺寸较小的"海报"副本,再添加动画效果。
- 分别制作每张海报出现后,一边溶解消失一边向右运动,移动完毕,放大的动画效果,放大过程中要求使用动画效果,效果不限。

① 同时选中 4 张较小的"海报"副本。

② 添加"向右"的动作路径。

③ 添加"退出"中的"向外溶解"动画。

④ 将四张较大的"海报"图片拖曳至幻灯片右侧,尺寸调整成相同大小,叠放次序与较小"海报"相反,位置完全一致。

⑤ 分别为 4 张较大的"海报"添加动画效果。

⑥ 调整动画顺序和计时属性,参考结果如图 4-49 所示。

(3) 插入一张新幻灯片,以"北京欢迎你"为主题,按如下要求完成操作:

- 在幻灯片中部靠上区域绘制"奥运五环",对齐方式为水平居中,如图 4-45 所示。

① 单击"绘图"工具栏中的"椭圆"工具按钮,按住键盘上的 Shift 键,在幻灯片上拖曳,绘制一个圆。

② 双击绘制好的圆,在弹出的"设置自选图形格式"对话框中,选择无填充色,线条颜色为黑色,线条样式为 4.5 磅粗实线。

③ 按住 Ctrl 键拖曳,复制 4 份,线条颜色分别设置成蓝(RGB:0,0,255)、红(RGB:255,0,0)、黄(RGB:255,255,0)、绿(RGB:0,255,0)。

④ 运用"绘图"菜单中的"对齐或分布"及"叠放次序"完成如图 4-45 所示的效果。

⑤ 可以采用增大幻灯片比例后,在环之间的连接处绘制小矩形,实现"吊环"效果。

⑥ 按住鼠标左键,画框,同时选中"五环",右击,在弹出的快捷菜单中执行"组合"→"组合"命令。

⑦ 设置组合后的图形相对于幻灯片水平

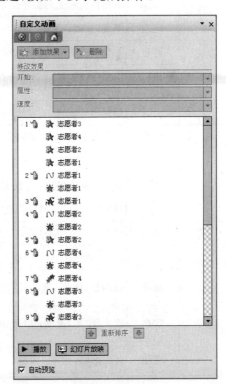

图 4-49 动画顺序与计时属性参考结果

居中。

- 为"奥运五环"添加同时中速向内圆形扩展的动画效果,单击鼠标时播放。
- 插入5个"福娃"的图片,统一尺寸,使其恰好可以放在每个圆环中间。
- 为"贝贝"添加"飞入"和"渐变式缩放"动画效果同时播放,进入蓝色圆环的动画效果。
- 为"晶晶"添加旋转从右上角进入红色圆环的动画效果。
- 为"迎迎"添加从右下角"跳动"进入黄色圆环的动画效果。
- 为"妮妮"添加"中心旋转"进入绿色圆环的动画效果。
- 运用动作路径,制作"欢欢"和"晶晶"交换位置的动画。
- 交换位置后为"福娃"添加动感效果,循环至下次单击鼠标。

各福娃所采用的动画效果、顺序和计时选项如表4-1所示。

表4-1 福娃的动画效果、顺序和计时选项

动画顺序	福娃图片	效 果	计时选项
2	贝贝	自顶部中速飞入	开始:单击时
	贝贝	渐变式缩放	开始:之前
3	晶晶	翻转式由远及近	开始:单击时
	晶晶	陀螺旋	开始:之前
	晶晶	对角线向右上的翻转动作路径	开始:之前
4	迎迎	渐变,速度:中速	开始:单击时
5	迎迎	对角线向右下的翻转动作路径	开始:单击时
	迎迎	渐变式缩放	开始:之前 重复:2次
6	妮妮	快速中心旋转	开始:单击时
7	欢欢	对角线向右下动作路径	开始:单击时
	欢欢	放大/缩小,速度:非常快,尺寸:120%	开始:之前
8	欢欢	自定义动作路径(沿半圆运动至晶晶右侧),速度:中速	开始:单击时
9	晶晶	自定义动作路径(沿直线运动至黑色边框圆环中间)	开始:单击时
	欢欢	自定义动作路径(沿直线运动至红色边框圆环中间)	开始:单击时
10	贝贝	闪动,颜色:白色,速度:非常快	开始:之后
	晶晶	跷跷板,颜色:蓝色,速度:快速	开始:之前 重复:直到幻灯片末尾
	欢欢	放大/缩小,速度:中速,尺寸:80%	开始:之前 重复:3次
	迎迎	忽明忽暗,速度:快速	开始:之前 重复:3次
	妮妮	不饱和,速度:非常快	开始:之前

（4）为演示文稿添加幻灯片切换效果。

① 执行"幻灯片放映"→"幻灯片切换"命令。

② 分别选中每一张幻灯片，在窗口右侧的"幻灯片切换"任务窗格中，设置切换效果。

（5）在最后一页幻灯片上添加"重播"按钮，单击按钮返回第一张。

① 选中最后一张幻灯片。

② 单击"绘图"工具栏上的"自选图形"按钮，在弹出的菜单中执行"自选图形"→"动作按钮"→"动作按钮：第一张"命令。

③ 在幻灯片中绘制按钮，并设置协调的填充色。

④ 为按钮添加"向内溶解"的动画效果。

（6）在最后一张幻灯片上添加"结束放映"按钮，并完成动作设置。

① 单击"绘图"工具栏上的"自选图形"按钮，在弹出的菜单中执行"自选图形"→"动作按钮"→"动作按钮：结束"命令。

② 绘制按钮，改变按钮的填充效果，添加动画。

（7）进行排练计时，并设置按照计时放映演示文稿。

① 执行"幻灯片放映"→"排练计时"命令。

② 配合音乐，合理掌握每一项的时间，以达最佳效果。

③ 全部幻灯片放映完毕，保存排练时间。

④ 执行"幻灯片放映"→"设置放映方式"命令，在对话框中选中换片方式"如果存在排练时间则使用它"。

4.5.4 操作技巧

（1）使用多个母版。

母版是多张幻灯片所具有的共同信息，自 PowerPoint 2003 以后的版本支持用户在一个幻灯片中使用多个母版，当用户需要在一个演示文稿中使用多个差异较大的配色方案和版式的幻灯片时采用多个母版可以事半功倍，具体操作方法如下：

① 执行"工具"→"选项"命令，在弹出的"选项"对话框中，单击"编辑"选项卡，清除"禁用新功能"中的"多个母版"复选框。

② 执行"视图"→"母版"→"幻灯片母版"命令。

③ 执行"插入"→"新幻灯片母版"命令。

④ 设置增加母版的各项属性后返回普通视图。

⑤ "幻灯片设计"任务窗格中将出现新添加的母版。

⑥ 用户拉开新母版的下拉列表框，可以选择母版应用范围。

因为母版是一组幻灯片的共同信息，所以，当需要为多个幻灯片添加某种元素，或者设置某种共同动画效果、相同的背景色等操作时，需要对母版进行修改。例如，为所有幻灯片增加导航栏，可以只在母版上添加，然后应用到所有幻灯片。

本节实训中的"场馆准备好了"和"志愿者准备好了"幻灯片，虽然样式与其他的幻灯片有所区别，但是区别不大，并且这种样式的幻灯片数量不多，所以，完全没有必要为这种样式增加新的母版，只需要复制、修改即可。

选中一张幻灯片,按下 Ctrl＋D 组合键,可以实现快速复制。

不论是在普通视图下,还是在幻灯片浏览视图下,都可以通过拖曳幻灯片缩略图来改变幻灯片的顺序。

（2）设置声音对象属性。

在一张幻灯片上插入声音对象后,默认情况下,当切换至下一页幻灯片时,声音自动停止,不能满足在一个演示文稿中,自始至终使用同一个连续播放的背景音乐。这时需要设置播放声音的效果选项。以"奥运宣传"演示文稿为例,当第一张幻灯片播放完毕时音乐马上就停止了,解决这一问题的步骤如下:

① 选中第一张幻灯片上的声音对象。

② 切换至"自定义动画"任务窗格,单击声音文件的下拉列表框,选择"效果选项"选项。

③ 在弹出的"播放声音"对话框中,设置在 8 张幻灯片后停止播放,单击"确定"按钮,如图 4-50 所示。

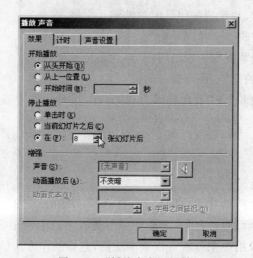

图 4-50 "播放声音"对话框

4.5.5 课后作业

（1）为"奥运宣传"演示文稿,在每张幻灯片的底部添加"第一张"、"上一张"、"下一张"、"最后一张"的导航按钮。

（2）完善"奥运会开幕式"演示文稿,增加"和"字书写过程的幻灯片。

（3）思考什么情况下,需要使用多个母版。

第5章

数据库模块

随着信息和网络技术的发展和广泛应用,越来越多的数据围绕着我们;数据库是以某种文件结构存储的一系列信息表,这种文件结构使用户能够迅速查找到所需要的数据,并且能够随时对数据进行增加、修改和删除操作。本章通过制作"通信信息数据库"来掌握 Access 2003 的基本操作。

5.1 Access 数据库简介

5.1.1 功能简介

Access 是一种关系数据库管理系统(RDBMS),即 Access 采用二维表的形式来存储数据。它可以帮助用户管理各种类型的数据库对象,包括数据表、查询、窗体、报表等,拥有一套功能强大的应用工具,其完善程度足以满足专业开发人员的需要。尽管如此,初学者也能十分容易地学习和掌握。

5.1.2 情景模拟

经理有很多客户和朋友的联系方式,查找起来非常困难,请建立一个通信信息数据库,以方便查找客户信息。具体分创建通信录数据表、数据筛选与排序、创建数据查询、创建数据窗体制作和数据报表制作 5 个步骤实现。

5.2 实训1: 创建通信录数据表

表是 Access 数据库中的一个基本数据对象,它是关于特定主题(例如产品和供应商)数据的集合。为每个主题使用单个的表,用户仅存储数据一次,就可以在任何地方调用这些数据,使数据库的效率更高,并使数据输入的错误较少。本节的主要任务是掌握表的建立和数据表格式设置的方法,涉及的知识点包括:

- 创建数据库。
- 创建数据表。

- 设计视图与数据视图。
- 录入、修改、删除记录。

5.2.1 实训目标

- 建立"通信录"数据库。
- 确定"通信录"表中的字段个数和类型。
- 完成数据表的创建。
- 利用自动窗体和数据表视图录入记录。

5.2.2 实训步骤

（1）启动 Access 2003，建立名为"通信录数据库"的空数据库。

（2）建立一张新表，表结构如表 5-1 所示。

表 5-1　一张表的结构

字 段 名 称	类　型	字 段 长 度	说　明
编号	自动编号	默认	唯一标识
姓名	文本	8	联系人姓名
性别	文本	1	联系人性别
工作单位	文本	默认	联系人工作单位
联系人类型	文本	3	联系人群组
快速联系方式	文本	15	快速联系方式
家庭电话	文本	13	家庭电话
办公室电话	文本	20	办公室电话
移动电话	文本	15	移动电话
传真	文本	13	传真
电子邮件	文本	60	电子邮件地址
博客	超链接	默认	博客网址
通信地址	备注		邮政地址
邮政编码	文本	8	邮编
照片	OLE 对象	默认	存储相片

（3）将"编号"字段设置为主键。

（4）设置家庭电话、办公室电话和传真字段的输入掩码为"（四位数字区号）-电话号码"。

（5）设置邮政编码字段的输入掩码为"邮政编码"。

（6）保存表，并命名为"通信录"。

（7）单击"自动窗体"按钮，参照实验数据输入记录（包括照片字段），如图 5-1 所示。

（8）再任意输入 5 条记录，使表中的总记录数达到 10 条。

（9）切换至数据表视图。

（10）参照完成状态，将数据表设置成如下格式：

- 行高：15 磅，列宽：最佳匹配。

- 字体：幼圆、字形：粗体、字号：五号、颜色：蓝色。

- 数据表格式：凸起。

（11）保存文档，完成状态如图 5-2 所示。

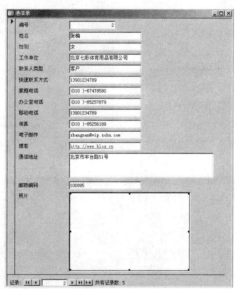

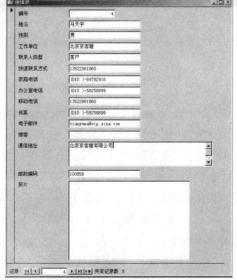

图 5-1 实验数据

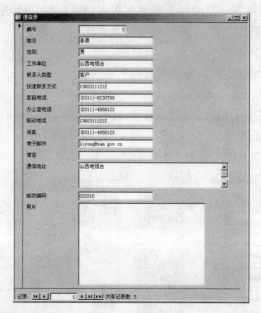

图 5-1（续）

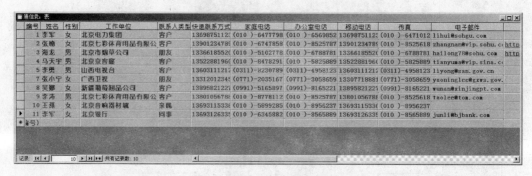

图 5-2　完成状态

5.2.3　实训提示

（1）启动 Access 2003，建立名为"通信录数据库"的空数据库。

① 单击"开始"→"所有程序"→"Microsoft Office"命令启动 Access 2003，如图 5-3 所示。

② 单击"文件"→"新建"命令，新建一个数据库，如图 5-4 所示。

③ 单击右侧"新建文件"任务窗格中的"空数据库"超链接，如图 5-5 所示。

④ 在弹出的"文件新建数据库"对话框中选择好保存位置，在"文件名"文本框中输入"通信录数据库"，保存类型选择"Microsoft Access 数据库（＊．mdb）"，单击"创建"按钮，如图 5-6 所示。

（2）建立一张新表，表结构如表 5-1 所示。

① 选中数据库窗口中的"表"对象，单击工具栏上的"新建"按钮，在弹出的"新建表"对话框中选中"设计视图"，单击"确定"按钮，如图 5-7 所示。

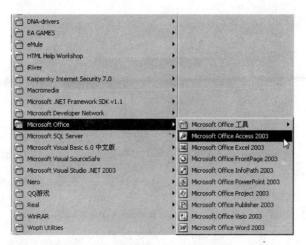

图 5-3 启动 Access 2003

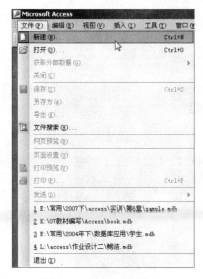

图 5-4 选择"新建"命令

图 5-5 "新建文件"任务窗格

图 5-6 保存数据库文件

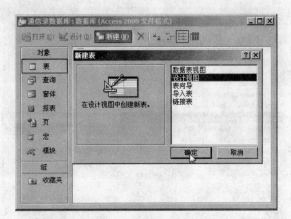

图 5-7　"新建表"窗口

② 按照表 5-1 设置字段属性,完成状态如图 5-8 所示。

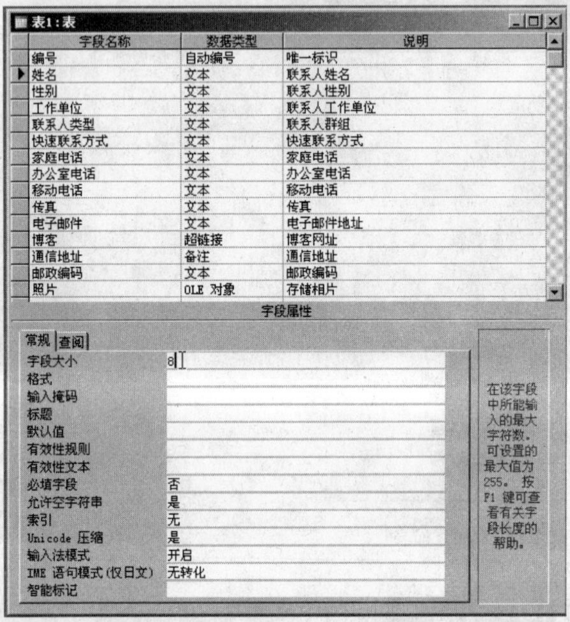

图 5-8　设计表

(3) 将"编号"字段设置为主键。

将各字段属性设置完成后,选中"编号"字段,右击,在弹出的快捷菜单中选择"主键"命令,如图 5-9 所示。

(4) 设置家庭电话、办公室电话和传真字段的输入掩码为"(四位数字区号)-电话号码"。

按住键盘上的 Ctrl 键,同时选中家庭电话、办公室电话和传真字段,单击"常规"选项卡,在"输入掩码"后面的文本框中输入"(9999)-99999999",单击工具栏上的"保存"按钮,如图 5-10 所示。

(5) 设置邮政编码字段的输入掩码为"邮政编码"。

图 5-9　设置主键

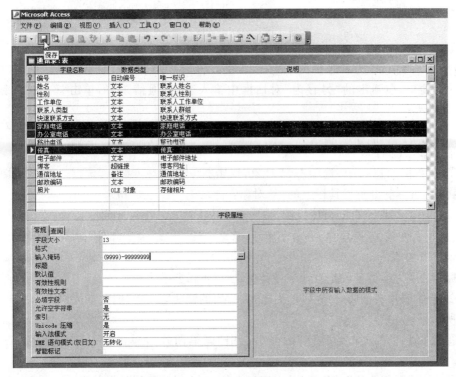

图 5-10　设置输入掩码

选中"邮政编码"字段,转到"常规"选项卡,单击"输入掩码"右侧的按钮,在弹出的"输入掩码向导"对话框中,选中"邮政编码"后,单击"完成"按钮,如图 5-11 所示。

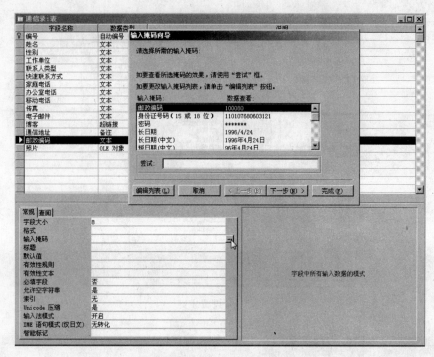

图 5-11 利用向导设置掩码

（6）以"通信录"为名保存表。

关闭窗口，在弹出的"另存为"对话框中输入表名"通信录"后单击"确定"按钮，如图 5-12 所示。

（7）单击"自动窗体"按钮，参照实验数据录入记录（包括照片字段）。

图 5-12 保存表

① 在数据库窗口中，选中"表"对象，双击打开"通信录"表；单击头工具栏上的"新对象：自动窗体"按钮 在，切换至自动窗体视图，按照要求依次输入：姓名、性别、工作单位、联系人类型、快速联系方式、家庭电话、办公室电话、移动电话、传真、电子邮件、博客、通信地址和邮政编码字段的值。

提示：因为编号字段是自动编号类型，所以不需要手工输入值。

② 选中照片右侧的空白区域，右击，在弹出的快捷菜单中选择"插入对象"命令，如图 5-13 所示。

③ 在弹出的"对象类型"对话框中选中"画笔图片"，单击"确定"按钮，如图 5-14 所示。

④ 插入"画笔图片"对象后，单击窗口上的空白区域，取消编辑状态，选中照片右侧的空白区域，右击，在弹出的快捷菜单中选择"位图图像对象"→"打开"命令，如图 5-15 所示。

⑤ 直接在绘图窗口中绘制图像或选择"编辑"→"粘贴来源"命令添加已有的相片，如图 5-16 所示。

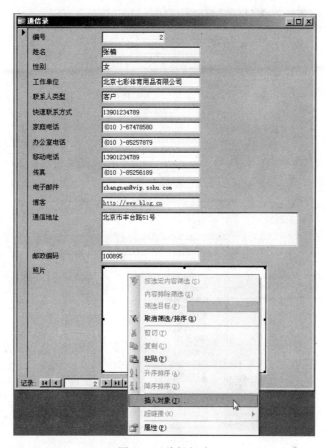

图 5-13　编辑相片

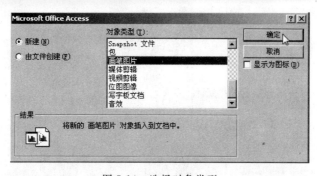

图 5-14　选择对象类型

⑥ 绘制或选择好图像后,单击绘图窗口中的"文件"→"更新通信录"命令,如图 5-17 所示。

⑦ 完成状态如图 5-18 所示。

(8) 再任意输入 5 条记录,使表中的总记录数达到 10 条。

按照同样的方法,输入其他记录。

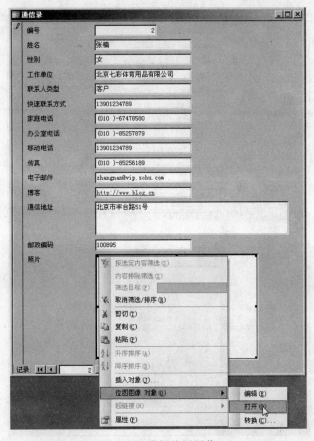

图 5-15　编辑位图图像

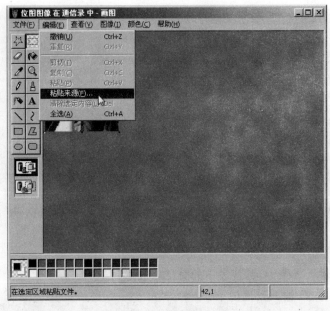

图 5-16　"粘贴来源"命令

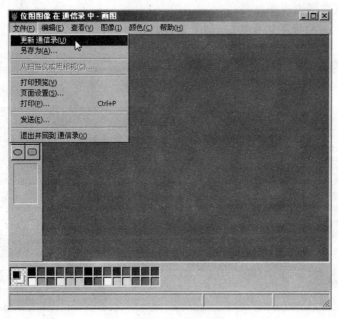

图 5-17 更新记录

![通信录窗口]

编号	1
姓名	李军
性别	女
工作单位	北京电力集团
联系人类型	客户
快速联系方式	13698751123
家庭电话	(010)-64777989
办公室电话	(010)-65698527
移动电话	13698751123
传真	(010)-64710123
电子邮件	lihui@sohgu.com
博客	
通信地址	北京市朝阳区湖光中街
邮政编码	100101
照片	

记录: ◄◄ ◄ 1 ► ►► ►* 共有记录数: 5

图 5-18 完成状态(单条记录)

（9）切换至数据表视图。

选择工具栏上的视图切换按钮，切换至数据表视图，如图 5-19 所示。

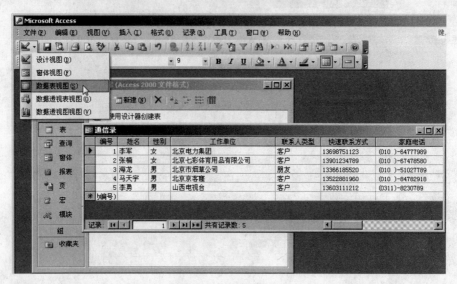

图 5-19　数据表视图

（10）参照样文，将数据表设置成如下格式：

- 行高：15 磅，列宽：最佳匹配。

① 选择"格式"→"行高"命令，在弹出的"行高"对话框中输入 15，单击"确定"按钮。

② 选择"格式"→"列宽"命令，在弹出的"列宽"对话框中，单击"最佳匹配"按钮。

- 字体：幼圆、字形：粗体、字号：五号、颜色：蓝色。

在数据表视图下，选择"格式"→"字体"命令，在弹出的"字体"对话框中设置为如图 5-20 所示格式。

图 5-20　设置文字格式

- 数据表格式：凸起。

在数据表视图下，选择"格式"→"数据表"命令，在弹出的"设置数据表格式"对话框中选择"单元格效果"为"凸起"，单击"确定"按钮，如图 5-21 所示。

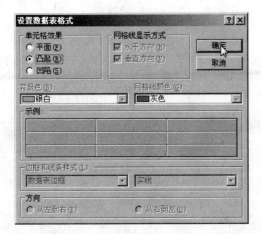

图 5-21 "设置数据表格式"对话框

5.2.4 课后作业

小王拥有一家手机配件商店,最近,各种手机配件需求很大,他经常因不能及时找到客户需要的配件而痛失商机。请协助他建立名称为"手机配件"的 Access 数据库以提高工作效率,提高利润。第一阶段需要建立一张基础的数据表,该表用来存储配件的基本信息,必须存储配件编号、配件名称、适用机型、售价、图片、库存数量等信息,请确定各字段的类型和主键;设置合理的字段输入掩码;美化数据表;输入 10 条记录,保存为"基本信息"。

5.3 实训2:使用数据筛选与排序

当数据量很大时,即使将所有记录存储在数据库的表中,通过数据表视图查找符合条件的记录还是相当困难的,本节的主要任务是掌握筛选数据的方法,涉及的知识点包括:
- 数据表排序。
- 按窗体筛选。
- 按选定内容筛选。
- 内容排除筛选。
- 高级筛选/排序。
- 取消筛选。

5.3.1 实训目标

- 对"通信录"数据表中的客户信息进行排序。
- 运用"按窗体筛选"筛选出所有的客户。
- 运用"按选定内容筛选"筛选出在北京工作的客户。
- 运用"内容排除筛选"筛选出不在北京工作的客户。

• 综合运用筛选、排序实现对筛选结果的排序。

5.3.2 实训步骤

(1) 打开在 5.2 节建立的“通信录数据库”。

(2) 将数据表设置为按照“姓名”降序排序,如图 5-22 所示。

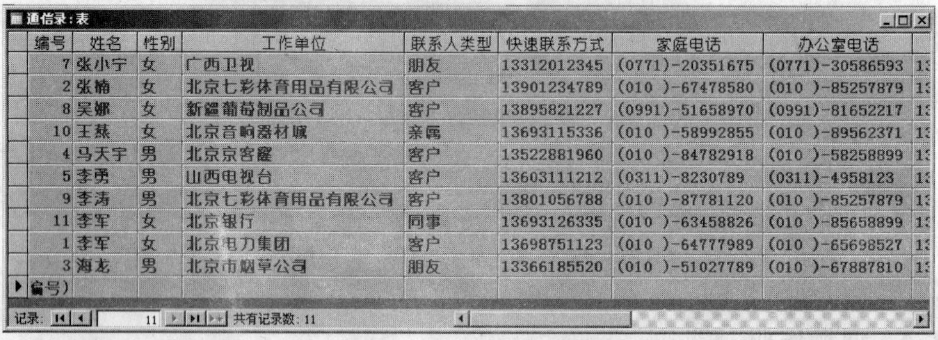

通信录：表

编号	姓名	性别	工作单位	联系人类型	快速联系方式	家庭电话	办公室电话
7	张小宁	女	广西卫视	朋友	13312012345	(0771)-20351675	(0771)-30586593
2	张楠	女	北京七彩体育用品有限公司	客户	13901234789	(010)-67478580	(010)-85257879
8	吴娜	女	新疆葡萄制品公司	客户	13895821227	(0991)-51658970	(0991)-81652217
10	王燕	女	北京音响器材城	亲属	13693115336	(010)-58992855	(010)-89562371
4	马天宇	男	北京京客隆	客户	13522881960	(010)-84782918	(010)-58258899
5	李勇	男	山西电视台	客户	13603111212	(0311)-8230789	(0311)-4958123
9	李涛	男	北京七彩体育用品有限公司	客户	13801056788	(010)-87781120	(010)-85257879
11	李军	女	北京银行	同事	13693126335	(010)-63458826	(010)-85658899
1	李军	女	北京电力集团	客户	13698751123	(010)-64777989	(010)-65698527
3	海龙	男	北京市烟草公司	朋友	13366185520	(010)-51027789	(010)-67887810

记录: 11 共有记录数: 11

图 5-22 按姓名降序排序

(3) 利用“按窗体筛选”功能,筛选出所有的客户,如图 5-23 所示。

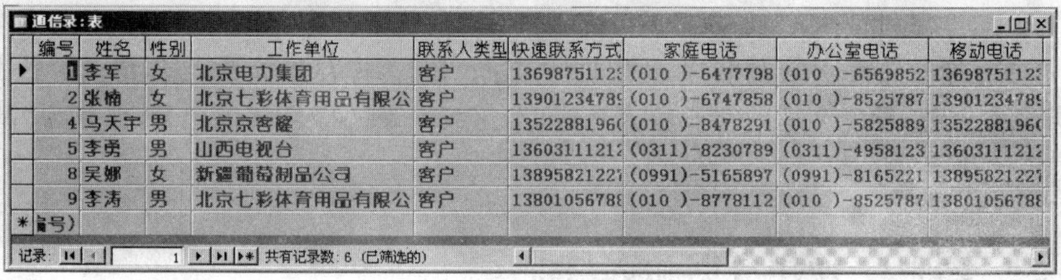

通信录：表

编号	姓名	性别	工作单位	联系人类型	快速联系方式	家庭电话	办公室电话	移动电话
1	李军	女	北京电力集团	客户	1369875112	(010)-6477798	(010)-6569852	1369875112
2	张楠	女	北京七彩体育用品有限公	客户	1390123478	(010)-6747858	(010)-8525787	1390123478
4	马天宇	男	北京京客隆	客户	1352288196	(010)-8478291	(010)-5825889	1352288196
5	李勇	男	山西电视台	客户	1360311121	(0311)-8230789	(0311)-4958123	1360311121
8	吴娜	女	新疆葡萄制品公司	客户	1389582122	(0991)-5165897	(0991)-8165221	1389582122
9	李涛	男	北京七彩体育用品有限公	客户	1380105678	(010)-8778112	(010)-8525787	1380105678

记录: 1 共有记录数: 6 (已筛选的)

图 5-23 筛选出所有的客户

(4) 筛选出所有工作单位在北京的记录,如图 5-24 所示。

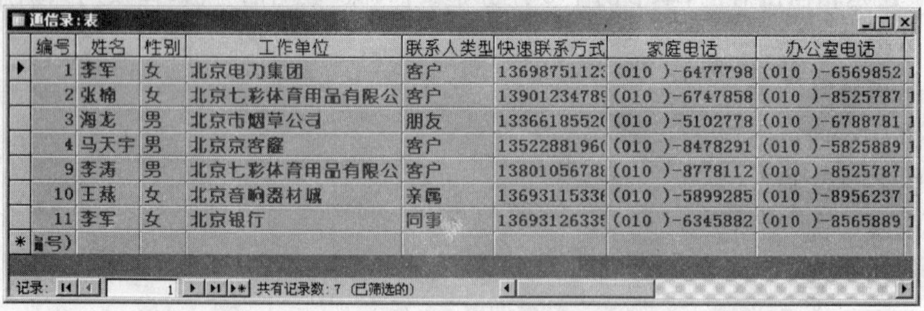

通信录：表

编号	姓名	性别	工作单位	联系人类型	快速联系方式	家庭电话	办公室电话
1	李军	女	北京电力集团	客户	1369875112	(010)-6477798	(010)-6569852
2	张楠	女	北京七彩体育用品有限公	客户	1390123478	(010)-6747858	(010)-8525787
3	海龙	男	北京市烟草公司	朋友	1336618552	(010)-5102778	(010)-6788781
4	马天宇	男	北京京客隆	客户	1352288196	(010)-8478291	(010)-5825889
9	李涛	男	北京七彩体育用品有限公	客户	1380105678	(010)-8778112	(010)-8525787
10	王燕	女	北京音响器材城	亲属	1369311533	(010)-5899285	(010)-8956237
11	李军	女	北京银行	同事	1369312633	(010)-6345882	(010)-8565889

记录: 1 共有记录数: 7 (已筛选的)

图 5-24 所有工作单位在北京的记录

(5) 筛选出所有工作单位不在北京的记录,如图 5-25 所示。

(6) 筛选出所有姓李的北京客户,并按照编号降序排序,如图 5-26 所示。

图 5-25　所有工作单位不在北京的记录

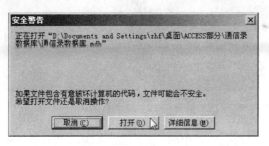

图 5-26　完成状态

5.3.3　实训提示

（1）打开在 5.2 节建立的"通信录数据库"。

双击"通信录数据库"文件，在系统弹出的"安全警告"对话框中选择"打开"按钮，如图 5-27 所示。

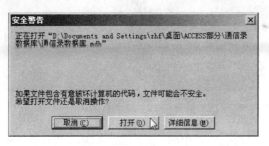

图 5-27　"安全警告"对话框

（2）将数据表设置为按照"姓名"降序排序。

① 在数据库窗口中选中"表"对象，双击打开"通信录"表。

② 选中"姓名"列，单击"记录"→"排序"→"降序排序"命令，如图 5-28 所示。

（3）利用"按窗体筛选"功能，筛选出所有的客户。

① 单击"记录"→"取消筛选/排序"命令，取消上一步的筛选结果。

② 单击"记录"→"筛选"→"按窗体筛选"命令，在"按窗体筛选"窗口中选择联系人类型为"客户"，单击工具栏上的"应用筛选"按钮，如图 5-29 所示。

（4）筛选出所有工作单位在北京的记录。

① 取消上一步的筛选结果。

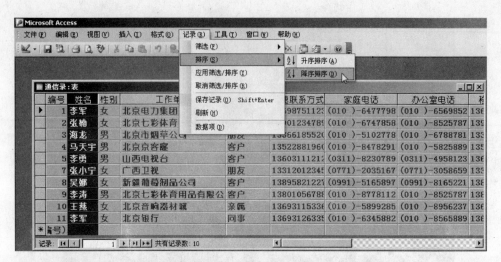

图 5-28　按姓名降序排序

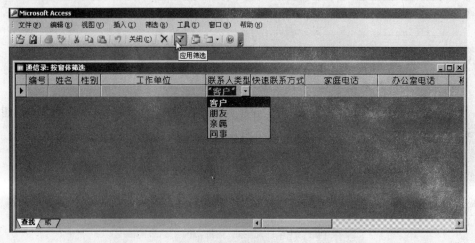

图 5-29　按窗体筛选

　　② 选中"工作单位"列(字段)中的"北京"二字,单击"记录"→"筛选"→"按选定内容筛选"命令,如图 5-30 所示。

　　(5) 筛选出所有工作单位不在北京的记录。

　　① 取消筛选结果。

　　② 选中"工作单位"列(字段)中的"北京"二字,单击"记录"→"筛选"→"内容排除筛选"命令。

　　(6) 筛选出所有姓李的北京客户,并按照编号降序排序。

　　① 取消筛选结果。

　　② 单击"记录"→"筛选"→"高级筛选/排序"命令。

　　③ 在筛选设计窗口中,拖曳"编号"字段至 QBE 网格第 1 列字段处,选择"排序"为"降序"。

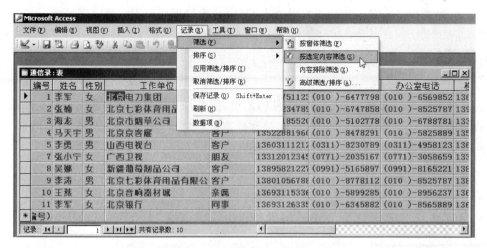

图 5-30　按选定内容筛选

④ 拖曳"姓名"字段至 QBE 网格第 2 列字段处,输入条件"Like "李 * ""。

⑤ 拖曳"工作单位"字段至 QBE 网格第 3 列字段处,输入条件"Like "北京 * ""。

⑥ 拖曳"联系人类型"字段至 QBE 网格第 4 列字段处,输入条件"客户"。

⑦ 单击工具栏上的"应用筛选"按钮,如图 5-31 所示。

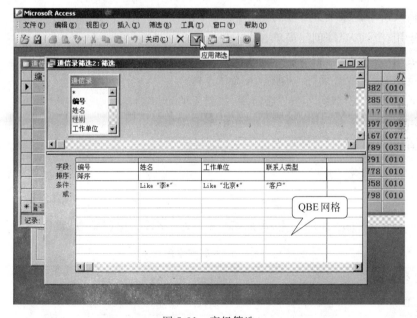

图 5-31　高级筛选

5.3.4　课后作业

针对"手机配件"数据库中的"基本信息"数据表完成如下操作:

(1) 首先按照"配件名称"进行升序排序,然后再按照"适用机型"进行降序排序。

（2）筛选出适合某一型号手机的所有配件，筛选结果按照库存量降序排序。

5.4 实训3：创建数据查询

通过筛选可以方便地找到符合条件的记录，但是每一张数据表只能保存一个筛选，使用查询可以按照不同的方式查看、更改和分析数据，也可以用查询作为窗体、报表和数据访问页的记录源，本节的主要任务是掌握查询的使用方法，涉及的知识点包括：

- 查询向导。
- 选择查询。
- 参数查询。
- 交叉表查询。
- 生成表查询。
- 更新查询。
- 删除查询。

5.4.1 实训目标

- 修改"通信录"表的结构，增加生日和年龄字段。
- 输入所有记录生日字段的内容。
- 运用"查询向导"创建简单查询。
- 运用"参数查询"创建联系方式快捷查询。
- 运用"交叉表查询"创建联系人统计查询。
- 运用"生产表查询"建立"通信录"数据表的备份。
- 运用"更新查询"实现所有记录年龄字段的更新。
- 运用"删除查询"清除所有的失效记录。

5.4.2 实训要求

（1）打开在5.2节建立的"通信录数据库"。

（2）修改"通信录"表的结构，增加两个新字段，字段名称和类型，如表5-2所示。

表 5-2 新增字段

字段名称	类型	字段长度	格式	说明
生日	日期/时间	默认	长日期	存储出生日期
年龄	数字	字节	默认	存储年龄

（3）参照实验数据（图5-32），更新已有记录"生日"字段的值。

（4）利用查询向导新建一个仅显示姓名、性别、工作单位、快速联系方式的查询，保存为"简易查询"，运行结果如图5-33所示。

（5）新建一个显示所有姓张和姓李客户的姓名、移动电话、电子邮件地址的查询，保

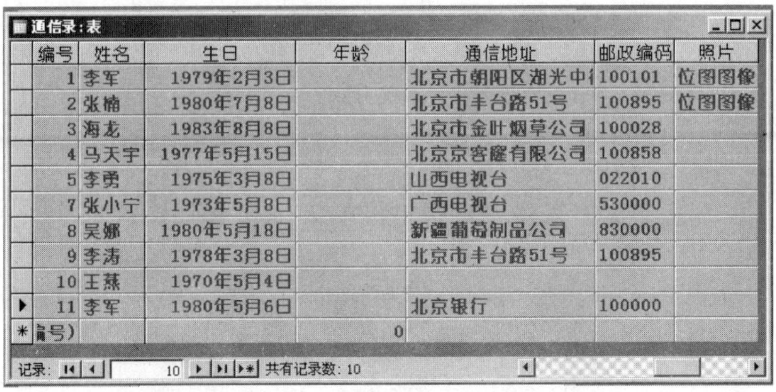

通信录：表

编号	姓名	生日	年龄	通信地址	邮政编码	照片
1	李军	1979年2月3日		北京市朝阳区湖光中	100101	位图图像
2	张楠	1980年7月8日		北京市丰台路51号	100895	位图图像
3	海龙	1983年8月8日		北京市金叶烟草公司	100028	
4	马天宇	1977年5月15日		北京京客隆有限公司	100858	
5	李勇	1975年3月8日		山西电视台	022010	
7	张小宁	1973年5月8日		广西电视台	530000	
8	吴娜	1980年5月18日		新疆葡萄制品公司	830000	
9	李涛	1978年3月8日		北京市丰台路51号	100895	
10	王燕	1970年5月4日				
11	李军	1980年5月6日		北京银行	100000	
编号)			0			

记录：10 共有记录数：10

图 5-32 更新生日字段

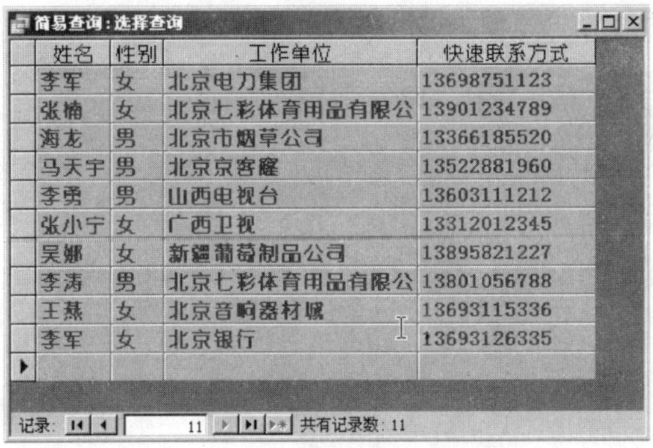

简易查询：选择查询

姓名	性别	工作单位	快速联系方式
李军	女	北京电力集团	13698751123
张楠	女	北京七彩体育用品有限公	13901234789
海龙	男	北京市烟草公司	13366185520
马天宇	男	北京京客隆	13522881960
李勇	男	山西电视台	13603111212
张小宁	女	广西卫视	13312012345
吴娜	女	新疆葡萄制品公司	13895821227
李涛	男	北京七彩体育用品有限公	13801056788
王燕	女	北京音响器材城	13693115336
李军	女	北京银行	13693126335

记录：11 共有记录数：11

图 5-33 “简易查询”运行结果

存为“客户查询 1”，运行结果如图 5-34 所示。

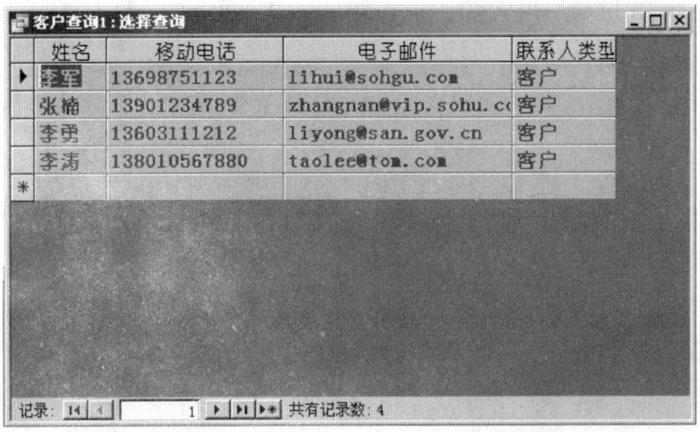

客户查询1：选择查询

姓名	移动电话	电子邮件	联系人类型
李军	13698751123	lihui@sohgu.com	客户
张楠	13901234789	zhangnan@vip.sohu.c	客户
李勇	13603111212	liyong@san.gov.cn	客户
李涛	138010567880	taolee@tom.com	客户

记录：1 共有记录数：4

图 5-34 “客户查询 1”运行结果

（6）新建一个输入姓名，可以显示联系人类型、快速联系方式的查询，保存为“联系方式快捷查询”，运行结果如图 5-35 所示。

（7）以工作单位为行来源、联系人类型为列来源、联系人个数为值，建立交叉表查询，保存为“联系人统计”，运行结果如图 5-36 所示。

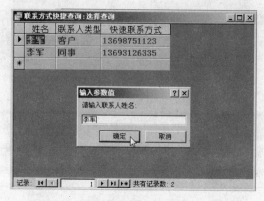

图 5-35　"联系方式快捷查询"运行结果

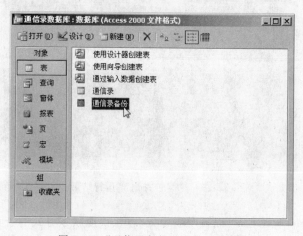

图 5-36　"联系人统计"运行结果

（8）新建一个可以将"通信录"表所有记录复制到同一数据库中的"通信录备份"表的查询，保存为"通信录备份查询"，运行结果如图 5-37 所示。

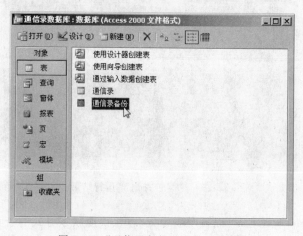

图 5-37　"通信录备份查询"运行结果

（9）新建一个更新查询，计算所有联系人的年龄，保存为"计算年龄"，运行结果如

图 5-38 所示。

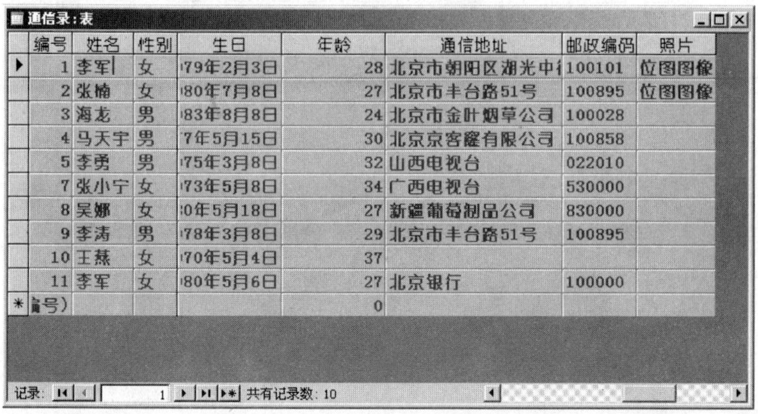
通信录：表

	编号	姓名	性别	生日	年龄	通信地址	邮政编码	照片
▶	1	李军	女	79年2月3日	28	北京市朝阳区湖光中街	100101	位图图像
	2	张楠	女	80年7月8日	27	北京市丰台路51号	100895	位图图像
	3	海龙	男	83年8月8日	24	北京市金叶烟草公司	100028	
	4	马天宇	男	7年5月15日	30	北京京客隆有限公司	100858	
	5	李勇	男	75年3月8日	32	山西电视台	022010	
	7	张小宁	女	73年5月8日	34	广西电视台	530000	
	8	吴娜	女	0年5月18日	27	新疆葡萄制品公司	830000	
	9	李涛	男	78年3月8日	29	北京市丰台路51号	100895	
	10	王燕	女	70年5月4日	37			
	11	李军	女	80年5月6日	27	北京银行	100000	
*	号)				0			

记录：1 共有记录数：10

图 5-38 “计算年龄”运行结果

（10）建立一个删除查询，删除“通信录备份”表中生日在 1977 年 1 月 1 日以前的记录，保存为“去掉失效记录”，运行结果如图 5-39 所示。

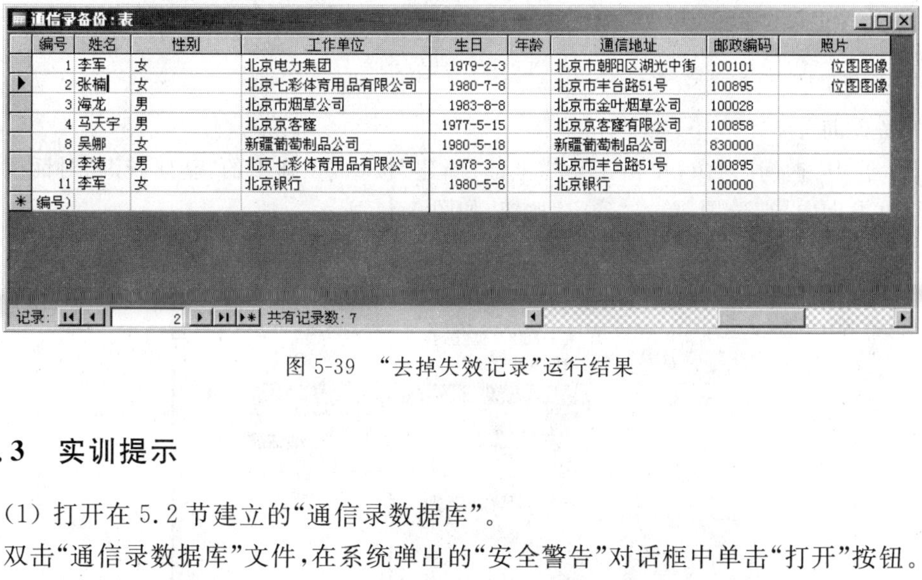
通信录备份：表

	编号	姓名	性别	工作单位	生日	年龄	通信地址	邮政编码	照片
	1	李军	女	北京电力集团	1979-2-3		北京市朝阳区湖光中街	100101	位图图像
▶	2	张楠	女	北京七彩体育用品有限公司	1980-7-8		北京市丰台路51号	100895	位图图像
	3	海龙	男	北京市烟草公司	1983-8-8		北京市金叶烟草公司	100028	
	4	马天宇	男	北京京客隆	1977-5-15		北京京客隆有限公司	100858	
	8	吴娜	女	新疆葡萄制品公司	1980-5-18		新疆葡萄制品公司	830000	
	9	李涛	男	北京七彩体育用品有限公司	1978-3-8		北京市丰台路51号	100895	
	11	李军	女	北京银行	1980-5-6		北京银行	100000	
*	编号)								

记录：2 共有记录数：7

图 5-39 “去掉失效记录”运行结果

5.4.3 实训提示

（1）打开在 5.2 节建立的“通信录数据库”。

双击“通信录数据库”文件，在系统弹出的“安全警告”对话框中单击“打开”按钮。

（2）修改“通信录”表的结构，增加两个新字段，字段名称和数据类型。

① 在数据库窗口中单击“表”对象，选中“通信录”表，右击，在弹出的快捷菜单中选择“设计视图”命令。

② 选中“通信地址”行，右击，在弹出的快捷菜单中选择“插入行”命令，插入生日字段（日期/时间类型，长日期格式）和年龄字段（数字型，字段大小为字节型），完成状态如图 5-40 所示。

（3）参照实验数据更新已有记录“生日”字段的值。

在数据表视图中，单击每条记录的生日字段，输入字段值。

（4）利用查询向导新建一个仅显示姓名、性别、工作单位、快速联系方式的查询，保存

图 5-40　插入字段

为"简易查询"。

①　选中"查询"对象,单击工具栏上的"新建"按钮,在弹出的"新建查询"对话框中选中"简单查询向导"选项,单击"确定"按钮,如图 5-41 所示。

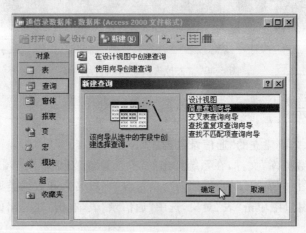

图 5-41　"新建查询"对话框

②　在"简单查询向导"对话框中,将姓名、性别、工作单位和快速联系方式添加至"选定的字段"列表框中,单击"下一步"按钮,如图 5-42 所示。

③　输入查询名称为"简易查询",单击"完成"按钮。

(5)　新建一个显示所有姓张和姓李客户的姓名、移动电话、电子邮件地址的查询,保

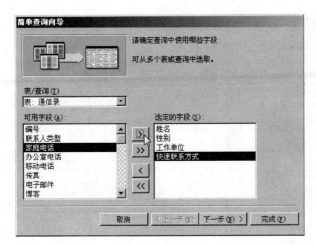

图 5-42　选择字段

存为"客户查询 1"。

　　① 选中"查询"对象，单击工具栏上的"新建"按钮，在弹出的"新建查询"对话框中选中"设计视图"，单击"确定"按钮。

　　② 添加"通信录"表至查询设计器中，如图 5-43 所示。

图 5-43　添加表

　　③ 依次拖曳表中的姓名、移动电话、电子邮件地址和联系人类型字段至 QBE 网格的字段处。

　　④ 在为姓名字段输入条件："Like "张 * ""或"Like "李 * ""。

　　⑤ 在为联系人类型字段输入条件："客户"或"客户"。

　　⑥ 设置联系人类型字段为不显示。

　　⑦ 单击工具栏上的"保存"按钮，在弹出的"另存为"对话框中输入"客户查询 1"，单击"确定"按钮，完成状态如图 5-44 所示。

　　⑧ 单击工具栏上的"运行"按钮执行查询。

　　(6) 新建一个输入姓名，可以显示联系人类型、快速联系方式的查询，保存为"联系方

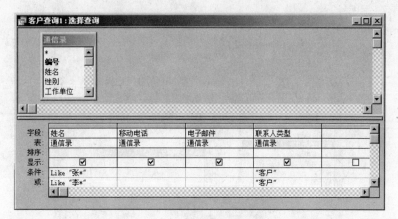

图 5-44　客户查询 1

式快捷查询"。

　　① 选中"查询"对象,单击工具栏上的"新建"按钮,在弹出的"新建查询"对话框中选中"设计视图",单击"确定"按钮。

　　② 添加"通信录"表至查询设计器中。

　　③ 依次拖曳姓名、联系人类型、快速联系方式字段至 QBE 网格中。

　　④ 为姓名字段输入条件"[请输入联系人姓名:]",单击工具栏上的"保存"按钮,在弹出的"另存为"对话框中输入"联系方式快捷查询",单击"确定"按钮,完成状态如图 5-45 所示。

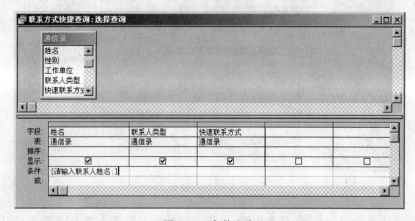

图 5-45　参数查询

　　⑤ 单击工具栏上的"运行"按钮进行查询测试,例如,在弹出的"输入参数值"对话框中输入"李军",将显示所有姓名为"李军"的记录的姓名、联系人类型和快速联系方式。

　　(7) 以工作单位为行来源、联系人类型为列来源、联系人个数为值,建立交叉表查询,保存为"联系人统计"。

　　① 选中"查询"对象,单击工具栏上的"新建"按钮,在弹出的"新建查询"对话框中选中"设计视图",单击"确定"按钮。

　　② 添加"通信录"表至查询设计器中。

③ 依次拖曳工作单位、联系人类型、编号字段至 QBE 网格中。

④ 选择"查询"→"交叉表查询"命令。

⑤ 选择工作单位字段的"交叉表"为"行标题"，联系人类型字段的"交叉表"为"列标题"，编号字段的"总计"为"计数"、"交叉表"为值，单击工具栏上的"保存"按钮，在弹出的"另存为"对话框中输入"联系人统计"，单击"确定"按钮，完成状态如图 5-46 所示。

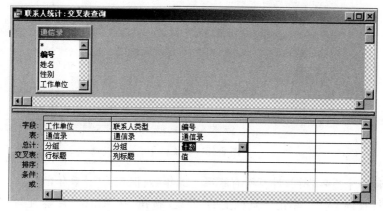

图 5-46　交叉表查询

⑥ 单击工具栏上的"运行"按钮进行查询测试，验证查询结果，例如，北京电力集团有1 名客户。

(8) 新建一个可以将"通信录"表所有记录复制到同一数据库中的"通信录备份"表的查询，保存为"备份查询"。

① 选中"查询"对象，单击工具栏上的"新建"按钮，在弹出的"新建查询"对话框中选中"设计视图"，单击"确定"按钮。

② 添加"通信录"表至查询设计器中。

③ 拖曳通信录表中的"＊"至 QBE 网格中。

④ 选择"查询"→"生成表查询"命令。

⑤ 在弹出的"生成表"对话框中输入表名称为"通信录备份"，单击"确定"按钮，如图 5-47 所示。

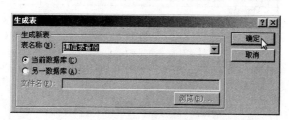

图 5-47　输入表名称

⑥ 单击工具栏上的"保存"按钮，在弹出的"另存为"对话框中输入"备份查询"，单击"确定"按钮。

⑦ 单击工具栏上的"运行"按钮进行查询测试，验证查询结果，在数据库窗口中单击

表对象,会发现生成了新表"通信录备份",如图 5-48 所示。

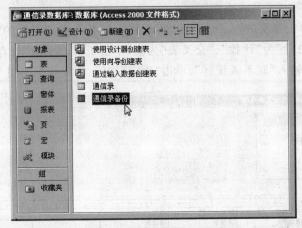

图 5-48　验证结果

(9) 新建一个更新查询,计算所有联系人的年龄,保存为"计算年龄"。

① 选中"查询"对象,单击工具栏上的"新建"按钮,在弹出的"新建查询"对话框中选中"设计视图",单击"确定"按钮。

② 添加"通信录"表至查询设计器中。

③ 拖曳通信录表中的"年龄"字段至 QBE 网格中。

④ 选择"查询"→"更新查询"命令。

⑤ 在年龄字段的"更新到"处右击,在弹出的快捷菜单中选择"生成器"命令。

⑥ 因为年龄＝当前年度－出生年度,并且 now 函数可以获得当前系统日期和时间,"生日"字段存储出生日期,所以更新值应该是一个由函数和字段组合而成的减法表达式。

⑦ 在弹出的"表达式生成器"对话框中双击"函数"节点,选中"内置函数"→"日期/时间"选项,找到具体的 Year 函数双击。

⑧ 在生成的表达式中选中 Year 函数括号中的"《number》",双击 Now 函数,如图 5-49 所示。

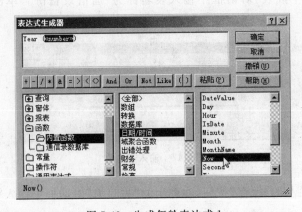

图 5-49　生成年龄表达式 1

⑨ 输入"Year(Now())"后,单击运算符按钮"一"。

⑩ 在"一"后再放入一个 Year 函数,选中括号中的"《number》",双击"表"节点,选中"通信录"子节点,双击"生日"字段,完成状态如图 5-50 所示。

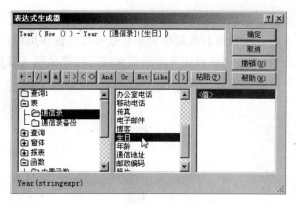

图 5-50　生成年龄表达式 2

⑪ 单击工具栏上的"保存"按钮,在弹出的"另存为"对话框中输入"计算年龄",单击"确定"按钮。

⑫ 单击工具栏上的"运行"按钮测试查询,验证查询结果,正确的结果是"通信录"表中的年龄字段被自动填充。

(10) 建立一个删除查询,删除"通信录备份"表中生日在 1977 年 1 月 1 日以前的记录,保存为"去掉失效记录"。

① 选中"查询"对象,单击工具栏上的"新建"按钮,在弹出的"新建查询"对话框中选中"设计视图",单击"确定"按钮。

② 添加"通信录备份"表至查询设计器中。

③ 拖曳通信录表中的"生日"字段至 QBE 网格中。

④ 在生日字段的"条件"处输入"<♯1977-1-1♯"。

⑤ 选择"查询"→"删除查询"命令。

⑥ 单击工具栏上的"保存"按钮,在弹出的"另存为"对话框中输入"去掉失效记录",单击"确定"按钮。

⑦ 单击工具栏上的"运行"按钮测试查询,验证查询结果,正确的结果是"通信录备份"表中所有生日在 1977 年 1 月 1 日以前的记录被删除。

5.4.4　课后作业

针对"手机配件"数据库中的"基本信息"数据表完成如下操作:

(1) 建立一个参数查询,输入适用机型可以查询到与其相对应的所有配件信息。

(2) 建立一个生产表查询,为"基本信息"表建立备份。

(3) 建立一个更新查询,实现所有配件价格上涨 5%。

5.5 实训 4：创建数据窗体

采用数据表视图显示记录比较清晰，但是形式单一、人性化程度差，窗体是一种主要用于在数据库中输入和显示数据的数据库对象。也可以将窗体用作切换面板来打开数据库中的其他窗体和报表，或者用作自定义对话框来接受用户的输入及根据输入执行操作，本节的主要任务是掌握窗体的建立方法，涉及的知识点包括：

- 自动窗体。
- 窗体向导。
- 窗体视图。
- 窗体属性设置。
- 控件属性设置。

5.5.1 实训目标

- 运用"窗体向导"创建单位联系人窗体。
- 运用"自动窗体"创建纵栏式窗体。
- 修改已经存在的窗体，为其添加按钮，设置控件属性。
- 运用"控件向导"设置按钮的功能。

5.5.2 实训步骤

（1）打开在 5.2 节建立的"通信录数据库"。

（2）利用窗体向导建立一个显示工作单位、联系人类型、办公室电话和传真的纵栏式、水墨画窗体，命名为"单位联系人"，如图 5-51 所示。

图 5-51 "单位联系人"窗体

（3）使用"自动创建窗体：纵栏式"创建一个窗体，命名为"通信录"，如图 5-52 所示。

（4）修改"通信录"窗体，隐藏记录选择器和导航按钮，添加如下按钮：

- 上一条记录。
- 下一条记录。
- 首记录。
- 尾记录。
- 添加记录。

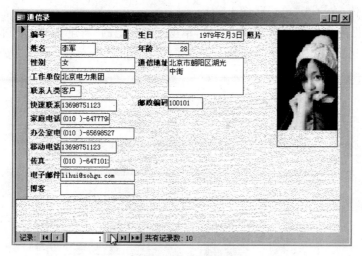

图 5-52　自动创建的"通信录"窗体

- 删除记录。
- 保存记录。
- 撤销操作。
- 查找记录。
- 关闭。

完成状态如图 5-53 所示。

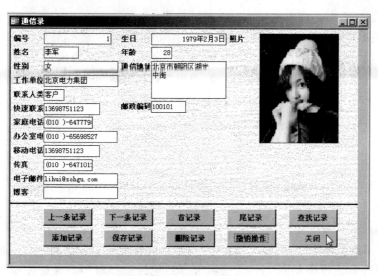

图 5-53　修改后的"通信录"窗体

5.5.3　实训提示

（1）打开在 5.2 节建立的"通信录数据库"。

（2）利用窗体向导建立一个显示工作单位、联系人类型、办公室电话和传真的纵栏式、水墨画窗体,命名为"单位联系人"。

① 在数据库窗口中选中"窗体"对象,单击工具栏上的"新建"按钮,在弹出的"新建窗体"对话框中选中"窗体向导",选择数据来源为"通信录",单击"确定"按钮,如图 5-54 所示。

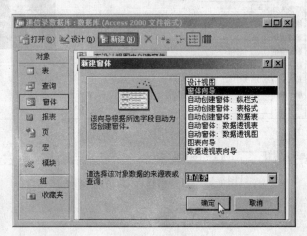

图 5-54　新建窗体

② 在"窗体向导"对话框中将工作单位、联系人类型、办公室电话和传真字段添加至"选定的字段"列表框中,单击"下一步"按钮。

③ 选择窗体布局为"纵栏表",单击"下一步"按钮。

④ 选择样式为"水墨画",单击"下一步"按钮。

⑤ 指定窗体的标题为"单位联系人",选中"打开窗体查看或录入信息",单击"完成"按钮。

（3）使用"自动创建窗体:纵栏式"创建一个窗体,命名为"通信录"。

① 在数据库窗口中选中"窗体"对象,单击工具栏上的"新建"按钮,在弹出的"新建窗体"对话框中,选中"自动创建窗体:纵栏式",选择数据来源为"通信录",单击"确定"按钮。

② 单击工具栏上的"保存"按钮,在弹出的"另存为"对话框中,输入名称"通信录",单击"确定"按钮。

（4）修改"通信录"窗体,隐藏记录选择器和导航按钮,添加如下按钮:

① 在数据库窗口中,单击"窗体"对象,选中"通信录"窗体,右击,在弹出的快捷菜单中选择"设计视图"命令。

② 在"窗体设计器"的灰色区域右击,在弹出的快捷菜单中选择"属性"命令,在弹出的"窗体"属性对话框中单击"全部"选项卡,将"记录选择器"和"导航按钮"的值设置为"否",如图 5-55 所示。

• 上一条记录。

① 单击工具栏上的"工具箱"按钮 ,显示出工具箱。

② 单击"工具箱"中的"控件向导"按钮 ,选中窗体页脚,单击"工具箱"中的"命令按钮"控件,在"窗体页脚"处绘制命令按钮,如图 5-56 所示。

图 5-55 设置窗体属性

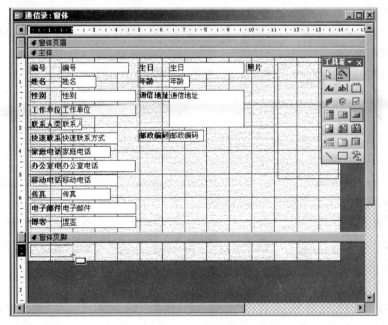

图 5-56 绘制按钮

③ 在弹出的"命令按钮向导"对话框中,选择"记录导航"类别中的"转至前一项记录"操作,单击"下一步"按钮,如图 5-57 所示。

④ 在"命令按钮向导"对话框中,单击"文本"单选按钮,输入文字"上一条记录",单击

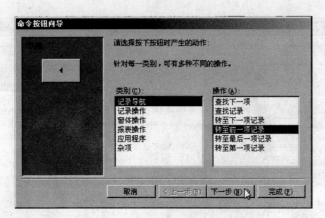

图 5-57　设置按钮命令

"下一步"按钮。

⑤ 指定按钮的名称为 cmdNext 后,单击"完成"按钮,保存窗体。

• 下一条记录。

① 单击"工具箱"中的"控件向导"按钮 ，选中窗体页脚,单击"工具箱"中的"命令按钮"控件,在"窗体页脚"处绘制命令按钮。

② 在弹出的"命令按钮向导"对话框中,选择"记录导航"类别中的"转至下一项记录"操作,单击"下一步"按钮。

③ 在"命令按钮向导"对话框中,单击"文本"单选按钮,输入文字"下一条记录",单击"下一步"按钮。

④ 指定按钮的名称为 cmdPrev 后,单击"完成"按钮,保存窗体。

• 首记录。

绘制命令按钮,选择"记录导航"类别中的"转至第一项记录",输入文本"首记录",指定按钮的名称为 cmdFirst,保存窗体。

• 尾记录。

绘制命令按钮,选择"记录导航"类别中的"转至最后一项记录",输入文本"尾记录",指定按钮的名称为 cmdLast,保存窗体。

• 添加记录。

绘制命令按钮,选择"记录操作"类别中的"添加新记录",输入文字"添加记录",指定按钮的名称为 cmdAddNew,保存窗体。

• 删除记录。

绘制命令按钮,选择"记录操作"类别中的"删除记录",输入文字"删除记录",指定按钮的名称为 cmdDelete,保存窗体。

• 保存记录。

绘制命令按钮,选择"记录操作"类别中的"保存记录",输入文字"保存记录",指定按钮的名称为 cmdSave,保存窗体。

• 撤销操作。

绘制命令按钮,选择"记录操作"类别中的"撤销记录",输入文字"撤销操作",指定按钮的名称为 cmdUndo,保存窗体。

• 查找记录。

绘制命令按钮,选择"记录导航"类别中的"查找记录",输入文字"查找记录",指定按钮的名称为 cmdSearch,保存窗体。

• 关闭。

绘制命令按钮,选择"窗体操作"类别中的"关闭窗体",输入文字"关闭",指定按钮的名称为 cmdClose,保存窗体。

• 排列、分布按钮。

① 在设计视图下,选中"通信录"窗体,将鼠标移至右下角,按住鼠标左键拖曳,将窗体大小调整到合适状态。

② 将每个按钮的宽度和高度调整到合适状态,使文字显示为一行,按住键盘上的 Shift 键,连续选中全部的按钮,选择"格式"→"大小"→"至最高"命令和"格式"→"大小"→"至最宽"命令。

③ 将按钮等量排列为两行,借助"格式"菜单中的"水平间距"命令、"垂直间距"命令和"对齐"命令,可使其分布整齐,完成状态如图 5-58 所示。

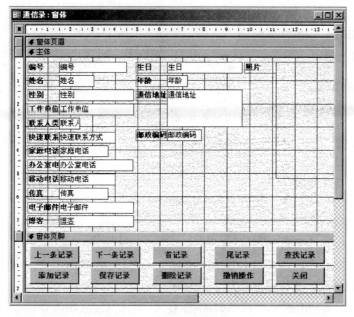

图 5-58　完成状态

5.5.4　课后作业

针对"手机配件"数据库中的"基本信息"数据表完成如下操作:

(1) 首先利用自动窗体创建一个纵栏式窗体,包含全部字段。

（2）修改自动建立的窗体，隐藏系统默认的记录导航器。

（3）在窗体页脚处创建上一个配件、下一个配件、第一个配件、最后一个配件、查找配件、添加配件、保存、删除配件、撤销和关闭按钮。

5.6 实训5：创建数据报表

数据表视图、数据查询和窗体对象可以清楚地在计算机屏幕上显示数据，报表是以打印格式展示数据的一种有效方式，用户能够控制报表上所有内容的大小和外观。本节的主要任务是掌握报表的创建方法，涉及的知识点包括：

- 报表向导。
- 在报表中使用分组。
- 报表数据排序。
- 报表视图。
- 报表控件。

5.6.1 实训目标

- 运用"报表向导"创建分组显示的报表。
- 运用"套用样式"修饰报表。
- 设置报表上的控件属性。
- 制作信封报表。

5.6.2 实训步骤

（1）打开在5.2节建立的"通信录数据库"。

（2）建立一个含有工作单位、姓名、性别、联系人类型和快速联系方式的报表，具体要求如下：

- 按照工作单位分组显示。
- 在同一工作单位中按照姓名降序排序。
- 套用"组织格式"。
- 将报表保存为"联系人"。
- 修改标签和字段使之完全显示。

完成状态如图5-59所示。

（3）建立如图5-60所示格式的报表，保存为"信封"，完成状态如图5-61所示。

5.6.3 实训提示

（1）打开在5.2节建立的"通信录数据库"。

（2）建立一个含有工作单位、姓名、性别、联系人类型和快速联系方式的报表，具体要求如下：

联系人

工作单位		北京电力集团	
姓名	性别	联系人类型	快速联系方式
牛军	女	客户	13598751123

工作单位		北京京客隆	
姓名	性别	联系人类型	快速联系方式
马天容	男	客户	13522881960

工作单位		北京七彩体育用品有限公司	
姓名	性别	联系人类型	快速联系方式
牛海	男	客户	13801056788
张坤	女	客户	13901234789

工作单位		北京市烟草公司	
姓名	性别	联系人类型	快速联系方式
尚龙	男	朋友	13366185520

工作单位		北京音响器材城	
姓名	性别	联系人类型	快速联系方式
王燕	女	朋风	13593115336

工作单位		北京银行	
姓名	性别	联系人类型	快速联系方式
牛军	女	同事	13593126335

工作单位		广西卫视	
姓名	性别	联系人类型	快速联系方式
张小宁	女	朋友	13312012345

工作单位		山西电视台	
姓名	性别	联系人类型	快速联系方式
牛勇	男	客户	13503111212

工作单位		新疆瑜奇制品公司	
姓名	性别	联系人类型	快速联系方式
吴娟	女	客户	13395821227

图 5-59 "联系人"报表

```
邮政编码

    通信地址

        姓名 （收）

            以：北京旺财科技公司

                    100888
```

图 5-60 报表格式要求

```
        100101
          北京市朝阳区湖光中街

                       李军      收

                              以：北京旺财科技公司

        100895
          北京市丰台路51号

                       张楠      收

                              以：北京旺财科技公司

        100028
          北京市金叶烟草公司

                       海龙      收

                              以：北京旺财科技公司

        100858
          北京京客隆有限公司

                       马天宇    收

                              以：北京旺财科技公司
```

图 5-61 "信封"报表

- 按照工作单位分组显示。

① 选中数据库窗口中的"报表"对象,单击工具栏上的"新建"按钮,在弹出的"新建报表"对话框中,选中"报表向导"选项,选择数据来源为"通信录",单击"确定"按钮,如图 5-62 所示。

② 在"报表向导"对话框中将工作单位、姓名、性别、联系人类型和快速联系方式字段添加至"选定的字段"列表框中,单击"下一步"按钮。

③ 添加"工作单位"为分组级别,单击"下一步"按钮,如图 5-63 所示。

- 在同一工作单位中按照姓名降序排序。

① 在"报表向导"对话框中的"排序次序"页中选择"排序字段 1"为姓名,单击"下一步"按钮,如图 5-64 所示。

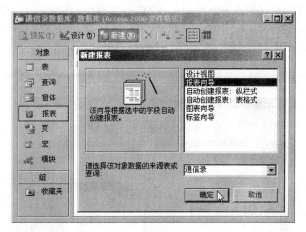

图 5-62　新建报表

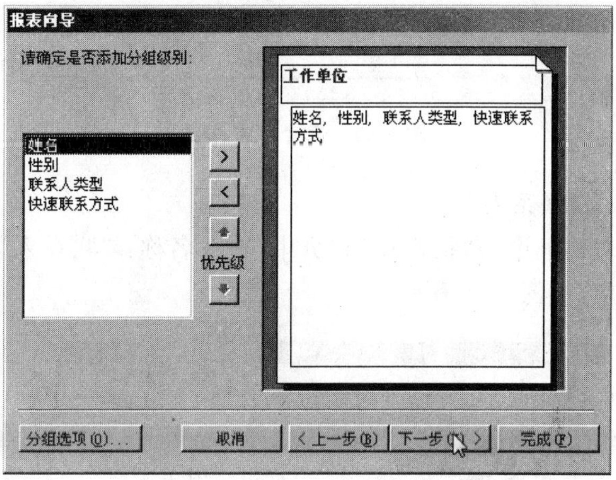

图 5-63　添加分组级别

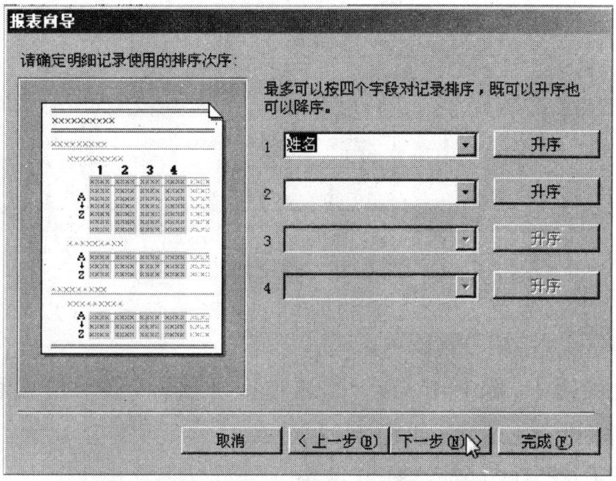

图 5-64　设置明细记录排序方式

② 在"报表向导"对话框中的"布局方式"页中选择"分级显示1",单击"下一步"按钮。

- 套用"组织格式"。

在"报表向导"对话框中的"样式"页中选择"组织",单击"下一步"按钮,如图 5-65 所示。

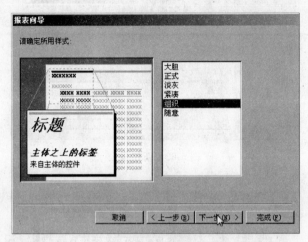

图 5-65　设置报表样式

- 将报表保存为"联系人"。

在"报表向导"对话框中的"指定标题"页中,输入名称:"联系人",选中"修改报表设计",单击"完成"按钮,如图 5-66 所示。

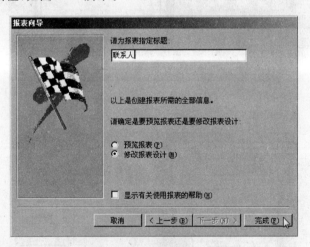

图 5-66　指定标题

- 修改标签和字段使之完全显示。

① 在报表设计视图中,选中相关控件,通过拖动鼠标,移动位置和调整大小,使布局合理能够显示出字段的全部内容,如图 5-67 所示。

② 单击工具栏上的"打印预览"预览报表。

(3)建立如图 5-60 所示格式的报表。

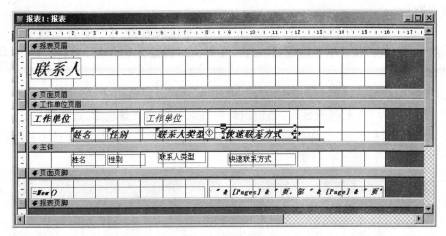

图 5-67　调整控件大小

① 选中数据库窗口中的"报表"对象,单击工具栏上的"新建"按钮,在弹出的"新建报表"对话框中,选中"设计视图",选择数据来源为"通信录",单击"确定"按钮。

② 单击工具栏上的"字段列表"和"工具箱"按钮,将"主体"与"页面页眉"之间的间隙调整为 0,选中"主体",右击,在弹出的快捷菜单中选择"填充/背景色"→"淡黄"命令,如图 5-68 所示。

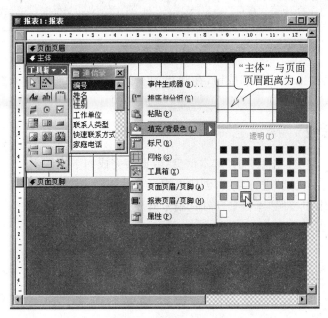

图 5-68　报表设计视图

③ 拖曳"字段列表"中的"邮政编码"字段至"主体"左上角,将鼠标移至"邮政编码"标签左上角的黑色方块上,当鼠标指针变为 时,单击选中,按键盘上的 Delete 键,将标签删除。

④ 按照类似方法,拖曳"字段列表"中的"通信地址"、"姓名"字段至"主体"相应位置,

将标签删除。

⑤ 单击"工具箱"中的标签控件 **Aa**，在"姓名"字段的右侧，按住鼠标左键绘制一个实例，将标题改为"收"移动至合适位置，右击，在弹出的快捷菜单中选择"属性"命令，设置字体、字形和字号。

⑥ 按照类似的方法绘制两个标签，显示"以：北京旺财科技公司"和100888。

⑦ 设置"主体"中的邮政编码、通信地址和姓名字段的背景色为"透明"。

⑧ 单击工具栏上的"打印预览"按钮，预览报表，根据需要返回设计视图，修改字体、字号和控件大小等，完成状态如图 5-69 所示。

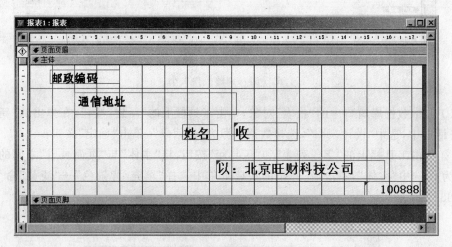

图 5-69　完成状态

⑨ 单击工具栏上的"保存"按钮，在弹出的"另存为"对话框中输入"信封"，单击"确定"按钮。

5.6.4　课后作业

针对"手机配件"数据库中的"基本信息"数据表完成如下操作：

(1) 按照"适用机型"进行分组，创建报表。

(2) 每个分组中按照"库存量"降序、编号升序排序。

(3) 美化报表。

第6章

上网浏览

　　能网上漫游的前提是计算机能够接入 Internet，其次就是要使用合适的浏览器。浏览器有很多，目前常用浏览软件有 Internet Explorer、Netscape 等，用得最多的就是 Internet Explorer，简称 IE。它是 Microsoft 公司推出的一种免费浏览器软件。

6.1　Internet Explorer 简介

6.1.1　功能简介

　　Microsoft 公司开发的 Internet Explorer 是综合性的网上浏览软件，是使用最广泛的一种 WWW 浏览器，也是访问 Internet 必不可少的一种工具。简体中文版 IE 6.0 浏览器发布于 2002 年 9 月，适用于 Windows 2000、Windows XP 等主要操作系统，IE 6.0 是浏览器市场占有率最高的浏览器，IE 6.0 浏览器可在 Microsoft 官方网站免费下载。尽管简体中文版 IE 7 浏览器于 2006 年 12 月正式发布并可免费下载，不过目前简体中文版 IE 6.0 浏览器用户是主流。Internet Explorer 是一个开放式的 Internet 集成软件，由多个具有不同网络功能的软件组成。集成在 Windows 操作系统中，使 Internet 成为与桌面不可分的一部分，这种集成性与最新的 Web 智能化搜索工具的结合，使用户可以得到与喜爱的主题有关的信息。使用 IE 浏览器，用户会有大量的扩展功能插件以供选择，也能够保证用户看到的是网页作者想要表现的效果，不必担心网页与浏览器兼容性方面的问题。Internet Explorer 还配置了一些特有的应用程序，具有浏览、发信、下载软件等多种网络功能。

　　为了方便快捷上网浏览网页，应学会使用 Internet Explorer 浏览器软件的常用按钮，主要按钮的功能如下：

- "主页"按钮——单击"主页"按钮可返回每次启动 Internet Explorer 时显示的网页。
- "后退"按钮——单击"后退"按钮可返回到刚刚查看过的网页。
- "前进"按钮——单击"前进"按钮可查看在单击"后退"按钮前查看的网页。
- "停止"按钮——如果查看的网页打开速度太慢，请单击"停止"按钮。

- "刷新"按钮——如果看到网页无法显示的内容,或者想获得最新版本的网页,请单击"刷新"按钮。
- "收藏夹"按钮——单击"收藏夹"按钮可从收藏夹列表中选择站点。
- "历史"按钮——单击"历史"按钮可从最近访问过的站点列表中选择站点。历史记录列表同时显示计算机上以前查看过的文件和文件夹。

6.1.2　网址的含义

　　用户了解了 IE 浏览器的主要功能后,有必要了解"什么是网址"。网址是网络上用来标识网站的,就像我们的家的住址一样,每一个网站也都有一个网址,用来标识它在 Internet 上的位置。一般来说,网址由 4 部分组成,彼此之间用小点隔开,这 4 部分各有含义,就拿北京大学的网址 www.pku.edu.cn 来说吧,其中的 www 是万维网(Word Wide Web)。它表示通过 www 方式来访问这个网站;pku 是区别不同网站的依据,也是与网站的名字相关的一个标识,在其他 3 部分不变的情况下,更改这个词,代表的就是不同的网站了。

　　例如:www.pku.edu.cn 是北京大学的网址,www.tsinghua.edu.cn 就是清华大学的网址了。

　　至于 edu,则表示这个网站的性质,edu 是说这个网站属于教育网站。如果这个位置上是 com,像 www.sohu.com.cn 或者 www.sina.com.cn,就说这个网站是个商业网站;org 是非赢利组织的网站,比如水木清华站的 www 网址 smth.org。常用的不同网站标识类别如表 6-1 所示。

表 6-1　网站标识的类别

com	商业机构	edu	教育机构
net	网络机构	ac	科研机构
gov	政府部门	mil	军事网站
org	非赢利性组织		

　　网址中最后一段的,如 cn 表示这个网址是在中国注册的,像 hk 这样的后缀就表示是在中国香港地区注册的,fr 表示法国,uk 表示英国等。

　　例外的是在美国注册的网站就没有这个后缀,因为网络从美国开始发展的,所以就把缺少后缀默认为美国了。其他国家的代码如表 6-2 所示。

表 6-2　国家的代码

cn	中国	uk	英国
ru	俄罗斯	de	德国
ca	加拿大	fr	法国
jp	日本		

所以,www.cctv.com.cn 表示这是一个通过 www 方式来访问的网站,网站的名称是 CCTV,属于商业网站,注册地是中国。用户在今后的上网中,可能会见到一些与前面介绍过的规则不一致的网址,不要感到奇怪,因为各个国家都有自己的域名管理机构,相互之间出现一些混乱也是难免的。

6.1.3　情景模拟

在 Internet 上,可以用浏览器在网上冲浪,与身在远方的亲人朋友互相收发电子邮件,在线视频聊天;通过网上购物功能足不出户就能轻松快捷地购买到从日用百货到书籍、家电等各种用品,同时 Internet 还是娱乐不夜城,人们可以在线与不同的朋友玩游戏,参加虚拟网上社区活动等。总之,在 Internet 时代,人类可以尽情地享受 Internet 带来的快捷与便利。以下主要介绍上网浏览的具体细节。

6.2　实训1：浏览 Internet,实现超链接

现在就来看看怎样用浏览器浏览网页以及如何实现超链接。

6.2.1　实训目标

- 利用 IE 6.0 浏览网页。
- 使用地址栏打开网页。
- 使用超链接浏览网页。
- 使用导航按钮浏览网页。

6.2.2　实训步骤

(1) 启动 Internet Explorer 6.0 浏览器,启动方式可双击桌面上的浏览器图标，也可以单击任务栏中快速启动区上的浏览器图标，或者单击"开始"→"程序"→Internet Explorer 命令。具体的操作方法如下:
- 双击桌面上 IE 的图标,IE 的图标是一个蓝色的英文字母 e。
- 单击任务栏的"快捷启动"里的 Internet Explorer 6 图标,与上相同是一个蓝色的英文字母 e。
- 单击"开始"→"程序"→Internet Explorer 命令,如图 6-1 所示。

(2) IE 启动后,就会自动打开 Microsoft 公司的主页,这是 IE 的默认起始页,也叫"主页",如图 6-2 所示。

(3) 运行 Internet Explorer 6.0 后,在地址栏中输入北京大学网址 www.pku.edu.cn,即可打开北京大学的主页,如图 6-3 所示,该窗口由菜单栏、地址栏、工具栏、状态栏和网页显示区等部分组成。

该窗口中各组成部分的功能简单介绍如下:
- 菜单栏——列出了用 IE 窗口操作的所有命令。

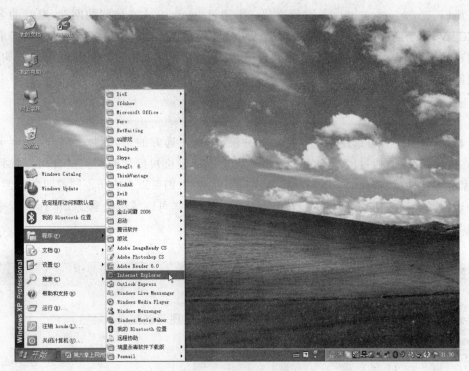

图 6-1　利用"开始"菜单启动 Internet Explorer 6.0

图 6-2　Microsoft 公司的主页

图 6-3　北京大学主页

- 地址栏——显示当前网站地址。单击右侧的下拉按钮可显示用户曾经访问过的网站地址列表，可以从中选取所需要的网站地址，提高效率。
- 工具栏——包含用于 IE 操作的按钮。单击某一按钮，可完成菜单栏中对应命令的操作。
- 状态栏——显示当前操作的状态，其中的内容是动态的。例如，指向某链接对象时，状态栏左侧将显示对应的网址。
- 页面显示区——显示有关当前网页的内容。

（4）使用地址栏打开网页。

- 最常用的方法是在地址栏中直接输入网页的地址，如输入北京大学的主页网址 http：//www.pku.edu.cn，按回车键，即可进入北京大学的主页，如图 6-4 所示。
- 用户曾经在地址栏中输入过某个网页的网址，如果再次输入这个网址的前一个或几个字符时，浏览器就会自动在地址栏下面显示一个列表，如图 6-5 所示。其中显示了曾输入过的所有相近的网址，用户选择想要的网址即可进入该网站，这就是地址栏的自动完成功能。
- 用户还可以通过单击地址栏右侧的下拉按钮，在弹出的下拉列表中选择浏览器自动保存网址，如图 6-6 所示，确认选择后也可以进入相应的网站主页，这主要是运用了地址栏的历史记录功能。
- 用户也可以通过单击"开始"→"运行"命令，在弹出的"运行"对话框中输入网页的地址，如图 6-7 所示，单击"确定"按钮后即可打开相应的网页。

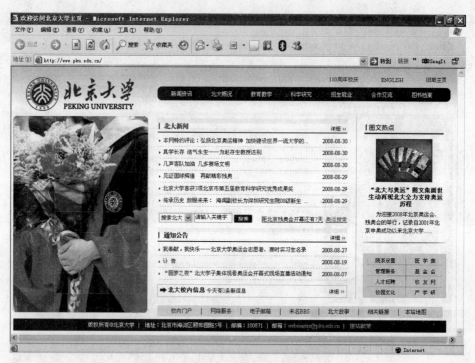

图 6-4　使用地址栏打开网页

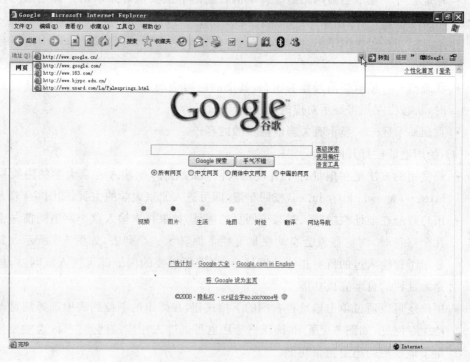

图 6-5　使用地址栏输入自动完成功能打开网页

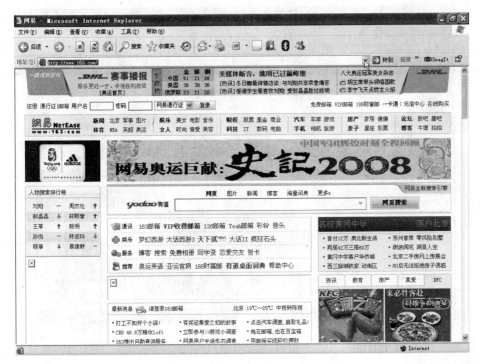

图 6-6　使用地址栏的历史记录功能打开网页

（5）使用超链接浏览网页。

- 超链接就是存在于网页中的一段文字或图像，通过单击这一段文字或图像，可以跳转到别的网页或网页中的另一个位置。超链接广泛地应用在网页中，为用户提供了方便、快捷的访问手段。

图 6-7　"运行"对话框

- 将鼠标指针停留在有超链接功能的文字或图像上时，鼠标指针将变成👆形状，如图 6-8 所示。

- 单击该超链接即可进入所示链接的网页，如图 6-9 所示。

（6）使用导航按钮浏览网页。

- Internet Explorer 6.0 浏览器工具栏最左侧的 5 个按钮就是导航按钮，如图 6-10 所示。在浏览过程中要频繁用到这 5 个导航按钮，前面已分别介绍过 5 个按钮的各自功能，用户只要上机练习就可以掌握使用方法。

6.2.3　实训提示

如果需要安装 Internet Explorer 6.0 或升级 Internet Explorer 6.0 的补丁，可以直接到 Microsoft 公司的网站上去下载，会得到免费的而且是最新的版本或补丁。

图 6-8 单击超链接对象

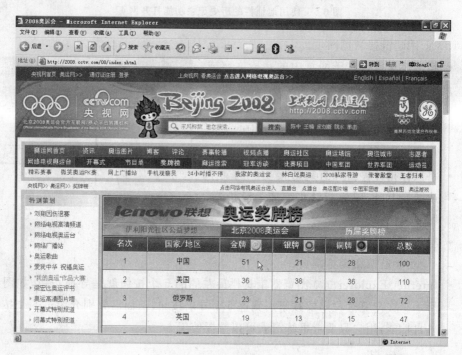

图 6-9 进入链接的网页

图 6-10 导航按钮

6.3 实训2：把网页保存到硬盘

在浏览网页时，对于有价值的资料，总希望能长久保存下来，以便在需要的时候能够非常快速地找到。

6.3.1 实训目标

- 保存网页。
- 保存图片。
- 保存某段文字。
- 打印网页。

6.3.2 实训步骤

如果有些网页中的精彩图片和文字内容觉得不错，想在不上网的时候也能欣赏，方法很简单，可以把图片和文字保存下来，或者干脆把整个页面保存到硬盘上，具体操作方法如下：

（1）比如在"地址"栏中输入 http://2008.cctv.com/，按回车键，如图 6-11 所示。

图 6-11　央视奥运网站

（2）在当前网页下单击"文件"→"另存为"命令，如图 6-12 所示。单击后，将出现"保存 Web 网页"对话框，选择想保存的位置，然后单击"保存"按钮就行了。

在浏览 Web 网页时，常有许多漂亮的图片或图像需要保存。如果用保存网页的方法来保存图片，占用的硬盘空间太大，其实，还可以采用如下的方法来单独保存图片。

移动鼠标指针到需要保存的图片上,右击,将弹出如图 6-13 所示的快捷菜单,在该快捷菜单中单击"图片另存为"命令,系统将弹出"保存图片"对话框,如图 6-14 所示,设置各项参数后单击"保存"按钮,可以将该图片保存到硬盘上。

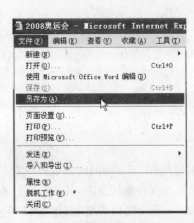

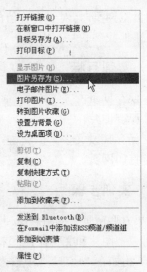

图 6-12　保存 Web 网页

图 6-13　快捷菜单

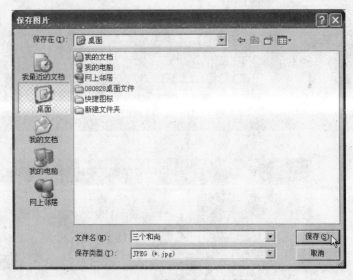

图 6-14　"保存图片"对话框

记住刚才在硬盘上存放的页面和图片的位置,下次在想欣赏的时候,在硬盘中找到这些图片和页面文件,双击这些文件就行了,如刚才另存一张"三个和尚"的图片,是用户本人便于记忆起的图片名字——"三个和尚",同时存放的位置在计算机的桌面上,当需要查看时双击即可打开,最好不要保存在桌面上。

在保存页面时,IE 是把整个页面完完整整地保存下来,比较费时间。如果只保存文字就非常快,比如说只想保存北京小吃的第一、二段文字,如图 6-15 所示。

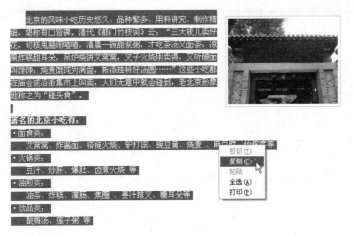

图 6-15　复制网页中的文字

　　把鼠标移动到所需要文字的第一个字面上,然后按下鼠标左键,不要松开,接下来把鼠标拖到所需要文字最后一个字的后面,使所需要的文字变成蓝色反白。

　　接着松开鼠标左键,移动鼠标到蓝色文字的上方,再右击,在弹出的快捷菜单中单击"复制"命令即可。

　　然后打开一个文字处理软件,比如 Word 或者记事本。选择"编辑"→"粘贴"命令,所需要的文字将被复制,如图 6-16 和图 6-17 所示就可以随便保存或编辑了。

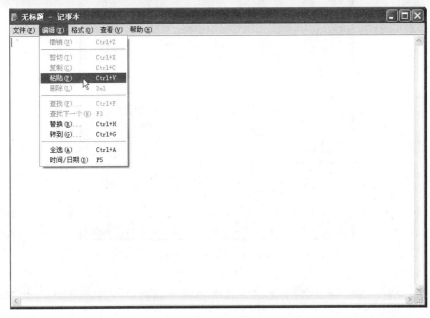

图 6-16　在记事本中粘贴文本

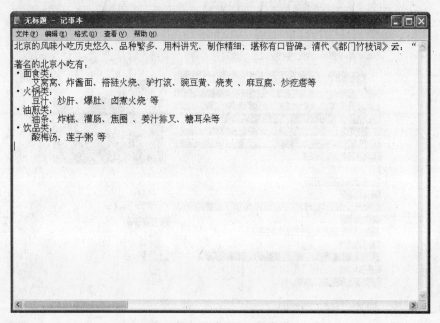

图 6-17　在记事本中粘贴文本

在浏览网页时,可以将当前网页或网页的一部分打印出来,以便于传阅,具体操作步骤如下:

- 打开需要打印的网页。
- 单击"文件"→"打印"命令,弹出"打印"对话框,如图 6-18 所示。

图 6-18　"打印"对话框

- 根据需要设置好打印的页面范围等参数,然后单击"打印"按钮,就可以将当前网页打印出来。

- 如果要打印当前网页中的部分内容,可以将鼠标指针移动到要打印的目标上,右击,在弹出的快捷菜单中选择"打印目标"命令,在弹出的"打印"对话框中设置好各个打印参数,然后单击"打印"按钮,即可打印。

6.3.3 实训提示

(1) 关于保存网页信息的提示。

选择"另存为"命令后,在弹出的"保存网页"对话框中需要用户在"保存在"下拉列表中设置保存路径,在"文件名"文本框中输入要保存的网页的名称;默认的保存类型为HTML 文件,"保存类型"下拉列表中的各种类型含义分别如下:

- "网页,全部(＊.htm;＊.html)"文件类型——可以保存显示该网页时所需的全部文件,包括图像、框架和样式表。
- "Web 档案,单一文件(＊.mht)"文件类型——可以把显示该网页所需的全部信息保存在一个 MIME 编码的文件中。
- "网页,仅 HTML(＊.htm;＊.html)"文件类型——该文件类型保存 Web 页信息,但不包括保存图像、声音或其他文件。
- "文本文件(＊.txt)"文件类型—— 该文件类型只保存当前网页的文本。

(2) 关于打印网页的提示。

打印的效果可能与浏览的网页有所不同,因为浏览器默认的打印网页设置不包括网页的背景和颜色。

- 如果想在打印网页时将当前页面中的背景色和图像打印出来,则可单击"工具"→"Internet 选项"命令,打开"Internet 选项"对话框,单击"高级"选项卡,在"设置"列表框的"打印"选项组下选中"打印背景颜色和图像"复选框,如图 6-19 所示,单击"确定"按钮即可。

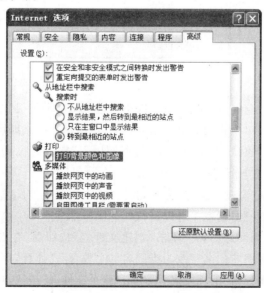

图 6-19 设置打印背景颜色和图像

6.4 实训 3：使用收藏夹

在网上冲浪时，经常会发现一些很有吸引力的站点和网页。前面介绍过常用的几个导航按钮，如"前进"按钮和"后退"按钮，它们虽然好用，一旦关闭计算机它们记录的信息就会丢失。这时可以通过收藏夹来保存网址。

6.4.1 实训目标

- 使用收藏夹。
- 管理收藏夹。

6.4.2 实训步骤

（1）打开要保存的网页，再单击菜单栏中的"收藏"→"添加到收藏夹"命令，如图 6-20 所示。

- 这时系统会弹出单击"添加到收藏"对话框，在"名称"文本框中输入要为这个网站取的名字后，单击"确定"按钮即可，如图 6-21 所示。

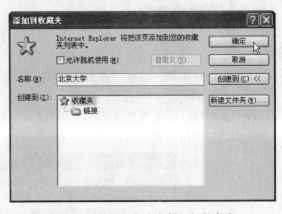

图 6-20　添加到收藏夹　　　　　　　图 6-21　给网址起个方便记忆的名字

- 网页地址被添加到收藏夹后，再一次访问这个网页时就很方便了。单击"收藏夹"菜单，在下拉菜单中找到这个网站的名称，单击这个网站即可连接。
- 如果觉得使用"收藏"菜单不方便，可以使用 IE 提供的收藏夹栏。单击工具栏上的"收藏夹"按钮 ☆收藏夹，如图 6-22 所示。

（2）单击"收藏"→"整理收藏夹"命令，弹出"整理收藏夹"对话框，如图 6-23 所示。

（3）在"整理收藏夹"对话框中可以进行如下操作：

- 新建——可以为网站归类。单击"创建文件夹"按钮后，在右侧的列表中，会新建一个文件夹，可将它的名字改为类别名，如"教育"、"体育"等。
- 移动——选中要移动的网站名称，单击"移至文件夹"按钮，再从弹出的"浏览文件夹"对话框中，选择要移到的文件夹名称。

图 6-22　使用收藏夹打开网页

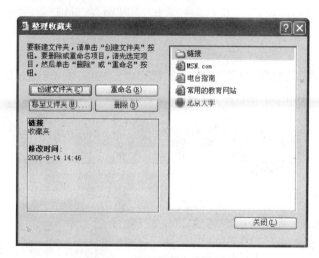

图 6-23　整理收藏夹中的网址

- 删除——要删除收藏的网址,选中不想要的网址,单击"删除"按钮。
- 重命名——如要改变网站名称,选中网站,单击"重命名"按钮,即可更改名称。

(4) 收藏夹整理后,单击"关闭"按钮即可完成。这为以后查找网站提供了方便。

6.4.3　实训提示

(1) 快速打开"收藏夹"菜单的快捷键为 Ctrl+I。

(2) 快速打开"整理收藏夹"命令的快捷键为 Ctrl+B。

（3）通常备份了收藏夹的内容后，可以复制到其他计算机中，这样就可以像使用自己的计算机一样，轻松地在网上找到自己喜欢的网址，并且如果重装了系统，还可以利用备份好的收藏夹数据来恢复，使用"导入收藏夹"功能可以将备份的数据导入到现在的收藏夹中。

6.5 实训 4：脱机浏览网页

计算机的"脱机状态"表示的意思是当前未与 Internet 连接。脱机浏览就是把需要浏览的网站内容先快速保存到自己的硬盘上，然后在未与 Internet 连接的情况下慢慢浏览（即脱机浏览）。

6.5.1 实训目标

- 脱机浏览网页的应用。
- 脱机浏览网页的管理。

6.5.2 实训步骤

脱机浏览是指在不进行网络连接的情况下浏览事先访问过的网页，此时浏览的内容来自于临时网页文件，方法如下：

（1）打开浏览器，然后选择"文件"→"脱机工作"命令，就把该浏览器设置为脱机浏览状态，只从临时网页文件中读取内容，直到再次单击"脱机工作"命令时，清除复选标记才恢复原状，如图 6-24 所示。

图 6-24 将网页设置为可脱机浏览

（2）可以将收藏夹中保存的网页设置为脱机浏览，单击"收藏"→"添加到收藏夹"命令，将打开如图 6-25 所示的对话框，选中"允许脱机使用"复选框后，单击"确定"按钮即可将当前网页设置为可脱机查看。

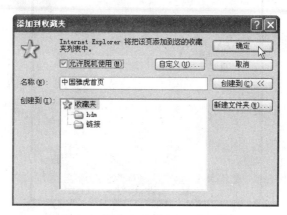

图 6-25　将收藏夹中的网页设置为可脱机浏览

（3）在脱机之前，单击"工具"→"同步"命令，以确保网页更新为最新版本，如图 6-26 所示。

图 6-26　设置网页同步

（4）打开"要同步的项目"对话框，单击"同步"按钮，如图 6-27 所示。

（5）接下来单击"同步"按钮，弹出如图 6-28 所示的"正在同步"对话框，进行第一次同步操作，同步完成后就可以脱机浏览了。

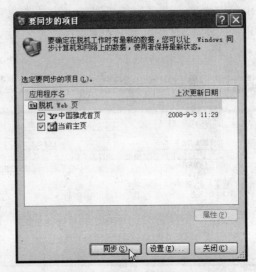

图 6-27 "要同步的项目"对话框

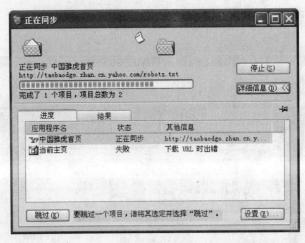

图 6-28 "正在同步"对话框

6.5.3 实训提示

脱机浏览是指在不进行网络连接的情况下来浏览事先访问过的网页,此时浏览的内容来自于临时网页文件。

6.6 实训5：提高浏览速度及上网安全

在网络带宽不足或上网人数过多的情况下,可以通过修改浏览器中的一些特殊参数,如设置"Internet 临时文件"中的参数等,用来提高网页的浏览速度及上网的安全性。

6.6.1 实训目标

- 加快浏览速度。
- 提高上网安全。
- 设置高级选项。

6.6.2 实训步骤

加快浏览速度操作步骤如下：

单击"工具"→"Internet 选项"命令,在弹出的对话框中单击"常规"选项卡,如图 6-29 所示。在其中可以进行设置"主页"、"Internet 临时文件"及"历史记录"等操作。

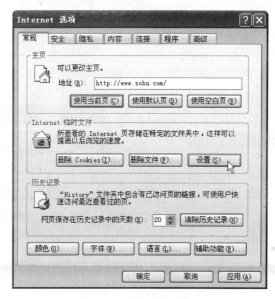

图 6-29　"常规"选项卡

① 设置主页。

在"常规"选项卡中,用户可以把自己喜爱的网址作为主页。在"主页"选项区的"地址"文本框中输入自己喜爱的网址即可,例如输入网址为 http://www. sohu. com,启动 IE 6.0时,将首先打开用户所设定的网页,从而提高上网浏览速度,如图 6-30 所示。

② 设置 Internet 临时文件。

- 在"Internet 临时文件"选项区中,用户可以删除 Internet 临时文件,单击"删除 Cookies"按钮,弹出如图 6-31 所示的"删除 Cookies"对话框,单击"确定"按钮即可。
- 单击"删除文件"按钮,弹出如图 6-32 所示的"删除文件"对话框,单击"确定"按钮即可。减少 Internet 临时文件,可以提高上网浏览速度。
- 单击"设置"按钮,弹出如图 6-33 所示的"设置"对话框,拖动"使用的磁盘空间"选项组的滑块,可以更改临时文件所占用的磁盘空间大小。如果计算机的硬盘比较大,可以把临时文件的磁盘空间调大一些;否则,可以调小一些。

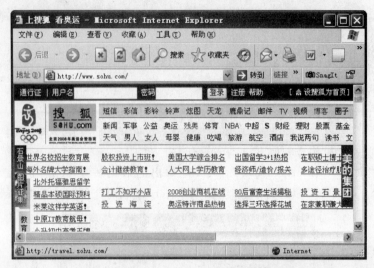

图 6-30　设置 http://www.sohu.com 为主页

图 6-31　"删除 Cookies"对话框

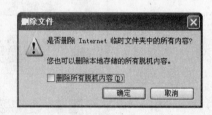

图 6-32　"删除文件"对话框

③ 设置历史记录。

在"历史记录"选项区中,用户可以设置网页保存在历史记录的天数。单击清除"历史记录"按钮,弹出"Internet 选项"对话框,如图 6-34 所示。如果要删除历史记录,则单击"是"按钮,否则单击"否"按钮。

图 6-33　"设置"对话框

图 6-34　"Internet 选项"对话框

Internet 的安全是一个十分重要的问题,用户可以设置 IE 6.0 的安全属性来保护自己的个人隐私和文件安全。设置安全级别的操作步骤如下:

(1) 单击"工具"→"Internet 选项"命令,在弹出的对话框中单击"安全"选项卡,如图 6-35 所示。

图 6-35 设置网页的安全级别

(2) 在"安全"选项卡中,可以设置安全级别。为了防止他人通过网络对你的计算机进行恶意攻击,可采取一些保护措施,例如提高安全级别为高级,如图 6-36 所示。

图 6-36 设置网页的安全级别

(3)"内容"选项卡对国内用户用处不大,可不必更改。其中"分级审查"的功能主要是针对青少年上网的,为了防止他们在网上查看到内容不健康的网页,可对此类网页进行分级,然后设置密码禁止他们访问,如图 6-37 所示。

(4) 在"程序"选项卡中,可以指定用于各种 Internet 服务的程序,如图 6-38 所示。

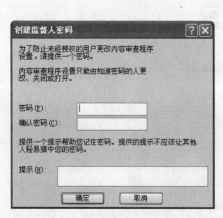

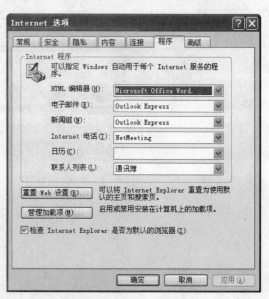

图 6-37 "创建监督人密码"对话框   图 6-38 "程序"选项卡

(5) 在"高级"选项卡中,可供修改的项目很多,主要是设置浏览器的显示质量,包括播放动画、声音、视频、图片以及优化图像抖动等项目。对一个新手来说,不当设置会引起浏览器工作异常,建议对不熟悉的项目不要随便修改。如果修改后浏览器不能正常工作,可单击"还原默认设置"按钮,取消修改并恢复默认值,如图 6-39 所示。

图 6-39 "Internet 选项"对话框中的"高级"选项卡

6.6.3 实训提示

因用户经常上网,硬盘中会有大量的 Internet 临时文件和历史记录,时间长了会占用大量的系统资源,从而影响计算机的运行速度和上网浏览速度,建议用户定期将 Internet 临时文件和历史记录删除。

(1) 查找最近几天访问过的网页。有多种方法可查找用户在前几天、几小时或几分钟内曾经浏览过的网页和网站,方法如下:

- 在工具栏上,单击"历史"按钮 ,出现历史记录栏,其中包含了用户在最近几天或几星期内访问过的网页和站点的链接。
- 在历史记录栏中,选择星期或日期,单击对应的文件夹以显示各个网页,然后单击网页图标显示该网页。
- 用户需要排序或搜索历史记录栏,可单击历史记录栏顶端"查看"按钮旁边的箭头。
- 用户需要查看刚才访问的网页列表,可单击"后退"或"前进"按钮旁边的向下箭头。

(2) 尽管安装完 Internet Explorer 6.0,Windows 会对其进行一些基本设置,但对其某些属性设定的默认值可能并不太适合于你。要想使浏览器充分体现出你个人的特性,可以自定义 Internet Explorer 6.0 的属性。

6.7 实训 6:使用 Internet Explorer 6.0 的高级技巧

在使用 Internet Explorer 6.0 浏览网页的时候,除了要做一些基本的设置以外,还有一些高级的使用技巧,如使用 Internet Explorer 6.0 下载文件、网上搜索的一般技巧等。

6.7.1 实训目标

- 使用 IE 6.0 下载文件。
- 使用 IE 6.0 上网搜索。

6.7.2 实训步骤

在浏览网页的过程中经常会遇到一些有趣或者有用的东西,如果用户需要长期保留这些资料,就需要把它们下载到自己的计算机中。

(1) 打开 Internet Explorer 6.0 浏览器,在地址栏中输入新浪的网址:http://www.sina.com.cn,单击页面中的"科技"一项,如图 6-40 所示。

(2) 接下来会弹出如图 6-41 所示的页面,上面有很多可以下载的内容。

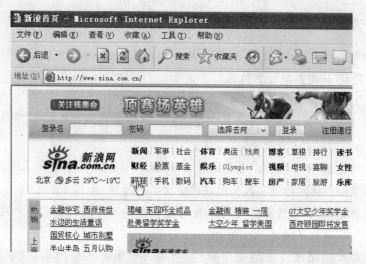

图 6-40　带有下载内容的网页链接

图 6-41　带有下载内容的网页

（3）单击需要下载的内容，出现如图 6-42 所示的界面，单击"下载"选项，进一步来选择用户需要的资料，如下面选择的是邮件客户端软件 Foxmail。

（4）此时单击"下载"按钮，选择存放软件的具体位置，包括路径和文件名，然后单击"保存"按钮，如图 6-43 所示。

图 6-42　选择邮件客户端软件 Foxmail

图 6-43　选择存放的路径

（5）下载文件的过程如图 6-44 所示，下载完毕后，单击"关闭"按钮即可。

一个你所需要的软件就下载完成了，保存好该软件，什么时候需要就可以复制、安装使用，很方便，操作方法也很简单。

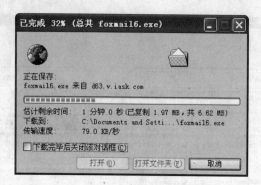

图 6-44　下载过程界面

6.7.3　实训提示

（1）在下载页面中也可以右击，然后选择"目标另存为"，再给出路径和文件名。

（2）Internet Explorer 6.0 浏览器的快速查找功能。

可以使用多种方式在网页中查找信息。单击工具栏上的"搜索"按钮时，在窗口的左边将显示浏览器栏，可提供带多种搜索功能的搜索服务。如果希望快速查找信息，可在地址栏中输入"go"、"find"或"?"，后面是要查找的单词或短语的操作方法。

① 启动 Internet Explorer 6.0 浏览器，在地址栏中输入：go"奥运主题歌"，如图 6-45 所示。

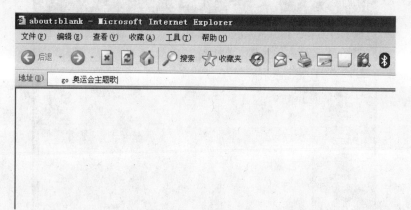

图 6-45　利用 go 命令快速查找

② 在图 6-45 的基础上按回车键，即可进行自动搜索，用户可以选择下载所需要的内容。

③ 用同样的方式可以使用"find"或"?"进行快速查找，如图 6-46 和图 6-47 所示。

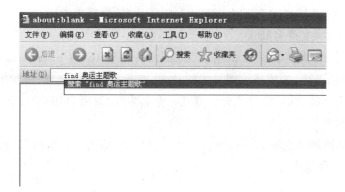

图 6-46　利用 find 命令快速查找

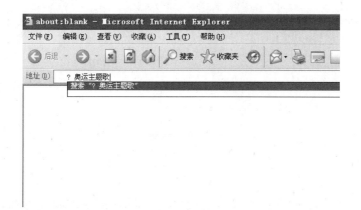

图 6-47　利用？快速查找

6.8　课后作业

（1）访问 Internet 之前，对 IE 进行设置。请设置 IE 浏览器的默认主页为使用空白页，清除历史记录，将 Internet 的安全级别设置为"中低"，保存历史记录的天数为 7 天。

（2）使用 IE 浏览器访问人民网的网站，网址为 http://www.people.com.cn/，浏览其主页。在收藏夹中收藏人民网的网站。

（3）从人民网的网站主页上找到"能源频道"链接，并访问。并将该页面保存到考生文件夹中的 download 文件夹下。若考生文件夹中没有该文件夹，则建立之。为"能源频道"建立快捷方式。

（4）设置 IE 浏览器的默认主页为 http://www.google.cn/，将 Internet 选项的安全级别调整为默认级别，清空 Internet 临时文件夹，清除历史记录。

（5）浏览新华网网站，访问其书画频道，在"精品赏析"中找到《草地上的午餐》，将《草地上的午餐》图片保存到 D 盘上的 download 文件夹中（学生在 D 盘上自己建一个 download 文件夹）。文件名为"草地上的午餐"（扩展名默认）。

（6）浏览"第 29 届奥运会图片全回放"，将图片"陈燮霞为中国捧得首金"保存到 D 盘中"图片"文件夹中，文件名默认。

（7）请设置 IE 浏览器的默认主页为空白页；设置 IE 的 Internet 安全级别设定为"高"；设置多媒体选项，去掉播放网页中的动画、声音和视频的选择；清除历史记录。

（8）为方便以后访问，在收藏夹中建立一个名为"时政要闻"的文件夹，将环球网网站主页加入该文件夹。

（9）在环球网网站主页的科技频道中找到"奥运开幕式精彩瞬间"链接，进入后，将第一张图片保存到 D 盘中。

第7章

电子邮件

通过本章的学习,用户可以了解电子邮件的基础知识,并介绍如何通过 IE、Outlook Express 来收发邮件。

7.1　电子邮件的简介

电子邮件(Electronic Mail 或 E-mail)和一般邮件用途相同。用户借助邮局的服务,将信函、杂志寄给远在异地的朋友;同样,利用连接全世界的 Internet,可以将电子邮件送给世界范围内任何具有 E-mail 地址的用户。与其他通信工具相比,电子邮件有许多明显的优点,如方便、快速准确、一信多发、内容丰富、价格低廉。

简单地说,电子邮件就是通过 Internet 来邮寄的信件。电子邮件的成本比邮寄普通信件低得多;而且投递无比快速,不管多远,最多只要几分钟;另外,它使用起来也很方便,无论何时何地,只要能上网,就可以通过 Internet 发电子邮件,或者打开自己的信箱阅读别人发来的邮件。因为它有这么多好处,所以使用过电子邮件的人,多数都不愿意再提起笔来写信了。

不过,电子邮件并不是十全十美的,由于它是通过网络来传递信件,因此所有的信件都是以计算机文件的形式存在,并不能寄送实物给你的朋友。

7.1.1　情景模拟

电子邮件是 Internet 应用最广的服务:通过网络的电子邮件系统,用户可以用非常低廉的价格和非常快速的方式,与世界上任何一个角落的网络用户联系。这些电子邮件可以是文字、图像、声音等各种形式。同时,用户可以得到大量免费的新闻、专题邮件,并实现轻松的信息搜索。正是由于电子邮件的使用简易、投递迅速、收费低廉、易于保存、全球畅通无阻,使得电子邮件得到了广泛应用,它使人们的交流方式得到了极大的改变。

7.1.2　电子邮件地址的格式

E-mail 像普通的邮件一样,也需要地址。它与普通邮件的区别在于它是使用用户在网上的邮箱地址,一个用户在网上可以有一个或几个 E-mail 地址,并且这些 E-mail 地址都是唯一的。邮件服务器就是根据这些地址,将每封电子邮件传送到各个用户的信箱中。

用户能否收到自己的 E-mail,取决于用户是否取得了正确的电子邮件地址(用户需要先向邮件服务器的系统管理人员申请注册),电子邮件地址的正确书写格式如下:

loginname@full host name. domain name

即:登录名@域名。

例如,下面将要使用的电子邮件的地址为:guge. 2009@163. com。

7.2 实训1:申请免费电子信箱

通过两种方法可以得到电子信箱。第一种方法是到某个 ISP(因特网服务商)填写表格、支付费用(或向本单位的主管网络的部门申请),在获得上网的账号和口令的同时,还可以得到一个电子信箱的地址和密码,从而拥有一个自己的电子信箱;第二种方法是通过访问 Internet 上的某些网站,注册自己的信息,可以申请到两类电子信箱(一类是收费信箱,另一类是免费信箱),两类邮箱的注册过程类似。

7.2.1 实训目标

申请免费的电子信箱。

7.2.2 实训步骤

要使用免费电子邮箱需要先进行申请,很多网站都提供免费邮箱的服务,如搜狐、新浪、网易等,下面以申请网易免费信箱为例来介绍申请免费电子信箱的方法。

(1) 启动 IE 6. 0 浏览器,在地址栏内输入 http:∥www. 163. com 的网址,并按回车键,将会出现 163 的主页,如图 7-1 所示。

图 7-1　163 的主页

（2）在 163 主页上单击"免费邮箱"，如图 7-2 所示，即可打开另一个界面，用来选择喜欢使用的信箱。

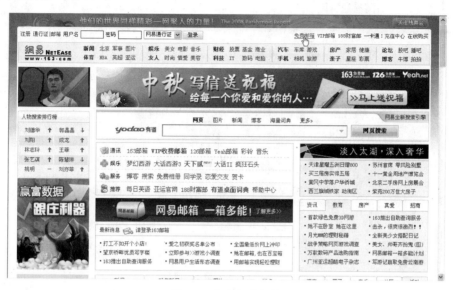

图 7-2　单击免费邮箱

（3）单击 163 信箱，并单击"马上注册"按钮（网易 163.com 免费信箱）标志，如图 7-3所示。

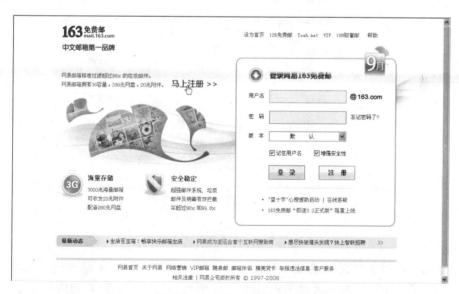

图 7-3　单击"马上注册"按钮

（4）在弹出的通行证窗口中，在"通行证用户名"文本框中输入一个用户名，它就是将来 E-mail 地址中"@"前面的字符，如输入"guge.2009"（至于"@"后面的字符就是该系统默认的"163.com"，两部分合起来就是 E-mail 地址，例如书中刚才申请的"guge.2009@163.com"），同时还必须填写密码等内容，单击"注册账号"按钮，上述过程如图 7-4 和

图 7-5 所示。

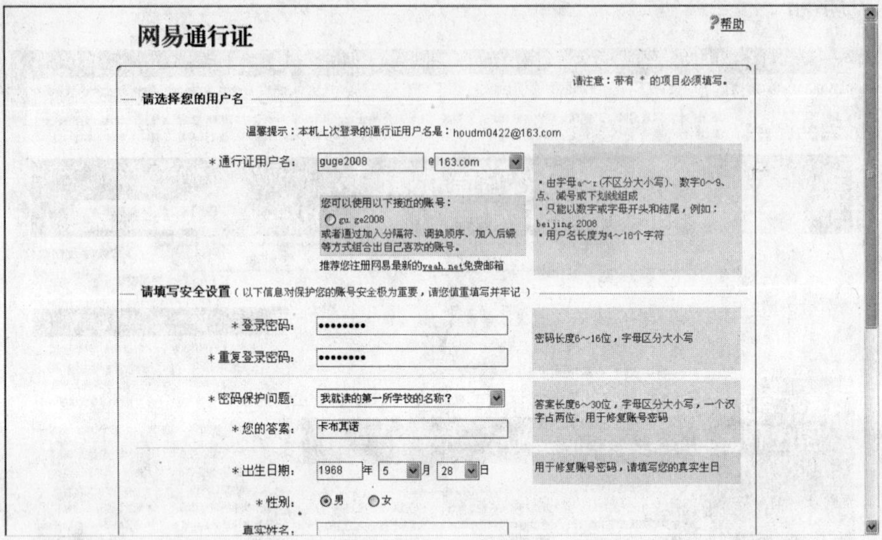

图 7-4 "个人资料"窗口

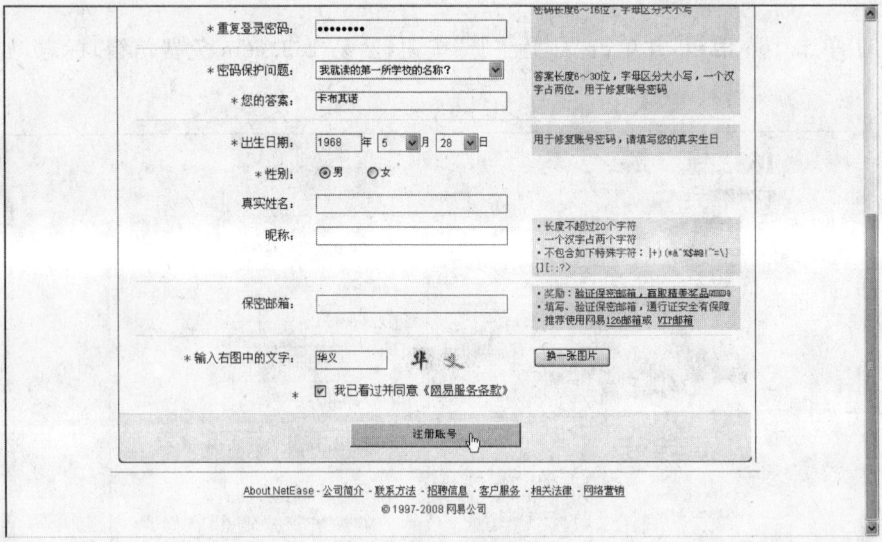

图 7-5 "注册账号"窗口

（5）最后直到正确无误，系统会发出一个通知"163 免费邮箱申请成功"，如图 7-6 所示，这就完成了注册。此时可以单击"进入 3G 免费邮箱"超链接，启用刚才申请的免费信箱。

7.2.3 实训提示

（1）电子邮件地址的格式由收件人的登录名（如姓名或缩写）、字符"@"（读作 at）和电子信箱所在计算机的域名 3 部分组成。地址中间不能有空格或逗号。

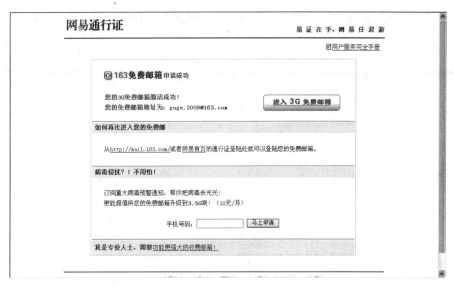

图 7-6 "注册成功"窗口

（2）在申请免费信箱时往往不是一次能成功的，希望用户千万不要怕麻烦，要有耐心，按照提示一步一步地进行修改，相信一定会成功的。

7.3 实训 2：发送和浏览电子邮件

电子邮箱申请完成后，用户会得到一个免费电子邮箱的地址，给别人发信和接收别人的信件，需要先登录到免费邮箱中。下面请看具体的操作过程。

7.3.1 实训目标

- 发送电子邮件。
- 浏览电子邮件。

7.3.2 实训步骤

下面以给自己发送电子邮件为例，介绍发送电子邮件的操作过程。

（1）在地址栏内输入 http：//www.163.com 的网址，并按回车键，将会出现 163 的主页，单击"免费邮箱"选项，输入用户名及密码，单击"登录"按钮，如图 7-7 所示。

（2）单击"写信"按钮，输入收信人的 E-mail 地址、主题及信件的内容，本例的邮件地址是刚刚申请的邮箱 guge.2009@163.com，主题是 test，如图 7-8 所示。

（3）单击"发送"按钮，系统会提示"邮件发送成功"。

（4）单击"返回收件箱"按钮，再单击"收件箱"选项，查看刚才发的 E-mail 是否正确，一个操作过程就结束了。

下面介绍发送带有附件电子邮件的基本操作方法。

图 7-7 "用户登录"窗口

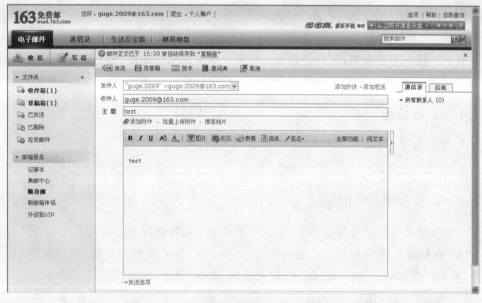

图 7-8 "电子信箱"窗口

在邮件当中添加附件发送给对方,让对方接收到特定的文件,这项功能非常实用。

操作过程与前面讲的例子(1)、(2)步骤完全相同,所不同的是单击"添加附件"超链接处,接下来单击"浏览"按钮,查找准备"粘贴的附件",附件可以是一个也可以是多个,对于网易 163.com 免费信箱来讲,附件不超过 30MB 即可,如图 7-9 所示。

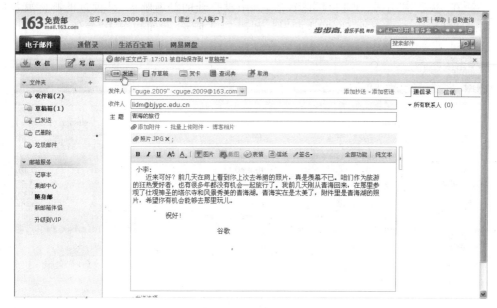

图 7-9　带有附件的电子邮件窗口

接下来单击"发送"按钮,系统会提示"邮件发送成功"。

(5) 使用账号登录到免费邮箱后,就可以进行电子邮件的浏览了。浏览电子邮件的操作都是在免费邮箱中的收件箱中进行的,具体的操作方法如下:

① 在 163.com 邮箱主窗口中,单击"收件箱"按钮,看看是否有新邮件到达即可。下面就来接收前面给自己发的电子邮件,如图 7-10 所示。

图 7-10　收件箱

② 在"状态"栏中有"小信封"的标志,其中没打开的是新邮件,已读过的邮件就没有"小信封"的标志了,单击邮件的"主题"栏,如图 7-11 所示(也可以单击"发件人"栏)。

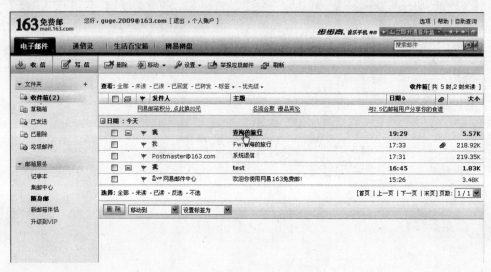

图 7-11　单击邮件的"主题"栏

③ 在屏幕中将显示该邮件的内容,如图 7-12 所示。

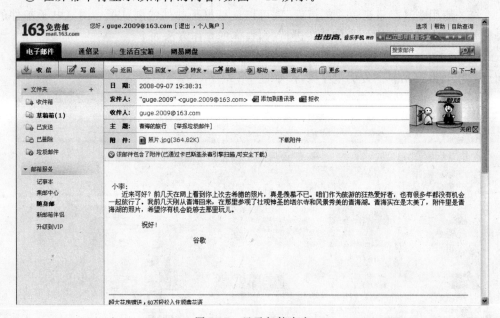

图 7-12　显示邮件内容

7.3.3　实训提示

(1) 对于网易 163.com 免费信箱中的附件不受数量的限制,只受容量的限制,可支持单个附件 30MB,或者多个附件累加 30MB。

（2）一封信可以粘贴 30MB 的附件，同样也可以接受来自别人发送来的 30MB 的附件。

（3）如何查看附件的内容，请仔细查看图 7-12 附件中的各项，该邮件只有一张照片，下载后就可以查看。粘贴附件时，可以是一个，也可以是多个，多个文件粘贴不方便，可以先压缩、后粘贴，但对于压缩文件来讲必须先下载、后打开、再查看；对于 Word、Excel 文件可以直接打开，也可以下载后再打开。

7.3.4 课后作业

（1）按照本章所提到的申请免费信箱的方法，到"新浪网（www. sina. com. cn）"和"网易网（www. 163. com）"分别申请一个免费的电子信箱。

（2）用刚才申请的"新浪网"的电子信箱给"网易"网站的电子信箱发一封电子邮件。

（3）到"网易"网站接收电子邮件，阅读后并删除这封信。

（4）利用免费邮箱给朋友或同学发一封带有附件的信。

（5）在自己的免费电子信箱中，接收一个来自朋友的邮件，并回复给发件人。

7.4 实训 3：初识 Outlook Express

刚才讲了用浏览器收发 E-mail 的过程，其实，用户还可以使用软件来收发电子邮件。收发电子邮件的软件有很多种，它们彼此之间大同小异。下面就以 Windows 自带的 E-mail 软件 Outlook Express 为例来介绍该软件的使用方法。

Microsoft 公司的 Outlook Express 是一款相当优秀的电子邮件客户端软件。Microsoft Outlook Express 在桌面上实现了全球范围的联机通信。无论是与同事和朋友交换电子邮件，还是加入新闻组进行思想与信息的交流，Outlook Express 都将成为每个用户最得力的助手。

7.4.1 实训目标

- 启动 Outlook Express。
- 电子邮件账号的设置。

7.4.2 实训步骤

要想通过收发电子邮件，首先必须设置电子邮件账号。下面来介绍 Outlook Express 设置电子邮件账号的操作过程。常用的设置方法有两种：一种是在第一次启动 Outlook Express 时使用连接向导进行设置；另一种是在启动 Outlook Express 后，单击"工具"→"账号"命令来进行设置。

要使用 Outlook Express 接收和发送邮件，必须先对电子邮件账号进行设置，下面介绍具体的操作方法。

（1）单击"开始"→"程序"→Outlook Express 命令，即可启动 Outlook Express，如图 7-13 所示。

图 7-13 启动 Outlook Express

（2）第一次启动 Outlook Express 时，弹出"Internet 连接向导"对话框。在"显示名"文本框中输入用户名称，发送邮件时，发件人将显示为此名称。输入完名称后，单击"下一步"按钮，如图 7-14 所示。

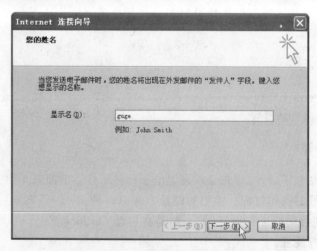

图 7-14 "Internet 连接向导"对话框

（3）接下来，打开"Internet 连接向导"对话框，并在"电子邮件地址"文本框中输入电子邮件地址，如 guge.2009@163.com，当用户将邮件发送给收件人时，收件人通过在此处输入的电子邮件地址来回信,邮件地址输入完成后,单击"下一步"按钮,如图 7-15 所示。

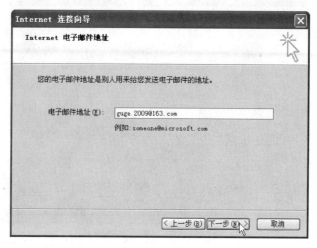

图 7-15　输入电子邮件地址

（4）在"接收邮件(POP3,IMAP 或 HTTP)服务器"和"发送邮件服务器(SMTP)"文本框中输入申请邮箱时 ISP 提供的相应信息。如要更改接收服务器类型,可单击"我的邮件接收服务器是"下拉列表框,从中选择想要的类型,一般都选择默认的 POP3 类型。设置完成后,单击"下一步"按钮,如图 7-16 所示。

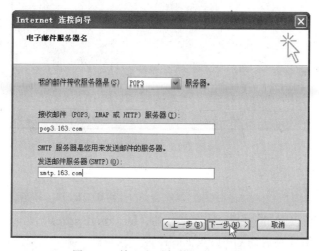

图 7-16　输入电子邮件服务器地址

（5）在"账户名"和"密码"文本框中分别输入申请电子邮箱时使用的账号和密码,并选中"记住密码"复选框,然后单击"下一步"按钮,如图 7-17 所示。

（6）单击"完成"按钮即可完成设置,如图 7-18 所示。如果对前面的设置要进行修改,可单击"上一步"按钮重新设置。这样就完成了电子邮件地址的设置,Outlook Express 会自动连上 ISP,并检查邮件服务器上是否有新邮件。

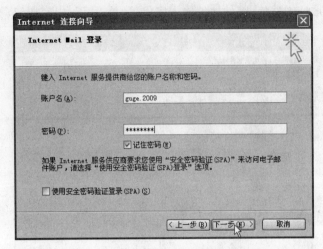

图 7-17 输入账号和密码

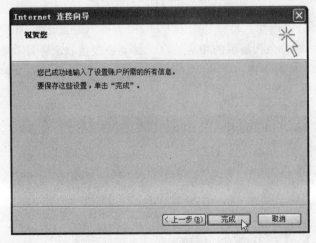

图 7-18 完成窗体

7.4.3 实训提示

（1）用户也可以单击快速启动栏内的 Outlook Express 图标或双击桌面上的 Outlook Express 图标来启动 Outlook Express。

（2）由于用户的电子邮件地址各不相同，填入的内容也会不同。例如，在网易网站申请的邮箱与在搜狐网站中申请的邮箱，所要填入的 POP3 和 SMTP 服务器信息就不一样，所以，具体应该填什么，还需进入相应的网站去查阅用户手册，或进入邮箱去查看帮助，都会有详细的说明。

（3）用户也可以启动 Outlook Express 后进行电子邮件账号设置，方法是在 Outlook Express 窗口中，选择"工具"→"账户"命令，弹出的"Internet 账户"对话框，在"邮件"选项卡中单击"添加"按钮，从弹出的菜单中选择"邮件"命令，其后的步骤与启动 Outlook

Express 时设置邮件账号的方法很相似。显然,用这种方法可以很方便地设置多个邮件
账号,便于多个用户使用,操作过程如图 7-19 和图 7-20 所示。

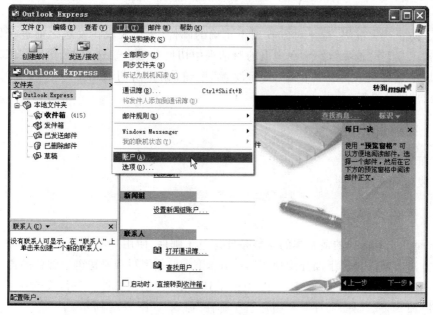

图 7-19　设置多个邮件账号

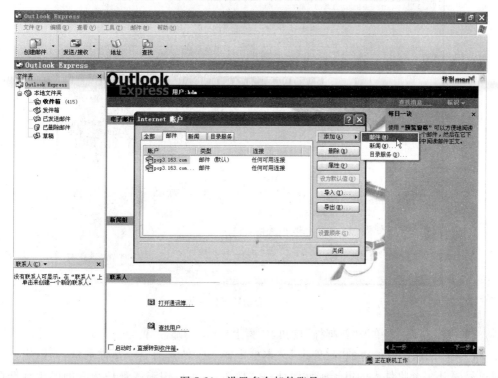

图 7-20　设置多个邮件账号

7.5 实训4：使用 Outlook Express 处理邮件

为了防止产生乱码，避免对方收到不正确的邮件，建议大家在发送之前进行以下设置，单击"工具"→"选项"命令，在弹出的对话框中切换到"发送"选项卡，然后在邮件发送格式区域中选择纯文本，并单击"国际设置"按钮，在弹出的对话框中选择"简体中文（GB2312）"默认设置。

7.5.1 实训目标

- 撰写新邮件。
- 发送和接收邮件。

7.5.2 实训步骤

Outlook Express 的最基本的功能是发送电子邮件，使用 Outlook Express 发送邮件的操作方法非常简单。下面介绍使用 Outlook Express 撰写和发送电子邮件的方法。

（1）在 Outlook Express 窗口中，单击工具栏上的"创建邮件"按钮，或选择"邮件"→"新邮件"命令，或选择"文件"→"新建"→"邮件"命令，如图 7-21 所示。

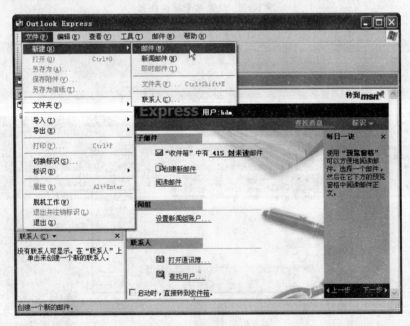

图 7-21　启动新邮件窗体

（2）在工具栏上单击"新邮件"按钮，屏幕上出现"新邮件"窗口。

（3）在标题信息框中的"收件人"文本框中输入收件人的电子邮件地址，可以用分号或逗号隔开多个收件人的电子邮件地址；在"抄送"文本框中输入被抄送人的电子邮件地址，可以用分号或逗号隔开多个抄送人的电子邮件地址，也可以不填写；在"主题"文本框中输入邮件的主题,输入主题后,窗口标题就从"新邮件"变为输入的主题,也可以不填写。

（4）在窗口下方空白的正文区,输入邮件的正文,如图 7-22 所示。

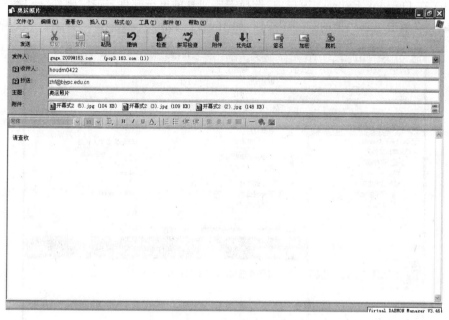

图 7-22　撰写邮件

（5）在 Outlook Express 中撰写好新邮件后就可以发送了,单击工具栏上的"发送"按钮,或在邮件编辑菜单中选择"文件"→"发送邮件"命令,即可发送撰写好的邮件,如图 7-23 所示。

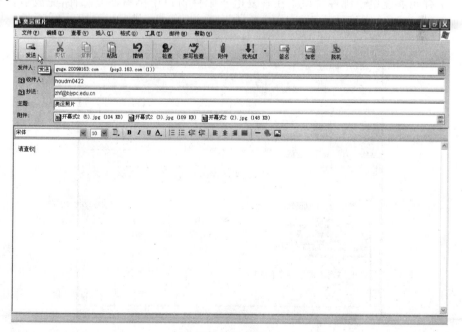

图 7-23　发送邮件

接到别人的邮件后,要进行回复或转发邮件的操作,使用 Outlook Express 可以很方便地回复和转发邮件。

(6) 在 Outlook Express 窗口中,选择需要回复的电子邮件,选择"邮件"→"答复发件人"命令,或单击工具栏上的"答复"按钮,如图 7-24 所示。

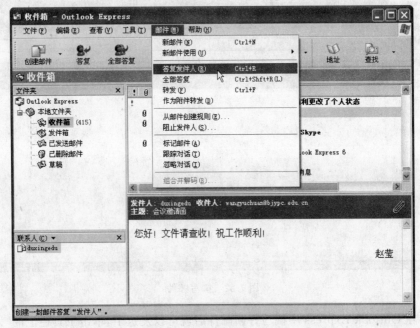

图 7-24　答复邮件

(7) 弹出答复电子邮件窗口。在答复电子邮件窗口中撰写回复邮件,完成后按发送电子邮件的方法进行发送即可,如图 7-25 所示。

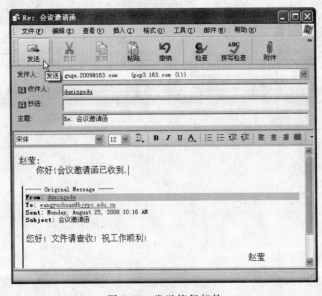

图 7-25　发送答复邮件

（8）接下来的任务是转发邮件，操作方法是：在 Outlook Express 窗口中，选择需要转发的电子邮件，选择"邮件"→"转发"命令，如图 7-26 所示，或单击工具栏上的"转发"按钮，弹出与答复邮件类似的窗口。

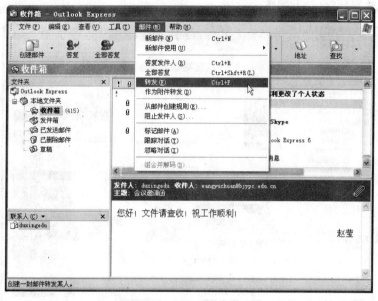

图 7-26　选择转发邮件命令

（9）在转发的电子邮件窗口中撰写转发邮件，完成后按发送电子邮件的方法进行发送即可，如图 7-27 所示。

图 7-27　转发邮件

使用信纸撰写邮件，Outlook Express 的信纸是一种模板，它是事先编排好的含有各种文本格式及背景图像设置的 HTML 格式的文本。使用信纸，可以创建出更加美观的电子邮件。在 Outlook Express 中撰写邮件时,可以使用各种各样五彩缤纷的信纸。

（10）创建新邮件时使用信纸。在 Outlook Express 中要将信纸应用于一封新邮件时,可以单击"邮件"→"新邮件使用"命令,从弹出的菜单中选择一种想要的信纸类型即可。本例选择的是"秋叶",如图 7-28 所示。

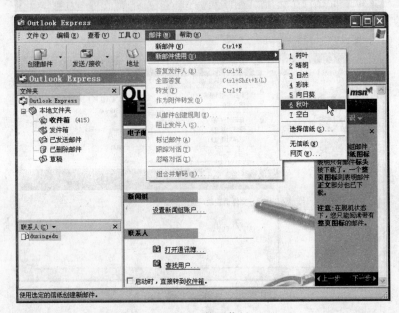

图 7-28　使用信纸

（11）对正在撰写或写好的邮件应用或更改信纸。如果要对当前正在撰写或已撰写好的邮件应用或更改信纸,可以在邮件编辑窗口选择"格式"→"应用信纸"命令,从子菜单中选择一种想要的信纸,如图 7-29 所示。

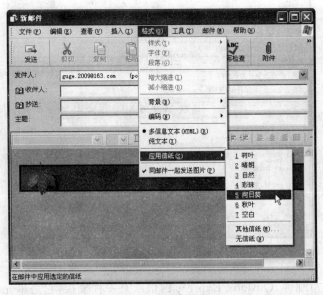

图 7-29　更改信纸

（12）接下来的任务是对所有邮件应用相同的信纸，操作方法是：在 Outlook Express 窗口中选择"工具"→"选项"命令，弹出"选项"对话框，单击"撰写"选项卡，如图 7-30 所示。

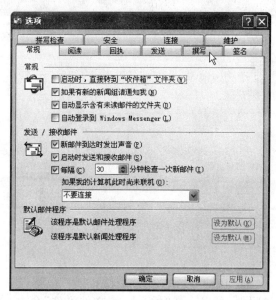

图 7-30　单击"撰写"选项卡

（13）打开"撰写"选项卡，在选项卡中选中"邮件"复选框，如图 7-31 所示，然后单击 "选择"按钮，弹出"选择信纸"对话框。

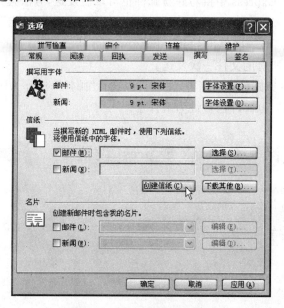

图 7-31　选中"邮件"复选框

（14）从列表框中选择一种想要的信纸，单击"确定"按钮即可在新邮件中应用所选信纸。如果要对某种模板进行编辑,可选中该模板,然后单击"编辑"按钮,即可打开一种应用程序对其进行编辑,如图 7-32 所示。

图 7-32   编辑信纸

7.5.3   实训提示

(1) 如果还要发送附件,可以选择"插入"→"文件附件"命令,浏览选定要附加的文件。插入附件后,在撰写电子邮件的窗口中将会增加一行"附加"文本框,文本框中显示了附加文件名及其大小,请参见如图 7-22 所示的附件部分。

(2) 在 Outlook Express 中撰写好新邮件也可以后发送,方法是:在邮件编辑窗口中选择"文件"→"以后发送"命令,弹出"发送邮件"对话框。单击"确定"按钮,将邮件放置在"发件箱"文件夹中。下一次单击 Outlook Express 窗口工具栏上的"发送或接收"按钮时,会将"发件箱"中所有的文件一次发送。

(3) 如果需要将原邮件作为附件转发,可以选择"邮件"→"作为附件转发"命令,在弹出的窗口中可以看到,原邮件已被设为附件了。

7.6   实训 5:深入 Outlook Express 设置

7.6.1   实训目标

- 建立多个邮箱。
- 签名档。
- 建立通讯簿。
- 管理通讯簿。

7.6.2   实训步骤

用户经常申请好几个电子邮箱,查收邮件时,就要分别登录不同的网站,操作起来很烦琐,有没有什么好的办法把几个邮箱集中管理呢？当然有了！那就是 Outlook Express 邮件客户端软件了,Outlook Express 每次可以把邮箱中的所有信件同时全部收下来,下面介绍使用 Outlook Express 建立多个邮箱账号的方法。

（1）单击"工具"→"账户"命令,打开"Internet 账户"对话框,在"邮件"选项卡上单击右上角的"添加"按钮,如图 7-33 所示。

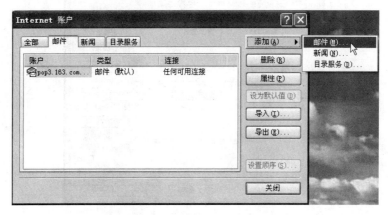

图 7-33　另外新建一个邮件账户

（2）再单击弹出菜单中的"邮件"选项,弹出来的对话框就是 Internet 邮件向导。接下来邮件向导一步一步按提示操作下去,就可以顺利完成了。和前面建立的第一个账户的操作过程完全相同。

（3）添加完后,回到 Outlook Express 的界面。单击工具栏上的"发送/接收"按钮,就可以发现已经有两个账号在收发邮件了,如图 7-34 所示。

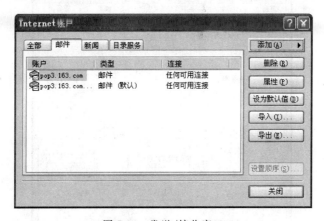

图 7-34　发送/接收窗口

下面介绍"签名档"。"签名档"是指在每一个使用这个签名档的邮件中都会自动加上的内容,这样就不用每次都输入它了,可以将重要的信息作为个人签名的一部分插入到发送的邮件中,而且可以创建多个签名以用于不同的目的。也可以包括有更多详细信息的名片,具体操作方法如下。

（1）单击"工具"→"选项"命令,打开"选项"对话框。

（2）在"签名"选项卡中单击"新建"按钮，如图7-35所示。

图7-35　"签名"选项卡

（3）然后在"文本"框中输入签名内容。

（4）选中"签名设置"选项区域的"在所有待发邮件中添加签名"复选框，如图7-36所示。

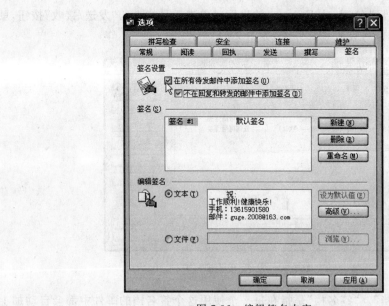

图7-36　编辑签名内容

用户还可以建立多个签名，然后为不同的邮件账号指定不同的签名。其操作方法如下：

在"签名"选项卡上单击"高级"按钮,弹出"高级签名设置"对话框,用户可以选择将当前选中的签名应用于哪些账户,如图 7-37 所示。

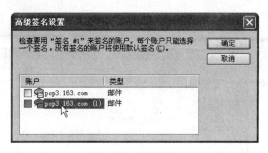

图 7-37　签名页面

为账户指定签名后,每次新建一个邮件时都会看到它自动出现在邮件中,如图 7-38 所示。

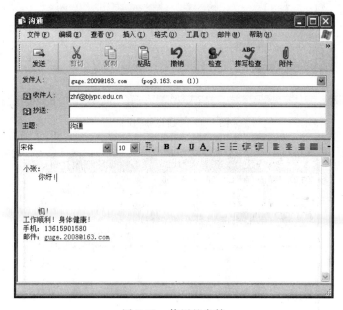

图 7-38　使用签名档

当有多个联系人时,可以使用通讯簿把邮箱地址管理起来。这样,在写邮件时可以不用每次输入收件人的地址,而从通讯簿中添加,提高工作效率,下面简要介绍 Outlook Express 中通讯簿的用法,具体包括添加联系人、添加邮件组以及使用通讯簿发送邮件。操作方法如下:

(1) 单击工具栏上的"地址"按钮,或单击 Outlook Express 起始页中的"通讯簿"选项,弹出"通讯簿"窗口,如图 7-39 所示。

(2) 单击其中的"新建"命令,在弹出的下拉菜单中选择"新建联系人"命令,此时打开如图 7-40 所示的对话框。

(3) 用户可以在弹出的对话框中填写自己希望增加的这个朋友的相关信息,填写了

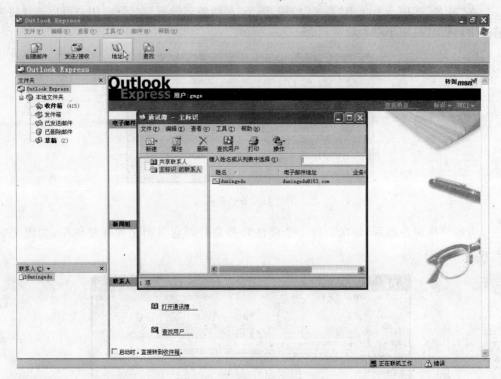

图 7-39　"通讯簿"窗口

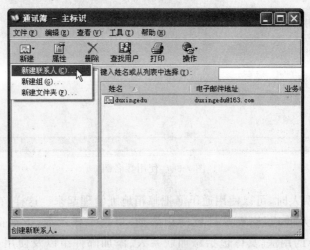

图 7-40　添加联系人

一些内容的对话框如图 7-41 所示。

　　（4）单击其中的"添加"按钮,将填写的电子邮件地址添加到地址列表中,每个人可拥有多个邮件地址,其中,有一个地址为默认地址。如果有必要的话,用户还可打开"其他"选项卡,为联系人设置其他信息。设置结束后单击"确定"按钮,即可完成联系人邮件的设置。

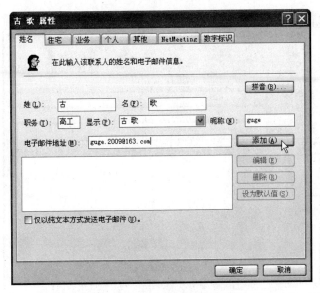

图 7-41　添加联系人的相关信息

（5）单击工具栏上的"新建"按钮，选择"新建组"命令添加邮件组。

（6）组名（图 7-42 中组名为"同事"），单击"选择成员"按钮，向组中添加一个一个想要的成员，也可以另填入姓名及邮件地址，输入完毕单击"添加"按钮，然后单击"确定"按钮，即可完成组编辑操作，如图 7-42 所示。

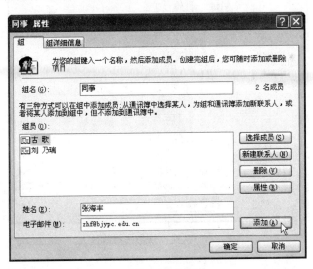

图 7-42　添加邮件组

（7）关闭"通讯簿"窗口，单击"新邮件"按钮，打开"新邮件"对话框，单击"收件人"按钮，如图 7-43 所示。

（8）打开"选择收件人"对话框，从通讯簿中选择收件人，如图 7-44 中收件人为"古歌"，抄送人是"刘乃瑞"，然后单击"确定"按钮，编辑邮件，最后单击"发送"按钮，即可完成

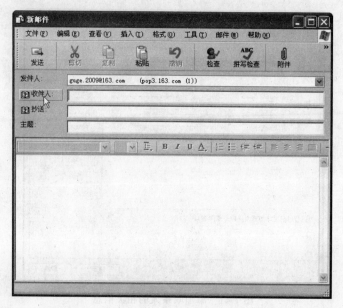

图 7-43 单击"收件人"按钮

电子邮件的发送。

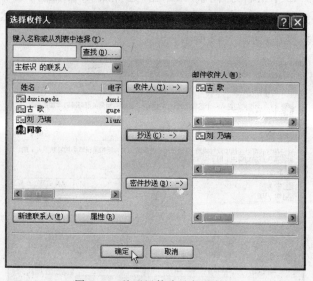

图 7-44 从通讯簿中选择收件人

7.6.3 实训提示

（1）当签名设置成功后，要想看到签名的内容，在新邮件对话框打开后，必须单击正文区域，接下来在邮件对话框中单击"插入"→"签名"命令，签名立即显示在邮件的正文处，如图 7-38 所示。

（2）随着朋友的增多，通讯簿中的联系人也会越来越多，通讯簿的管理也就势在必行了。用户可以通过建立一些不同的组来将自己的朋友进行分类，以便于查找。

（3）如果需要发送电子邮件，可以选择刚刚建好的"通讯簿"。

（4）使用 Outlook Express 可以分别新建"联系人"、"组"和"文件夹"。除了上面讲到的方法之外，还可以右击任何一封邮件并选择"将发件人添加到通讯簿"命令，即可将该发信人添加到通讯簿中。

7.7 实训6：非常重要的两项设置

使用"Internet 连接向导"设置了电子邮件账号之后，需要查看和更改该设置也很方便，下面举两个例子说明，非常重要的两项设置。

7.7.1 实训目标

- 身份验证的设置。
- 邮件服务器的设置。

7.7.2 实训步骤

在正常使用 Outlook Express 之前，常常需要根据要求单独再对邮件发送服务器进行一些设置，否则在发送邮件时会出现异常；首先介绍第一个重要设置"身份验证"，其次介绍另一个重要设置的内容"在服务器上保留邮件副本"。

（1）单击"工具"→"账户"→"Internet 账户"命令，在弹出对话框的"邮件"选项卡中单击"属性"按钮，如图 7-45 所示。

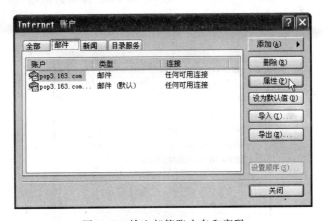

图 7-45 输入邮箱账户名和密码

（2）打开邮箱的"属性"对话框，在"服务器"选项卡下端的"发送邮件服务器"部分，选中"我的服务器要求身份验证"复选框，如图 7-46 所示。

（3）单击"服务器"选项卡中的"设置"按钮，单击选中"使用与接收邮件服务器相同的设置"单选按钮，如图 7-47 所示。

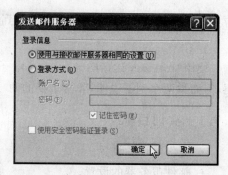

图 7-46　SMTP 身份验证

图 7-47　发送邮件服务器的登录信息

　　接下来介绍"在服务器上保留邮件副本"选项,这是非常重要的一个概念,也就是说在某一台计算机上使用了 Outlook Express 的软件,进行收发邮件,如果没有选中"在服务器上保留邮件副本"选项,那么如果换一台计算机上机,那么打开信箱收取邮件时就会发现一封邮件也没有了,这是什么原因呢,就是因为没有保留邮件副本,为了避免丢失邮件,一定要选中"在服务器上保留邮件副本"选项,下面介绍操作方法。

　　(4) 单击"工具"→"账户"→"Internet 账户"命令,在弹出对话框的"邮件"选项卡中单击"属性"按钮,打开"属性"对话框,单击"高级"选项卡,在"传送"选项区域中选中"在服务器上保留邮件副本"复选框,如图 7-48 所示。

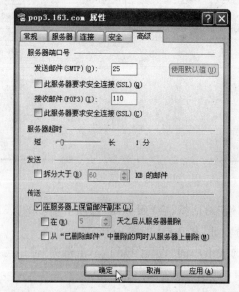

图 7-48　选中"在服务器上保留邮件副本"复选框

7.7.3　实训提示

信件较多或者信件容量较大,可以在账号的属性对话框的"高级"选项卡中,把"服务器超时"设置为 5 分钟或更长一些,并注意端口设置"接收邮件"(pop3)端口为 110,"发送邮件"(SMTP)端口为 25。

7.8　课后作业

(1) 在 Outlook Express 中用前面申请到的免费电子信箱来设置电子邮件账号。

(2) 在 Outlook Express 中,将自己的同事添加到通讯簿中,并对他们进行分组。

(3) 导出联系人信息,然后删除本机上的所有联系人,最后导入前面导出的联系人信息。

(4) 创建自己的信纸,并使用自己创建的信纸给自己的朋友发送电子邮件表示问候。

(5) 创建一个签名档,内容自己设计,练习给自己发一封邮件,确认签名档的内容是否正确。

第8章

指法练习

操作姿势与指法直接影响录入速度,所以人们在初学的时候就应该注意姿势和掌握正确的指法,不能漫不经心;否则一旦养成不良习惯,再纠正就困难了。应掌握正确的指法与击键的操作姿势。本章主要内容是熟悉计算机键盘,熟练计算机的键盘输入,进行中、英文打字练习。

8.1 实训1:操作前的准备——指法

8.1.1 实训目标

- 掌握正确的指法与击键的操作姿势。
- 熟悉计算机键盘,熟练计算机的键盘输入。

8.1.2 实训步骤

(1) 姿势。

使用键盘前,首先要注意正确坐姿,如图 8-1 所示。

- 身体保持端正,两脚平放。桌椅的高度以双手可平放在桌上为宜,桌椅间距离以手指能轻放于基本键位为宜。
- 两臂自然下垂,两肘贴于腋边。肘关节呈垂直弯曲,手腕平直,身体与打字桌的距

图 8-1 正确坐姿

离约为 20～30 厘米。击键的动力主要来自手腕,所以手腕要下垂,不可弓起。

- 打字文稿放在键盘的左边,或用专用文稿夹,夹在显示器旁边。打字时眼观文稿,身体不要跟着倾斜,一开始时就不应该养成看键盘输入的习惯,视线应主要专注于文稿或屏幕。这样不仅提高了输入效率,而且眼睛不易疲劳。

(2) 击键方法。

- 按键介绍。

接下来介绍各手指的分工,每个手指负责固定的字符键区域,如图 8-2 所示。

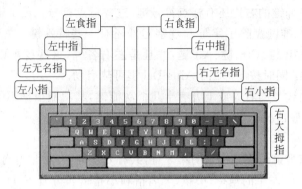

图 8-2　手指键位分配图

① 字母键:标准计算机键盘有 26 个英文字母键,它们的排列位置与英文字母的使用频率有关。使用频率最高的按键放在中间,使用频率低的放在边上,这种排列方式是依据手指击键的灵活程度排出来的。食指、中指比小指和无名指的灵活度和力度高,故击键的速度也相应快一些,中指和无名指所负责的字母键都是使用频率最高的。

接下来介绍键盘的主要输入区,其按键的布局如图 8-3 所示,下面分别介绍各个功能键区。

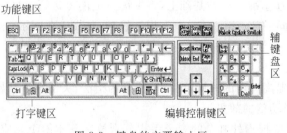

图 8-3　键盘的主要输入区

总体来说,字母键分为上中下 3 档,每档的右边还有符号键,其中,中行键包括 A S D F G H J K L;',上行键包括 Q W E R T Y U I O P [ ],下行键包括 Z X C V B N M ,. /。

此外,字母的大写和小写用同一个键,用换档键 Shift 或大写锁定键 CapsLock 进行切换。Shift 左右各一,用于字母的临时转换,用左右小拇指击键。字母键的右侧还有回车键,在命令状态下,用于命令的确认,在文章书写中用于换行、断行等。

② 数字键:数字键位于字母键的上方一排,用于数字的输入。另外在输入汉字的时

候,数字键还用于重码的选择。每个数字键都对应一个常用的符号键,其切换也是用换档键 Shift。

③ 辅键盘区:键盘的右边还有一个数字小键盘,其上有九个数字键,其排列紧凑,可用于数字的输入。用于输入大量数字的情况,如在财会的输入方面就要常用该数字键盘,另外,五笔字型中的五笔画输入也采用了小键盘。当使用小键盘输入数字时应确保小键盘有效,NumLock 指示灯亮时代表其有效,否则无效。在编辑状态时上下左右箭头和 Home、End 键用于光标的移动,PageUp、Page Down 键用于上下翻页等。

④ 符号键:字母键的右边还有标点符号键,这些标点符号在英文输入状态下可输入英文标点。此外,标准键盘除了字母和数字键外还有一些特殊键:左边有 Tab 键、Caps Lock 键;右边有 Shift 键、Ctrl 键、Alt 键,并且是左右各一,这些键可以组合其他字母键实现许多功能。如:同时按下 Ctrl+Alt+Del 键可热启动。

⑤ 功能键:在键盘的右方或上方有十几个功能键,其功能根据不同的软件和用户设定不同。例如:一般情况下 F1 键多被设为帮助热键。

• 按键分组。

① 基准键:基准键位于主键盘的第 3 行,共有 8 个键,各手指所对应的键位如图 8-4 所示。由图 8-4 可知,左手的食指、中指、无名指和小指依次分管 F、D、S、A 共 4 个键,同时兼管 G 键。右手的食指、中指、无名指和小指依次分管 J、K、L、;共 4 个键,同时兼管 H 键。

注意:F 键和 J 键均有突起,两个食指应定位其上。

图 8-4　基准键与手指的关系图

② 指法分区:在基准键位的基础上,将主键盘上的键进行分区。凡与基准键在同一左斜线上的键属于同一区,都由同一个手指来管理,如图 8-2 所示,这样可使手指的移动距离缩短、操作的速度加快。

(3) 击键指法。

正确的指法是提高速度的关键,要掌握正确的指法,关键在于开始就要养成良好的习惯,这样才会有事半功倍的效果。

• 准备打字时除拇指外其余的 8 个手指分别放在基本键上。应注意,F 键和 J 键均有突起,两个食指定位其上,拇指放在空格键上,可依此实现盲打。

• 十指分工,包键到指,分工明确。

• 任一手指击键后都应迅速返回基本键,这样才能熟悉各键位之间的实际距离,实现盲打。

• 平时手指稍微弯曲拱起,手指稍斜垂直放在键盘上,指尖后的第一关节成弧形,轻放于键位中间,手腕要悬起不要压在键盘上。击键的力量来自手腕,尤其是小拇指,仅用它的力量会影响击键的速度。

• 击键要短促,有"弹性"。用手指头击键,不要将手指伸直来按键。

- 速度应保持均衡,击键要有节奏,力求保持匀速,无论哪个手指击键,该手的其他手指也要一起提起上下活动,而另一只手的各指应放在基本键位上。

① 空格键的击法:右手从基准键上抬起 1～2cm,大拇指横向下一击。

② 回车键(Enter)的击法:需换行时,启动右手小指击一次回车键。

③ 大写锁定键(Caps lock):该键实质上是一个"开关键",它只对英文字母起作用。当 Caps lock 指示灯灭时。此时单击字母键将输入小写字母,否则大写。

④ 换档键(Shift)的击法:

主键盘左右两边各有一个 Shift 键,这个键要与其他键配合使用。键盘中有些键上标有两个字符,称为双字符键。当直接按双字符键时,输入的是标在下面的字符(也称下档字符)如果要输入双字符键上面的字符(也称上档字符)时,要按住换档键不松手,再按双字符键。另外,换档键还可以临时转换字母的大小写输入,方法是:当键盘锁定在大写方式时,按住 Shift 键的同时按字母键就可以输入小写字母;当键盘锁定在小写方式时,按住 Shift 键的同时按字母键就可以输入大写字母。

⑤ 辅键盘(小键盘)的用法:右手食指击数字 1、4、7,右手中指击数字 2、5、8,右手无名指击数字 3、6、9。

⑥ 键盘操作练习。

键盘练习方法一般有两种:步进式与重复式。

步进式练习:先练基准键位的击键方法,到一定时候在加入中指上下移动击键,然后加入食指左右移动,上下移动击键,再加无名指,进一步到各行多键位的练习。

重复式练习:重复式练习是指在每个键位上都先做反复式的练习,然后再全面出击,或对某一段文字作反复的练习。

还可以将这两种方法结合起来,在步进式练习基本完成之后,选择一些英文的短文,进行反复练习,从而进一步熟悉各字符键位,提高输入速度。

练习时,要眼、脑、手和谐,做到准确敏捷,到最后能形成条件反射。

8.2　实训 2:主键盘和小键盘的用法

8.2.1　实训目标

启动"写字板",进行指法训练。

8.2.2　实训步骤

执行下列操作,启动写字板应用程序。

- 单击任务栏上的"开始"→"程序"→"附件"→"写字板"命令打开写字板,如图 8-5 所示。
- 分别进行如下练习,如图 8-6 所示。

分 3 种练习,每一种练习最少 5 次。按照下面给出的练习 1 至练习 3 分别进行。

图 8-5　进入"写字板"

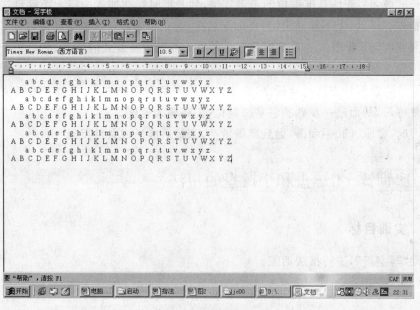

图 8-6　写字板视图

练习1　熟悉主键盘和小键盘的用法(最少各5次)。

• Caps lock 键：先录入 26 个小写字母，再依次录入 26 个大写字母。

a b c d e f g h i j k l m n o p q r s t u v w x
y z

A B C D E F G H I J K L M N O P Q R S T U
V W X Y Z

- Shift 键：录入如下字符：

～ ！ ＠ ＃ ＄ ％ ＆ ※ （ ） － ＋ ＜ ＞ ？ " ：

- Num Lock 键：用右边小键盘录入数字：

0 1 2 3 4 5 6 7 8 9 9 9 9 9 9 9 9

- 再用 Backspace 键将多余的 9 消去。

练习 2 熟悉基准键指法练习（本练习最好重复 5 次，要求初学者眼睛观察屏幕，而不是紧盯键盘）。

ffff jjjj dddd kkkk ssss llll aaaa ;;;;

;;;; llll kkkk jjjj ffff dddd ssss aaaa

aaaa ssss dddd ffff jjjj kkkk llll ;;;;

assk assk assk assk asdf asdf asdf asdf

dada dada kjkj kjkj fall fall kjlo kjlo

ljad ljad lkas lkas lass lass jkfd jkfd

练习 3 其他字符键输入练习（本练习最好重复 5 次）。

ded ded kik kik fde fde ill ill sall sall （E、I 键练习）

kill kill laks laks sell sell deal deal said

fgf jhj had had half half glad glad high high （G、H 键练习）

ghios gioh iouiu giuop giio hiii edge edge shall shall

ftfrt ftry ftrhi frytj ftrjui frtru fyru ally lllay llauy(R、T、U、Y 练习)

star star shut shut shut stay stay dark dark falt falt

full full fury fury jury juryu jury year year year dusk dusk

sws sws sws lol lol ;p;p ;p;p ;p;p aqa aqa will will(W、Q、O、P 练习)

pass pass quit quit swell swell swell equal equal equall

told told world world hold hold wait wait

fvf fvf fbf fbf jmj jmj bank bank milk milk （V、B 、N、M 练习)

moves moves build build gives gives beg beg

dcd dcd sxs sxs aza aza car car six six （C、X、Z 键练习)

size size exit exit cold cold fox fox act act

; ? ; ; ? ; （－） （－)><> <>< <=? <=? >+ >
+ (Shift 键练习)

8.3 实训 3：中、英文打字练习

8.3.1 实训目标

启动"写字板"，进行中、英文打字。

8.3.2 实训步骤

练习 4 英文输入练习,最少 3 次。

内容如下:

CAUTION !

Static electricity can severely damage electronic parts. Take these precautions:

1) Before touching any electronic parts, drain the static electricity from your body. You can do this by touching the internal metal frame of your computer while it's unplugged.

2) Don't remove a card from the anti-static container it shipped in until you're ready to install it. When you remove a card from your computer, place it back in its container.

3) Don't let your clothes touch any electronic parts.

4) When handling a card, hold it by its edges, and avoid touching its circuitry.

练习 5 中文输入练习,最少 2 次(如不熟悉输入法的使用,可采用全拼输入)。

进入写字板,单击任务栏右侧"输入法指示器"按钮,打开输入法菜单,选择全拼输入法即可,如图 8-7 所示(文章中若遇到英文字母或单词时,最快的方法是使用 Ctrl+空格键切换)。

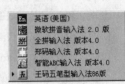

图 8-7 输入法

内容如下:

Internet/Intranet 网络框架上的关键应用系统

(1) 进入核心业务操作的 Intranet:

虽然在网络上开展储运业务不如网络银行那么吸引人,然而它却为跨地区企业的业务系统提供了一种同样的模式,即处于总部办公大楼以外的分支机构、客户、供应商在整个业务流程中占据不同的角色,只有基于 Intranet 框架上的业务系统才有可能把所有这些角色迅速纳入企业信息系统中,从而提高效率,进行所谓的业务流程和供应链重整。

(2) 进入关键管理环节的 Intranet:从内部邮件传递到基于消息系统的管理流程控制

在 Intranet 框架上,定向的消息传递可以实现企业对关键管理环节的全过程控制,特别是消息传递,它不是部门对部门,而是个人对个人,把每一个重要的工作环节责任落实到具体的个人,把重要的指标控制落实到经营过程而不是结果,这种意义上的协同工作将在减少企业管理层次的同时增强企业对关键环节的控制能力。

(3) 进入知识管理的 Intranet:从统计报表到 Web 上的 OLAP

通过基于 Intranet 的网络框架,企业可以充分利用业务系统中未经"人为加工"的原始数据资源,形成数据仓库,并在此基础上通过数据挖掘、分析统计、预测为各个层次的决策人提供决策支持,把实际上一直存在的大量业务数据资源转化为真正的"知识"。

全国计算机等级考试环境介绍

全国计算机等级考试一级（Windows）上机考试系统，提供开放式的考试环境，考生可以在 Windows 2000 环境下，自由使用各种应用软件、系统或工具，上机考试系统的主要功能是执行考试项目、控制上机考试时间和显示试题内容。

考生在上机考试时，需要启动"考试系统"，输入自己的准考证号，进行登录，登录成功后，才可进行考试。

整个过程如下：

1. 启动"考试系统"，屏幕上会出现如图附录 1-1 所示的窗口（其中版本号可能会变动）。

图附录 1-1　进入考试系统

2. 单击"开始登录"按钮，或按回车键，将进入"考生登录"窗口，考生需按照提示输入自己的准考证号，并单击"考号验证"按钮，如图附录 1-2 所示。

单击"考号验证"按钮后，系统会显示出考生的详细信息，并要求考生核实，如图附录 1-3 所示。

3. 考生核实自己的详细信息，确定无误后，单击"是"按钮，屏幕将显示登录信息窗口，如图附录 1-4 所示。

图附录 1-2　考生登录窗口

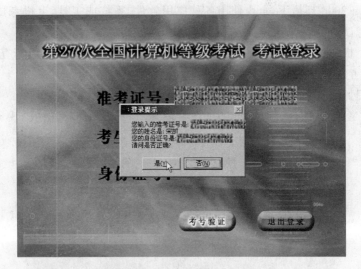

图附录 1-3　"登录提示"对话框

图附录 1-4　登录信息

如考生确认屏幕上的准考证号、姓名、身份证号正确,则单击"开始考试"按钮,进行考试,否则单击"重输考号"按钮进行重新输入。

4. 单击"开始考试"按钮,考试系统将随机抽取一套试题,并显示"考试须知",其中包括考生的准考证号、姓名、考试剩余时间、考试题型及分值、注意事项,如图附录1-5所示。

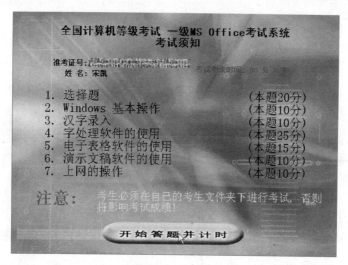

图附录1-5　考试须知

考生仔细阅读考试须知后,单击"开始答题并计时"按钮,开始答题,考试系统将在屏幕顶端显示"考试工具栏"、中部显示"试题窗口",各部分功能如下:

1) 考试工具栏。

考试工具栏在考试整个过程中始终处于屏幕顶端,实时显示与考生有关的信息,其中包括"显示(隐藏)窗口"切换按钮、考生信息(准考证号、考生姓名)、动态计时器和"交卷"按钮。在审题和答题过程中,考生可随时查看剩余的考试时间,并可在任何状态下,根据需要单击"显示(隐藏)窗口"按钮,实现显示或隐藏"试题窗口"。

2) 试题窗口。

如图附录1-6所示,考生通过试题窗口查看试题要求,并通过相应的菜单来完成考试。

(1) 标题栏。

试题窗口的标题栏显示与考生有关的姓名、准考证号以及考试系统为单机版还是网络版,一般情况下,"单机版"的考生文件夹的盘符为"C:","网络版"的考生文件夹的盘符为"K:"。

(2) 菜单栏。

此栏含有"考试项目"和"帮助"菜单,考生根据考试题目要求,选择"考试项目"中的相应菜单进行考试。

(3) 试题工具栏。

此栏左边显示考生文件夹的详细位置,右边设有与考试大纲相对应的"选择题"、"基本操作"、"汉字录入"、"字处理"、"电子表格"、"演示文稿"、"上网"7个按钮,考生可以通过单击相应的按钮来自由地选择进行任一模块的考试,试题内容将显示在"试题工具栏"

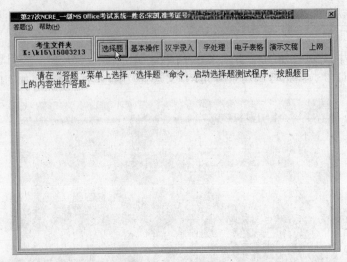

图附录 1-6 试题窗口

下面的文本框中,当试题内容查阅窗口中显示上下或左右滚动条时,表明该窗口中的试题内容不能完全显示,考生可用鼠标进行移动,显示余下的试题内容,防止漏做试题从而影响考试成绩。

• 选择题。

当考生成功登录后,考试系统默认显示"选择题"模块的考试操作提示,要求考生通过选择"答题"菜单作答,考生执行"答题"→"选择题"命令后,系统会显示选择题题面,考生可以单击相应的题号转到试题,全部作答完毕后,单击"保存并退出"按钮,如图附录 1-7 所示。

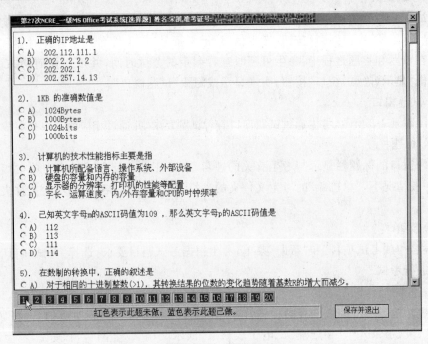

图附录 1-7 试题窗口

• 基本操作。

考生单击主题板上的"Windows 基本操作"按钮后,系统将显示该模块的考试内容,要求考生通过"答题"→"基本操作"菜单完成操作。

• 汉字录入。

单击"试题工具栏"上的"汉字录入"按钮,试题内容窗口将显示汉字录入模块的考试题目,试题要求考生选择菜单栏上的"答题"→"汉字录入"命令,启动"测试程序"进行考试,如图附录 1-8 所示。

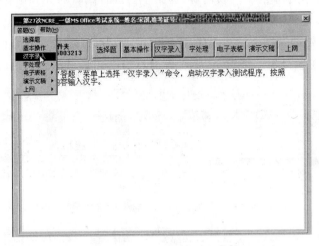

图附录 1-8　进入汉字录入考试

单击"汉字录入"考试程序,将显示考试题目,并开始计时(一级中只有汉字录入考试具有时间限制,必须在 10 分钟内完成,汉字录入系统自动计时,到时候自动存盘退出,此时考生不能再继续进行汉字录入考试)。考生可根据屏幕上的范文进行输入。如果考生输入的内容与原文不相符,则系统以"白底红字"显示,如果考生输入的内容与原文相符,则系统以"白底蓝字"显示。考生可以通过 Backspace、Delete、Insert、光标键等按键进行编辑。汉字录入测试窗口如图附录 1-9 所示。

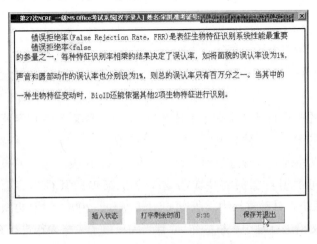

图附录 1-9　汉字录入测试程序

• 字处理。

当考生单击"字处理"按钮时,系统将显示字处理操作题,试题要求考生选择"答题"→"字处理"功能来完成这一模块的考试,考试系统会根据字处理操作题的要求自动产生下拉菜单,这个下拉菜单的内容为"字处理"操作题中所有要生成的 Word 文件名加"未做过"或"已做过"字样,其中"未做过"字样表示考生对这个 Word 文档没有进行过任何保存;"已做过"字符表示考生对这个 Word 文档进行过保存。考生可根据试题要求及自己的需要选择这一下拉菜单的某一项内容(即某个要进行编辑的 Word 文件名),系统将自动进入中文版 Microsoft Word 2000,再根据试题内容的要求对这个 Word 文档进行字处理操作,当完成字处理操作进行文档存盘时,考生需要根据题目要求进行存盘(系统不会自动存盘),并且在未交卷的情况下,随时可通过"答题"菜单对已做过的文档进行修改。如图附录 1-10 所示。

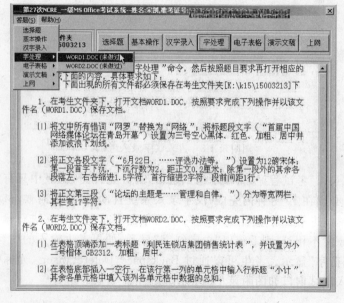

图附录 1-10　字处理考试

• 电子表格。

当考生单击"电子表格"按钮时,系统将显示电子表格操作题,考试要求考生通过试题内容查阅窗口的"答题"→"电子表格"命令来完成考试,与字处理考试模块相同,它会根据电子表格操作题的要求自动产生一个下拉菜单,这个下拉菜单的内容就是电子表格操作题中所有要生成的 Excel 文件名加"未做过"或"已做过"字样,其中"未做过"字样表示考生对这个 Excel 文档没有进行过任何保存;"已做过"字样表示考生对这个 Excel 文档进行过保存。考生可根据自己的需要单击这个下拉菜单的某行内容(即某个要操作的 Excel 文件名),系统将自动进入中文版 Microsoft Excel 2000 系统,再根据试题内容的要求对这个 Excel 文档进行电子表格操作,并且当完成电子表格操作进行文档存盘时,考生需按照试题要求进行存盘。

• 演示文稿。

当考生单击"演示文稿"按钮时,系统将显示演示文稿操作题,考试要求考生通过试题内容查阅窗口的"答题"→"演示文稿"命令来完成考试,其他部分与前两个考试模块相同。

• 上网。

当考生单击"上网"按钮时,系统将显示上网操作题,如果上网操作题中有浏览页面的题目,需要执行试题内容查阅窗口的"答题"→"上网"→"Internet Explorer 仿真"命令启动"浏览器"项,打开 IE 浏览器后就可以根据题目要求完成浏览页面的操作;如果上网操作题中有收发电子信箱的题目,需要在试题内容查阅窗口中执行需要执行试题内容查阅窗口的"答题"→"上网"→"Outlook Express 仿真"命令,打开 Outlook Express 后就可以根据题目要求完成收发电子邮件的操作。如图附录 1-11 所示,图中的试题要求发送电子邮件,因此选择"答题"→"上网"→"Outlook Express 仿真"命令。

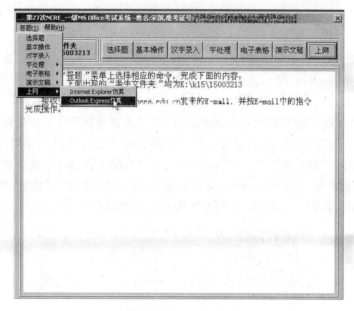

图附录 1-11　上网考试

5. 结束考试

1) 考试时间到。

考试过程中,系统会为考生计算剩余考试时间。在剩余 5 分钟时,系统会显示提示信息,如图附录 1-12 所示,提示考生将应用程序的数据存盘,做最后的准备工作。这时考生需要单击"确认"按钮返回考试环境。考试时间用完后,考试系统会锁住计算机并提示输入延时密码,如图附录 1-13 所示,这时考生应向监考教师进行示意,监考教师输入延时密

图附录 1-12　提示对话框

码后,可解除锁定,并延长 5 分钟以内时间来让考生存盘。

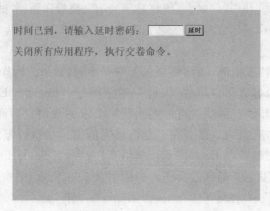

图附录 1-13　考试时间到

2）交卷。

如果考生要提前结束考试进行交卷处理,需将所有文件存盘,关闭所有应用程序(如:Word、Excel、PowerPoint 等),单击"考试工具栏"上的"交卷"按钮进行交卷,考试系统将显示提示对话框,如图附录 1-14 所示,此时考生如果选择"确认"按钮,则退出考试系统进行交卷处理,由系统管理员进行评分和回收,因此考生要特别注意。如果在没有做完试题的情况下,误击了"交卷"按钮,则应选择"取消"按钮继续进行考试。如果进行交卷处理,系统首先锁住屏幕(禁止考生的任何操作),并显示"系统正在进行交卷处理,请稍候!",当系统完成了交卷处理,在屏幕上显示"交卷正常,请输入结束密码:"或"交卷异常,请输入结束密码:",如图附录 1-15 所示,这时考生需向监考教师举手示意。

图附录 1-14　交卷提示对话框

图附录 1-15　交卷完毕

第 27 次全国计算机等级考试（一级 MS Office）全真试题

一、选择题

1. 设任意一个十进制整数 D,转换成对应的无符号二进制整数为 B,那么就这两个数字的长度(即位数)而言,B 与 D 相比:_____。

A) B 的数字位数一定小于 D 的数字位数

B) B 的数字位数一定大于 D 的数字位数

C) B 的数字位数小于或等于 D 的数字位数

D) B 的数字位数大于或等于 D 的数字位数

2. CPU 中,除了内部总线和必要的寄存器外,主要的两大部件分别是运算器和_____。

A) 控制器　　　　B) 存储器　　　　C) Cache　　　　D) 编辑器

3. 根据汉字国标码 GB2312-80 的规定,将汉字分为常用汉字(一级)和非常用汉字(二级)两级汉字。一级常用汉字的排列是按:_____。

A) 偏旁部首　　　　　　　　B) 汉语拼音字母

C) 笔画多少　　　　　　　　D) 使用频率多少

4. 下列度量单位中,用来度量计算机内存空间大小的是:_____。

A) MB/s　　　　B) MIPS　　　　C) GHz　　　　D) MB

5. 已知"装"字的拼音输入码是"zhuang",而"大"字的拼音输入码是"da",则存储它们内码分别需要的字节个数是:_____。

A) 6,2　　　　B) 3,1　　　　C) 2,2　　　　D) 3,2

6. 在标准 ASCII 码表中,已知英文字母 D 的 ASCII 码是 01000100,英文字母 A 的 ASCII 码是:_____。

A) 01000001　　　　　　　　B) 01000010

C) 01000011　　　　　　　　D) 01000000

7. 如果在一个非零无符号二进制整数之后添加一个 0,则此数的值为原数的_____。

A) 4 倍　　　　B) 2 倍　　　　C) 1/2　　　　D) 1/4

8. 操作系统是计算机系统中的_____。

    A) 主要硬件   B) 系统软件

    C) 工具软件   D) 应用软件

9. 写邮件时,除了发件人地址之外,另一项必须要填写的是:_____。

    A) 信件内容   B) 收件人地址   C) 主题   D) 抄送

10. 十进制整数 100 转换成无符号二进制整数是:_____。

    A) 01100110   B) 01101000   C) 01100010   D) 01100100

11. 世界上第一台电子数字计算机 ENIAC 是在美国研制成功的,其诞生的年份是:_____。

    A) 1943 年   B) 1946 年   C) 1949 年   D) 1950 年

12. 计算机能直接识别、执行的语言是:_____。

    A) 汇编语言   B) 机器语言

    C) 高级程序语言   D) C++语言

13. 传播计算机病毒的两大可能途径之一是:_____。

    A) 通过键盘输入数据时传入   B) 通过电源线传播

    C) 通过使用表面不清洁的光盘   D) 通过 Internet 网络传播

14. 微机中,西文字符所采用的编码是:_____。

    A) EBCDIC 码   B) ASCII 码   C) 国标码   D) BCD 码

15. 无符号二进制整数 01001001 转换成十进制整数是:_____。

    A) 69   B) 71   C) 73   D) 75

16. 计算机操作系统的作用是:_____。

    A) 统一管理计算机系统的全部资源,合理组织计算机的工作流程,以达到充分发挥计算机资源的效率为用户提供使用计算机的友好界面

    B) 对用户文件进行管理,方便用户存取

    C) 执行用户的各类命令

    D) 管理各类输入输出设备

17. 组成计算机系统的两大部分是:_____。

    A) 硬件系统和软件系统   B) 主机和外部设备

    C) 系统软件和应用软件   D) 输入设备和输出设备

18. 用来存储当前正在运行的应用程序和其相应数据的存储器是:_____。

    A) RAM   B) 硬盘   C) ROM   D) CD-ROM

19. 为了用 ISDN 技术实现电话拨号方式接入 Internet,除了要具备一条直拨外线和一台性能合适的计算机外,另一个关键硬设备是:_____。

    A) 网卡   B) 集线器

    C) 服务器   D) 内置或外置调制解调器(Modem)

20. 下列不是存储器容量度量单位的是:_____。

    A) KB   B) MB   C) GB   D) GHz

二、基本操作

1. 在考生文件夹下 JIBEN 文件夹中创建名为 A2TNBQ 的文件夹，并设置属性为隐藏。

2. 将考生文件夹下 QINZE 文件夹中的 HELP. BAS 文件复制到同一文件夹中，文件名为 RHL. BAS。

3. 为考生文件夹下 PWELL 文件夹中的 BAW. EXE 文件建立名为 KBAW 的快捷方式，并存放在考生文件夹下。

4. 将考生文件夹下 RMEM 文件夹中的 PRACYL. XLS 文件移动到考生文件夹中，并改名为 RMICRO. XLS。

5. 将考生文件夹下 NAOM 文件夹中的 WINDOWS. BAK 文件删除。

三、打字题

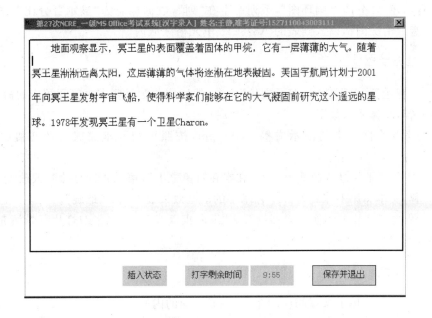

四、字处理

请在"答题"菜单下选择"字处理"命令，然后按照题目要求再打开相应的命令，完成下面的内容，具体要求如下：

在考生文件夹下，打开文档 WORD1. DOC，按照要求完成下列操作并以该文件名（WORD1. DOC）保存文档。

（1）文中所有"声音卡"替换为"声卡"。

（2）标题段（"什么是声卡？"）设置为三号红色黑体、加黄色底纹、居中、段后间距1行。

（3）正文文字（"笼统地说，……可与 CPU 并行工作。"）设置为小四号楷体_GB2312

（西文使用中文字体）、各段落左右各缩进1.5字符、悬挂缩进2字符、1.1倍行距。

（4）表格标题（"声卡基本功能部件"）设置为四号楷体_GB2312、居中、倾斜。

（5）文中最后9行文字转换成一个9行2列的表格，表格居中、列宽6厘米，表格中的内容设置为五号仿宋体_GB2312（西文使用中文字体），第一行文字的对齐方式为中部居中、其余内容对齐方式为靠下两端对齐。

五、电子表格

请在"答题"菜单下选择"电子表格"命令，然后按照题目要求再打开相应的命令，完成下面的内容，具体要求如下：

（1）打开工作簿文件EXCEL.XLS，将工作表Sheet1的A1：C1单元格合并为一个单元格，内容水平居中，计算年产量的"总计"及"所占比例"列的内容（所占比例＝年产量/总计），将工作表命名为"某企业年生产量情况表"。

（2）选取"年生产量情况表"的"产品型号"列和"所占比例"列的单元格内容（不包括"总计"行），建立"分离型圆环图"，系列产生在"列"，数据标志为"显示百分比"，图表标题为"年生产量情况图"，插入到表的A8：E18单元格区域内。

六、演示文稿

请在"答题"菜单下选择"演示文稿"命令，然后按照题目要求再打开相应的命令，完成下面的内容，具体要求如下：

打开考生文件夹下的演示文稿yswg.ppt，按照下列要求完成对此文稿的修饰并保存。

（1）将第三张幻灯片版式改变为"文本在对象之上"，第二张幻灯片版式改变为"垂直排列标题与文本"，第一张幻灯片上艺术字的动画效果设置为："螺旋"。

（2）全文幻灯片的切换效果都设置成"纵向棋盘式"。第二张幻灯片背景填充纹理为"白色大理石"。

七、上网题

请在"答题"菜单上选择相应的命令，完成下面的内容：

某模拟网站的主页地址是：HTTP://LOCALHOST/DJKS/INDEX.HTM，打开此主页，浏览"科技小知识"页面，查找"信息的基本特点是什么?"的页面内容，并将它以文本文件的格式保存到考生目录下，命名为xinxitd.txt。

附录3

参考答案

一、选择题

1. D　　2. A　　3. B　　4. D　　5. C　　6. A　　7. B　　8. B　　9. B

10. D　　11. B　　12. B　　13. D　　14. B　　15. C　　16. A　　17. A　　18. A

19. D　　20. D

二、基本操作

略。

三、打字题

略。

四、字处理

(1) 文中所有"声音卡"替换为"声卡"。

① 选择考试系统中的"答题"→"字处理"→WORD1. DOC 命令打开试题要求的文件。

② 选中文中的任意一个"声音卡",按键盘上的快捷键 Ctrl＋C 复制。

③ 将光标定位到文章的开始位置。

④ 执行菜单"编辑"→"替换"命令,或者键盘上的快捷键 Ctrl＋H。

⑤ 在弹出的"查找和替换"对话框中,单击"查找内容"右边的文本框,按键盘上的快捷键 Ctrl＋V 将"声音卡"粘贴至其中。

⑥ 输入替换内容"声卡",单击"全部替换"按钮,如图附录 3-1 所示。

(2) 标题段("什么是声卡?")设置为三号红色黑体、加黄色底纹、居中、段后间距 1 行。

① 选中标题段文字,右击,在弹出的快捷菜单中选择"字体"命令。

② 在"字体"对话框中,按要求设置字体、字体颜色和字号后单击"确定"按钮。

③ 在选中标题段的基础上,执行菜单"格式"→"边框和底纹"命令,在弹出的"边框和底纹"对话框中,单击"底纹"选项卡,单击"填充"选项下的"黄色",选择"应用范围"为"段

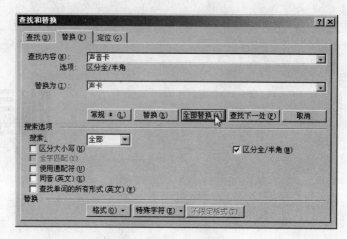

图附录 3-1　文字替换

落"后，单击"确定"按钮，如图附录 3-2 所示。

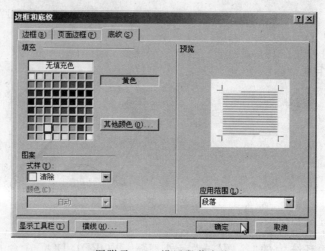

图附录 3-2　设置段落底纹

④ 在选中标题段的基础上，右击，在弹出的快捷菜单中选择"段落"命令。

⑤ 在"段落"对话框中，按题目要求选择对齐方式、设置段后间距后，单击"确定"按钮，如图附录 3-3 所示。

（3）正文文字（"笼统地说，……可与 CPU 并行工作。"）设置为小四号楷体_GB2312（西文使用中文字体）、各段落左右各缩进 1.5 字符、悬挂缩进 2 字符、1.1 倍行距。

① 按住鼠标左键进行拖曳，选中正文文字，右击，在弹出的快捷菜单中选择"字体"命令。

② 在弹出的"字体"对话框中选择"中文字体"为"楷体_GB2312"、"西文字体"使用中文字体，设置"字号"为"小四"后，单击"确定"按钮。

③ 在正文文字选中的基础上，右击，在弹出的快捷菜单中选择"段落"命令。

④ 在弹出的"段落"对话框中完成左右缩进、特殊格式和行距的设置后，单击"确定"

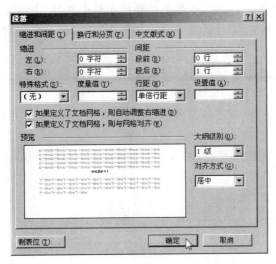

图附录 3-3　设置段落属性

按钮,如图附录 3-4 所示。

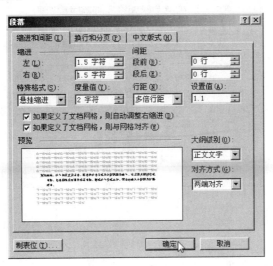

图附录 3-4　设置段落格式

　(4) 表格标题("声卡基本功能部件")设置为四号楷体_GB2312、居中、倾斜。

　① 选中表格标题。

　② 在"格式"工具栏上按要求设置字体、字号、字形和对齐方式。

　(5) 文中最后 9 行文字转换成一个 9 行 2 列的表格,表格居中、列宽 6 厘米,表格中的内容设置为五号仿宋体_GB2312(西文使用中文字体),第一行文字的对齐方式为中部居中、其余内容对齐方式为靠下两端对齐。

　① 选中有规律的最后 9 行文字。

　注意: 请勿将仅有一个回车标记的第 10 行选中。

　② 执行菜单"表格"→"插入"→"表格"命令。

③ 选中转换好的表格,右击,在弹出的快捷菜单中选择"表格属性"命令。

④ 在弹出的"表格属性"对话框中,单击"表格"选项卡,设置对齐方式"居中"。

⑤ 单击"列"选项卡,设置"指定宽度"值为"6"、单位为"厘米",单击"确定"按钮。

⑥ 在选中整个表格的基础上,执行"格式"→"字体"命令。

⑦ 在弹出的字体对话框中,按照题目要求设置字体。

⑧ 选中表格的第一行,右击,在弹出的快捷菜单中执行"单元格对齐方式"→"中部居中"命令。

⑨ 选中除第一行外的其他行,右击,在弹出的快捷菜单中执行"单元格对齐方式"→"靠下两端对齐"命令。

完成状态如图附录3-5所示。

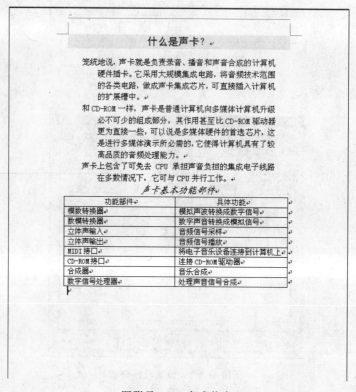

图附录3-5　完成状态

五、电子表格

(1) 打开工作簿文件 EXCEL. XLS,将工作表 Sheet1 的 A1:C1 单元格合并为一个单元格,内容水平居中,计算年产量的"总计"及"所占比例"列的内容(所占比例＝年产量/总计),将工作表命名为"某企业年生产量情况表"。

① 选择考试系统中的"答题"→"电子表格"→EXCEL. XLS 打开试题要求的文件。

② 选中"Sheet1"工作表中的 A1:C1 单元格,单击工具栏上的"合并及居中"按钮。

③ 选中 B6 单元格,单击工具栏上的自动求和按钮 Σ,确定选中区域 B3:B5,公式

为："＝SUM(B3：B5)"，单击键盘上的回车键。

④ 选中 C3 单元格，单击"编辑公式"按钮 **=**，在公式编辑栏中输入公式"＝C3/SUM(B3：B5)"，单击"确定"按钮。

⑤ 选中 C3 单元格，按住鼠标左键，垂直向下填充至 B6 单元格处。

⑥ 双击工作表名 Sheet1，输入名称"某企业年生产量情况表"。

(2) 选取"某企业年生产量情况表"的"产品型号"列和"所占比例"列的单元格内容（不包括"总计"行），建立"分离型圆环图"，系列产生在"列"，数据标志为"显示百分比"，图表标题为"年生产量情况图"，插入到表的 A8：E18 单元格区域内。

① 在"某企业年生产量情况表"中，按住键盘上的 Ctrl 按钮，同时选中 A2：A5 区域和 C2：C5 区域，单击工具栏上的"图表向导"按钮 **■**。

② 在弹出的"图表向导"对话框中，单击"图表类型"列表框中的"圆环图"，选中右侧"子图表类型"列表框中的"分离型圆环图"，单击"下一步"按钮。

③ 切换到"数据区域"选项卡，选中系列产生在列，单击"下一步"按钮。

④ 单击"标题"选项卡，输入图表标题"某企业年生产量情况表"。

⑤ 切换到"数据标志"选项卡，选中数据标志中的"显示百分比"单选按钮，单击"下一步"按钮。

⑥ 选中"作为其中的对象插入"，单击"完成"按钮。

⑦ 将图表调整至合适大小，并拖曳至 A8：E18 单元格区域内。

⑧ 完成状态如图附录 3-6 所示。

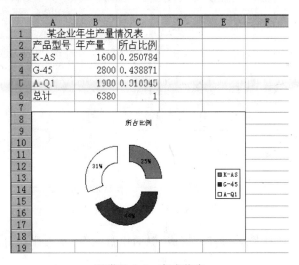

图附录 3-6　完成状态

六、演示文稿

(1) 将第三张幻灯片版式改变为"文本在对象之上"，第二张幻灯片版式改变为"垂直排列标题与文本"，第一张幻灯片上艺术字的动画效果设置为："螺旋"。

① 选择考试系统中的"答题"→"演示文稿"→yswg.ppt 命令打开试题要求的文件。

② 选中第三张幻灯片,执行"格式"→"幻灯片版式"命令,在弹出的"幻灯片版式"对话框中,选中"文本在对象之上",单击"应用"按钮,如图附录 3-7 所示。

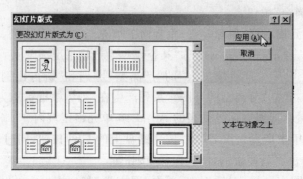

图附录 3-7　设置第三张幻灯片版式

③ 选中第三张幻灯片,执行"格式"→"幻灯片版式"命令,在弹出的"幻灯片版式"对话框中,选中"垂直排列标题与文本",单击"应用"按钮。

④ 选中第一张幻灯片上的艺术字,右击,在弹出的快捷菜单中,执行"自定义动画"命令。

⑤ 在"自定义动画"对话框中,选中"对象 1",选择动画和声音为"螺旋",单击"确定"按钮,如图附录 3-8 所示。

图附录 3-8　设置动画效果

(2) 全文幻灯片的切换效果都设置成"纵向棋盘式"。第二张幻灯片背景填充纹理为"白色大理石"。

① 执行"幻灯片放映"→"幻灯片切换"命令。

② 在弹出的"幻灯片切换"对话框中,选择切换效果为"纵向棋盘式",单击"全部应用"按钮,如图附录 3-9 所示。

③ 选中第二张幻灯片,执行"格式"→"背景"命令,在弹出的"背景"对话框中,选择"填充效果"列表项,在弹出的"填充效果"对话框中,单击"纹理"选项卡,选中"白色大理石"后,单击"确定"按钮,如图附录 3-10 所示。

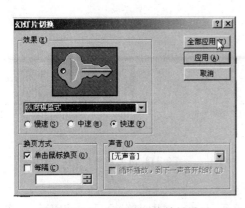

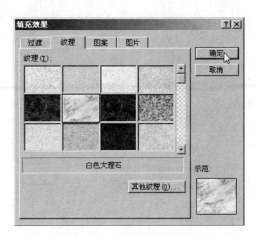

图附录 3-9　幻灯片切换效果设置　　　　　　图附录 3-10　设置填充效果

④ 保存文档。

七、上网题

略。

常用 ASCII 码对照表

目前计算机中应用得最广泛的字符集及其编码是由美国国家标准局（ANSI）制定的 ASCII（American Standard Code for Information Interchange，美国标准信息交换码）码，它已被国际标准化组织（ISO）定为国际标准，称为 ISO 646 标准。ASCII 码有 7 位码和 8 位码两种形式。

因为 1 位二进制数可以表示 $2(2^1=2)$ 种状态：0、1；而 2 位二进制数可以表示 $4(2^2=4)$ 种状态：00、01、10、11；以此类推，7 位二进制数可以表示 $128(2^7=128)$ 种状态，每种状态都唯一地编为一个 7 位的二进制码，对应一个字符，这些码可以排成一个十进制序号 0～127。所以，7 位 ASCII 码是用 7 位二进制数进行编码的，可以表示 128 个字符。

第 0～32 号及第 127 号（共 34 个）是控制字符或通信专用字符，如控制符：LF（换行）、CR（回车）、FF（换页）、DEL（删除）、BEL（振铃）等；通信专用字符：SOH（文头）、EOT（文尾）、ACK（确认）等。

第 33～126 号（共 94 个）是字符，其中第 48～57 号为 0～9 共 10 个阿拉伯数字；第 65～90 号为 26 个大写英文字母，第 97～122 号为 26 个小写英文字母，其余为一些标点符号、运算符号等。

附表 1 为常用字符的 ASCII 码的八进制、十六进制和十进制的对照表。

附表 1　常用字符的 ASCII 码的八进制、十六进制和十进制的对照表

八进制	十六进制	十进制	字符	八进制	十六进制	十进制	字符
0	0	0	NUL	10	8	8	BS
1	1	1	SOH	11	9	9	HT
2	2	2	STX	12	0a	10	LF
3	3	3	ETX	13	0b	11	VT
4	4	4	EOT	14	0c	12	FF
5	5	5	END	15	0d	13	CR
6	6	6	ACK	16	0e	14	SO
7	7	7	BEL	17	0f	15	SI

八进制	十六进制	十进制	字符	八进制	十六进制	十进制	字符
20	10	16	DLE	57	2f	47	/
21	11	17	DC1	60	30	48	0
22	12	18	DC2	61	31	49	1
23	13	19	DC3	62	32	50	2
24	14	20	DC4	63	33	51	3
25	15	21	NAK	64	34	52	4
26	16	22	SYN	65	35	53	5
27	17	23	ETB	66	36	54	6
30	18	24	CAN	67	37	55	7
31	19	25	EM	70	38	56	8
32	1a	26	SUB	71	39	57	9
33	1b	27	ESC	72	3a	58	:
34	1c	28	FS	73	3b	59	;
35	1d	29	GS	74	3c	60	<
36	1e	30	RS	75	3d	61	=
37	1f	31	US	76	3e	62	>
40	20	32	(space)	77	3f	63	?
41	21	33	!	100	40	64	@
42	22	34	"	101	41	65	A
43	23	35	#	102	42	66	B
44	24	36	$	103	43	67	C
45	25	37	%	104	44	68	D
46	26	38	&	105	45	69	E
47	27	39	'	106	46	70	F
50	28	40	(	107	47	71	G
51	29	41	)	110	48	72	H
52	2a	42	*	111	49	73	I
53	2b	43	+	112	4a	74	J
54	2c	44	,	113	4b	75	K
55	2d	45	—	114	4c	76	L
56	2e	46	.	115	4d	77	M

八进制	十六进制	十进制	字符	八进制	十六进制	十进制	字符
116	4e	78	N	147	67	103	g
117	4f	79	O	150	68	104	h
120	50	80	P	151	69	105	i
121	51	81	Q	152	6a	106	j
122	52	82	R	153	6b	107	k
123	53	83	S	154	6c	108	l
124	54	84	T	155	6d	109	m
125	55	85	U	156	6e	110	n
126	56	86	V	157	6f	111	o
127	57	87	W	160	70	112	p
130	58	88	X	161	71	113	q
131	59	89	Y	162	72	114	r
132	5a	90	Z	163	73	115	s
133	5b	91	[	164	74	116	t
134	5c	92	\	165	75	117	u
135	5d	93	]	166	76	118	v
136	5e	94	^	167	77	119	w
137	5f	95	_	170	78	120	x
140	60	96	`	171	79	121	y
141	61	97	a	172	7a	122	z
142	62	98	b	173	7b	123	{
143	63	99	c	174	7c	124	|
144	64	100	d	175	7d	125	}
145	65	101	e	176	7e	126	~
146	66	102	f	177	7f	127	DEL

附录5

五笔字型字根键位分配图

金钅车 ⺈儿角 ⌐勹⺈夕夂 夕⺈勹⺈儿 Q 我 35	人亻 八 癶 人 W 人 34	月月乃用 彡丹彡彡乃 豕乑勿豕多 E 有 33	白手扌手 ⺌手斤斤 厂彡 R 的 32	禾禾竹 丿夊攵亻 夂女彳 T 和 31	言讠文方 丶亠⺀亠 广、主 Y 言 41	立六辛 冫⻖氵⺀ 广⺍门 U 产 42	水氺⺀ 氵丷⺌丷 ⺌业 I 不 43	火业⺌ 灬⺍ ⺀米 O 为 44	之辶廴 氵⻌ 宀冖 P 这 45	?	╱
工廿匚 ⺧⺐ 七弋戈 A 工 15	木丁 西 S 要 14	大古石厂 三ナナナ 镸犬キ犬 D 大 13	土干士 二雨十 二串寸 F 地 12	王主 一五一 G 一 11	目且 上卜⺊ ⺧⺊广 H 上 21	日曰日 刂刂刂刂 旦虫 J 是 22	口川 K 中 23	田甲囗皿 四⺆车力 Ⅲ车力 L 国 24	山由 几 门贝 M 同 25	＞	╲
					子孑了 《《巳也 山口阝耳 B 了 52	已己巳尸 乙小羽 心忄㣺⺗ N 民 51				
	纟纟幺 乚弓匕 口 X 经 55	又厶 巴马 マ又 C 以 54	女刀九 彐臼 V 发 53								
Z											

五笔字型字根键位分配图

助记词：
G：王旁青头戋（兼）五一
F：土士二干十寸雨
D：大犬三羊（古石）厂
S：木丁西
A：工戈草头右框七
H：目具上止卜虎皮
J：日早两竖与虫依
K：口与川，字根稀
L：田甲方框四车力
M：山由贝，下框几

T：禾竹一撇双人立，反文条头共三一
R：白手看头三二斤
W：人和八，三四里
Q：金勾缺点无尾鱼（金），犬旁留乂儿一点夕，氏无七（妻）

Y：言文方广在四一
U：立辛两点六门疒
I：水旁兴头小倒立
O：火业头，四点米
P：之宝盖，摞（示）（衣）

N：已半巳满不出己，左框折尸心和羽
B：子耳了也框向上
V：女刀九臼山朝西
C：又巴马，丢矢矣
X：绞丝旁加幼无力

307

附录 6

常用区位码字符集

一

	1	2	3	4	5	6	7	8	9	0	1	2	3	4	5	6	7	8	9	0
01	、	。	·	‾	ˇ	¨	々	"	〆	—	～	‖	…	'	'	"	"	〔	〕	〈
21	〉	《	》	「	」	『	』	〖	〗	【	】	±	×	÷	∶	∧	∨	∑	∏	∪
41	∩	∈	∷	√	⊥	∥	∠	⌒	⊙	∫	∮	≡	≌	≈	∽	∝	≠	≮	≯	≤
61	≥	∞	∵	∴	♂	♀	°	′	″	℃	＄	¤	￠	￡	‰	§	№	☆	★	○
81	●	◎	◇	◆	□	■	△	▲	※	→	←	↑	↓	〓						

二

	1	2	3	4	5	6	7	8	9	0	1	2	3	4	5	6	7	8	9	0
01																	1.	2.	3.	4.
21	5.	6.	7.	8.	9.	10.	11.	12.	13.	14.	15.	16.	17.	18.	19.	20.	(1)	(2)	(3)	(4)
41	(5)	(6)	(7)	(8)	(9)	(10)	(11)	(12)	(13)	(14)	(15)	(16)	(17)	(18)	(19)	(20)	①	②	③	④
61	⑤	⑥	⑦	⑧	⑨	⑩					(一)	(二)	(三)	(四)	(五)	(六)	(七)	(八)	(九)	(十)
81	Ⅰ	Ⅱ	Ⅲ	Ⅳ	Ⅴ	Ⅵ	Ⅶ	Ⅷ	Ⅸ	Ⅹ										

三

	1	2	3	4	5	6	7	8	9	0	1	2	3	4	5	6	7	8	9	0
01	!	"	#	$	%	&	'	(	)	*	+	,	-	.	/	0	1	2	3	4
21	5	6	7	8	9	:	;	<	=	>	?	@	A	B	C	D	E	F	G	H
41	I	J	K	L	M	N	O	P	Q	R	S	T	U	V	W	X	Y	Z	[	\
61	]	^	_	`	a	b	c	d	e	f	g	h	i	j	k	l	m	n	o	p
81	q	r	s	t	u	v	w	x	y	z	{	|	}	~						

六

	1	2	3	4	5	6	7	8	9	0	1	2	3	4	5	6	7	8	9	0
01	Α	Β	Γ	Δ	Ε	Ζ	Η	Θ	Ι	Κ	Λ	Μ	Ν	Ξ	Ο	Π	Ρ	Σ	Τ	Υ
21	Φ	Χ	Ψ	Ω							α	β	γ	δ	ε	ζ	η	θ		
41	ι	κ	λ	μ	ν	ξ	ο	π	ρ	σ	τ	υ	φ	χ	ψ	ω				

九

	1	2	3	4	5	6	7	8	9	0	1	2	3	4	5	6	7	8	9	0
01			─	━	│	┃	┄	┅	┆	┇	┈	┉	┊	┋	┌	┍	┎	┏	┐	┑
21	┒	┓	└	┕	┖	┗	┘	┙	┚	┛	├	┝	┞	┟	┠	┡	┢	┣	┤	┥
41	┦	┧	┨	┩	┪	┫	┬	┭	┮	┯	┰	┱	┲	┳	┴	┵	┶	┷	┸	┹
61	┺	┻	┼	┽	┾	┿	╀	╁	╂	╃	╄	╅	╆	╇	╈	╉	╊	╋	╌	╍

附录 7

五笔字型字根助记词

金钅鱼儿 夕夂犭川 夕夕夕 35 Q	人 亻 八 癶 夻 宀 四 夕 34 W	月 舟 用 彡 ⺆ 尸 豕 ⺕ 彡 33 E	白 手 扌 斤 厂 爪 殳 乇 32 R	禾 竹 ⺮ 丿 彳 广 彳 31 T	言讠 文 方 广 亠 一 主 童 41 Y	立 六 辛 ⺍ 丷 门 小 42 U	水 氵 冫 氺 业 小 43 I	火 业 灬 一 米 44 O	之 辶 廴 一 宀 礻 45 P

工 匚 廾 廿 弋 七 弋 戈 15 A	木 丁 西 14 S	大犬 古石 三羊 手县 厂 ナ 广 13 D	土 士 干 二 干 寸 雨 寸 12 F	王 主 一 戋 11 G	目 且 卜 ⺊ ⺮ 上 止 止 卢 21 H	日 早 刂 ⺉ 虫 22 J	口 川 ⺤ 23 K	田 甲 口 四 川 车 皿 力 24 L

幺 纟 口 土 夂 弓 匕 55 X	又 マ ム 巴 马 54 C	女 刀 九 ⺕ 彐 耳 53 V	子 了 《 巳 也 ⻖ 凵 52 B	已巳己 乙 尸 尸 心忄 羽 51 N	山 由 贝 门 儿 几 25 M

11G 王旁青头 戋五一， 12F 土士二干十 寸雨。 13D 太三〔羊〕 古石厂， 14S 木丁西， 15A 工戈草头 右框七	21H 目具上止 卜虎皮， 22J 日早两竖 与虫依。 23K 口与川， 字根稀， 24L 田甲方框 四车力， 25M 山由贝， 下框几。	31T 禾竹一撇双人 立，反文条头共三 。 32R 白手看头三二 斤， 33E 月彡〔衫〕乃用 家衣底。 34W 人和八，三四 里， 35Q 金勺缺点无尾 鱼，犬旁留儿一点 夕，氏无七〔妻〕。	41Y 言文方广在 四一， 42U 立辛两点六 门疒， 43I 水旁兴头小 倒立， 44O 火业头，四点 米， 45P 之宝盖，摘礻 〔示〕礻 〔衣〕。	51N 已半巳满不 出己， 52B 子耳了也框 向上。 53V 女刀九臼山 朝西， 54C 又巴马，丢矢 矣， 55X 慈母无心弓 和匕， 幼无力。

五笔字型字根助记词

参 考 文 献

[1] 谭浩强,侯冬梅,钱国梁等.计算机应用基础实训指导与习题集.第 2 版.北京:中国铁道出版社,2007

[2] 许晞,刘艳丽,曾煌兴等.计算机应用基础.北京:高等教育出版社,2007

[3] 孙慧,刘以倩.最新常用软件的使用 Office 2000 中文版.北京:清华大学出版社,2006

[4] 柏松,谭中阳,刘桂花.Internet 应用基础教程.北京:航空工业出版社,2004